经典写作课
WRITING

小说要有故事

Selected Essays

〔英〕毛姆 著
William Somerset Maugham

刘文荣 译

人民文学出版社
PEOPLE'S LITERATURE PUBLISHING HOUSE

William Somerset Maugham
Selected Essays

Simplified Chinese edition Copyright © 2021 by Shanghai 99 Readers' Culture Co., Ltd. All rights reserved.

图书在版编目(CIP)数据

小说要有故事/(英)毛姆著；刘文荣译.—北京：人民文学出版社,2021
(经典写作课)
ISBN 978-7-02-015957-4

Ⅰ.①小… Ⅱ.①毛… ②刘… Ⅲ.①散文集-英国-现代 Ⅳ.①I712.65

中国版本图书馆CIP数据核字(2019)第298527号

责任编辑	卜艳冰　邱小群　刘佳俊
封面设计	钱　珺

出版发行	人民文学出版社
社　　址	北京市朝内大街166号
邮政编码	100705
印　　刷	上海盛通时代印刷有限公司
经　　销	全国新华书店等
字　　数	195千字
开　　本	890毫米×1240毫米　1/32
印　　张	9.5
版　　次	2021年12月北京第1版
印　　次	2021年12月第1次印刷
书　　号	978-7-02-015957-4
定　　价	55.00元

如有印装质量问题,请与本社图书销售中心调换。电话:010-65233595

目录

读书是一种享受　001
跳跃式阅读和小说节选　005
两种不同人称的小说　012
什么是好小说　017
小说要有故事　023
关于畅销书　025
读哲学的乐趣　027
人人与哲学有关　032
没有一本一劳永逸的书　035
决定论与唯我论　041
读伦理学　044
读宗教哲学　047
真、美、善　053
英国文学漫谈　066
《英国文学漫谈》补遗　076
读《汤姆·琼斯》　083
简·奥斯汀和《傲慢与偏见》　089
狄更斯与《大卫·科波菲尔》　105
读《呼啸山庄》　127
读《威廉·麦斯特》　135

法国文学漫谈	137
《堂吉诃德》和《蒙田随笔》	144
司汤达和《红与黑》	147
巴尔扎克与《高老头》	166
福楼拜与《包法利夫人》	186
读莫泊桑	208
谈俄罗斯三大长篇小说	212
托尔斯泰和《战争与和平》	216
陀思妥耶夫斯基和《卡拉马佐夫兄弟》	242
读契诃夫	268
美国文学漫谈	276
读《白鲸》	295

读书是一种享受

一个人说话时,往往会忘记应有的谨慎。我曾在一本名叫《总结》的书里,就一些青年提出的关于如何读书的问题说了几句话,当时我并没有认真考虑。后来我便收到不同读者的来信,问我究竟对读书这件事提出了怎样的看法。对此,我虽然尽我所能给予了答复,但在私人信件里又不可能把这样的问题讲清楚。于是我想,既然有这么多人好像很希望得到我能提供的指导,那么我根据自己有趣而有益的经验,在此简要地提出一些建议,他们或许是愿意听的。

首先,我要强调的是,读书应该是一种享受。不错,有时为了对付考试,或者为了获得资料,有些书我们不得不读,但读那种书是不可能得到享受的。我们只是为增进知识才读它们,所希望的也只是它们能满足我们的需要,至多希望它们不至于沉闷得难以卒读。我们读那种书是不得不读,而不是喜欢读。这当然不是我现在要谈的读书。我要谈的读书,它既不能帮你获得学位,也不能帮你谋生;既不会教你怎样驾船,也不会教你怎样修机器,却可以使你生活得更充实。只是,要想得到这样的好处,你必须喜欢读才行。

我这里所说的"你",是指在业余时间里想读些书而且觉得有些书不读可惜的成年人,不是指本来就钻在书堆里的"书虫"。"书虫"们尽可以想读什么就读什么。他们的好奇心总是使他们踏上书丛中荒僻的小路,沿着这样的小路四处寻觅被人遗忘的"珍本",并为此觉得其乐无穷。我却只想谈些名著,就是那些经过时间考验而已被公认为一流的著作。一般认为这样的名著应该是人人都读过的,令人遗憾的是真正读过的人其实很少。有些名著是著名批评家们一致公认的,文学史家们也长篇累牍地予以论述,但现在的一般读者却没有时间、也没有兴趣去读了。它们对文学研究者来说是重要的,只是随着时间和兴趣的转移,它们原来的诱人之处已不再诱人,所以现在要读它们,是很需要有点毅力,也需要花一番功夫的。举例说吧:我读过乔治·艾略特[①]的《亚当·比德》,但我没法从心底里说,我读这本书是种享受。我读它多半是出于一种责任心,坚持读完后,才不由得松了口气。

关于这类书,我不想说什么。每个人自己就是最好的批评家。不管学者们怎么评价一本书,不管他们怎样异口同声地竭力颂扬,除非这本书使你感兴趣,否则它就与你毫不相干。别忘了批评家也会出错,批评史上许多明显的错误都出自著名批评家之手。你在读,你就是你所读的书的最终评判者,其价值如何就由你定。这道理同样适用于我向你推荐的书。我们各人的口味不可能完全一样,只是大致相同而已。因此,如果认为合我口味的书也一定合你的口味,那是毫无根据的。不过,我读了这些书后,觉得心里充实了许多,要是没读的话,恐怕我

[①] 乔治·艾略特(1819—1880),英国19世纪著名女作家,《亚当·比德》为其代表作。

就不是今天的我了。所以我对你说，如果你或者别人看了我在这里写的，于是便去读我推荐的书而读不下去的话，那就把它放下。既然它不能使你觉得是一种享受，那它对你就毫无用处。没有一个人有这样的义务，一定要读诗歌、小说或者任何纯文学作品（纯文学，法语是 belles-lettres，我不知道英语怎么说，恐怕没这个词）。他只是为了一种乐趣才去读这些东西的。谁又能要求，使某人觉得有趣的东西，别人也一定要觉得有趣？

请不要认为，享受就是不道德。享受本身是件好事，享受就是享受，只是它会造成不同后果，所以有些方式的享受，对有理智的人来说是不可取的。享受也不一定是庸俗的和满足肉欲的。过去的有识之士就已发现，理性的享受和愉悦，是最完美、最持久的。养成读书的习惯确实使人受益无穷。很少有什么娱乐，能让你在过了中年之后还会从中感到满足。除了玩单人纸牌、解象棋残局和填字谜之外，几乎没有什么游戏，你可以单独玩而不需要同伴。读书就没有这种不便，也许除了做针线活——可那是不大会让你安下心来的——没有哪一种活动可以那样容易地随时开始，随便持续多久，同时又干着别的事，而且随时可以停止。今天，我们很幸运地有公共图书馆和廉价版图书，可以说没有哪种娱乐比读书更便宜了。养成读书习惯，也就是给自己营造一个几乎可以逃避生活中一切愁苦的庇护所。我说"几乎可以"，是因为我不想夸大其词，宣称读书可以解除饥饿的痛苦和失恋的悲伤，但是，几本引人入胜的侦探小说再加一只热水袋，确实可以使任何人对最严重的感冒满不在乎。

反之，如果有人硬要他去读他讨厌的书，又有谁能养成那种为读书而读书的习惯呢？

  为了方便起见，我将按年代顺序来谈我要谈的书，不过，要是你有意读这些书的话，我也没有理由一定要你照着这个顺序读。我想，你最好还是随你自己的兴趣来读，我甚至都不认为你一定要读完一本再读另一本。我自己就喜欢同时读四五本书。因为我们的心情毕竟天天都在变化，即便在一天里，也不是每小时都热切地想读某本书的。我们必须适应这样的情况。我当然采取了最适合我自己的办法。早晨开始工作前，我总是读一会儿科学或者哲学方面的著作，因为读这类书需要头脑清醒、思想集中，这有助于我一天的工作。等工作做完后，我觉得很轻松，就不想再进行紧张的脑力活动了，这时我便读历史、散文、评论或者传记；晚上，我看小说。此外，我手边总有一本诗集，兴之所至就读上一段，而在我床头，则放着一本既可以随便从哪里开始读、又可以随便读到哪里都能放得下的书。可惜的是，这样的书非常少见。

跳跃式阅读和小说节选

在为《红书》开列书单时，我写了一个简短的评论，在那里我说："聪明的读者只要学会一目十行跳跃式阅读这种有用的技巧，就能在阅读时获得最大的享受。"确实，一个聪明的读者，是不会把读小说当作一项任务的。他为消遣才读小说。使他感兴趣的是小说中的人物，他关心他们在某种环境里怎样行动，以及他们的前途如何；他同情他们，和他们一起烦恼，一起欢乐；他把自己置于他们的境况中，在一定程度上就过着他们的生活。他们对生活的看法，对于人类思索的这一伟大主题的态度，不管是用言语还是用行为表现出来的，都会在他身上引起共鸣，或者惊讶，或者欢乐，或者愤慨。不过，尽管如此，他仍本能地知道自己的兴趣所在，而且会像猎狗追逐狐狸一样寻觅它。有时因为作者的过错，读者会迷失方向，这时他就会到处漫游，直到重新发现自己感兴趣的东西为止。这就是跳跃式阅读。

人人都跳跃式阅读，但要跳跃式阅读又不受损失，却并非易事。在我看来，这即便算不上天赋才能，大概也要积累大量的阅读经验后才能获得。鲍斯威尔告诉我们，约翰逊博士的跳读速度之快确实惊人："他具有一种特殊才能，可以毫不费劲地把一本书从头到尾浏览一遍，随即就抓住了其中最有价值的部分。"鲍斯威尔指的当然是那些具有资料价值或者教育意义的书籍，要是一部小说使人读起来也觉得费劲的话，按理说就没必要去读它了。令人遗憾的是，由于某些我很快就会谈到的原因，现在几乎很少有这样的小说，能让读者一直兴致勃勃地从头读到尾。跳跃式阅读也许是一种不好的阅读习惯，但是读者不得已，只好如此。读者一旦开始跳跃，就很难控制自己，于是就有可能把许多有益的内容也漏读了。

我为《红书》开列的书单发表后不久，一位美国出版商向我提出一个建议，要用节选本形式出版我提到的那十部小说，并请我为每部书作序。他的想法是，除了小说作者应该讲的，即作者提出的有关思想以及揭示人物性格的内容外，把其他的东西统统删掉，这样读者就会去读这些作品，而如果不把书中那些为数不少的、可称之为枝蔓的东西砍掉，很可能读者是不会读这些书的；现在书里留下的全是有价值的内容，读者便可尽情享受一种智力活动并从中得到最大的乐趣。我起先觉得很吃惊，后来却想到，尽管我们中有些人已经掌握跳跃式阅读技巧，因而获益匪浅，可是大多数人还没有掌握，若有一个老练而有识别力的人先为他们做了删节，那对他们肯定是有益的。此外，要我为这几部书作序的建议也使我心动，于是就着手干了。有些文学研究者、教授和批评家会大声惊呼，会说名著理应按原样来读，而我却要把它们删节得支离破碎，实在是骇人听闻。那要看是怎样的名著。不能想象，如《傲慢与偏见》那样引人入胜的小说，或者如《包法利夫人》那样结构严谨的小说，可以做任何删节；但是，有见地的批评家乔治·桑兹伯利却说过："像狄更斯所写的小说是可以浓缩的，虽然类似的情况并不多见。"删节本身无可指责。很少有哪个剧本,在演出前是没有经过大刀阔斧地删节的。这大有好处。多年前,我曾和萧伯纳一起共进午餐,席间他对我说,他的剧本在德国上演要比在英国上演成功得多。他把这一点归因于英国公众的愚昧和德国人的睿智。其实他错了。在英国,他坚持要把他剧本中的每个字都念出来,而在德国,我看过他的话剧,那里的导演却毫不留情地把所有和戏剧主题无关的词句统统删掉,反而使剧本产生了极佳的效果。不过,这一点我想还是不告诉他为好。我只是看不出有什么理由,小说就不能做类似的处理。

柯勒律治在谈到《堂吉诃德》时曾说,这本书只值得从头到尾看上一遍,以后随便翻翻即可。他的意思就是说,书里有许多章节不仅枯燥无味,甚至荒诞不经,而你一旦知道这一点,就没有必要再花时间去读它们了。这是一本很重要的名著,一个自认为是文学研究者的人当然应该通读一遍(我自己通读过两遍英文译本,三遍西班牙文原著),但我不能不认为,为消遣而读的普通读者,即便根本不读那些兴味索然的部分,也不会错过什么。他反而会更加欣赏对那位豪侠骑士和他那位慈厚侍从的有趣冒险所作的直接描述以及他们生动的对话。事实上就有个西班牙出版商,把这些故事缩成一卷,读来令人兴味盎然。还有一部虽称不上伟大,但确实很重要的小说,即塞缪尔·理查逊①的《克莱丽莎》,它的篇幅之长,除了最有耐心的读者,恐怕人人都会望而生畏。我自己要不是碰巧找到一个节选本,大

---

① 塞缪尔·理查逊(1689—1761),18 世纪英国著名小说家。

概也不会有胆量去读它的。此书节选得非常得当，以致我读它的时候并不觉得有什么遗漏。

我想多数人会承认，马塞尔·普鲁斯特的《追忆逝水年华》是本世纪出现的最伟大的小说。我是普鲁斯特的狂热崇拜者，他的每一个字我都读得津津有味；有一次我还言过其实地宣称，我宁愿读普鲁斯特的书读得倒胃口，也不愿为了自娱去读其他作家的书。但是读了三遍之后，我现在打算承认，他的书并非每部分都是很有价值的。我觉得，对普鲁斯特因受当时的思潮影响而表述的那些冗长而繁复、现在已部分被人抛弃、部分又嫌陈腐的见解，将来的读者绝不会再感兴趣。于是我想，到那时，他将比现在更容易被人看作是个杰出的幽默作家，擅长于塑造新颖独特、性格迥异而又栩栩如生的人物形象，因而将与巴尔扎克、狄更斯和托尔斯泰并驾齐驱。很可能，将来总有一天，他的这部宏伟巨著也会有节选本问世，其中那些已由时间证明为无价值的段落将被删掉，而保留下来的，则是趣味隽永的精华。届时，《追忆逝水年华》仍是部洋洋巨著，但它的节选本可能更加出类拔萃。安德烈·莫洛亚[①]写过一本极好的书——《回忆普鲁斯特》，从其颇为复杂的叙述中，我得知普鲁斯特本来打算把他的这部小说分三卷发表，每卷仅四百页左右。然而当第二、三卷正在付印时，第一次世界大战爆发，书只好推迟出版。当时普鲁斯特因健康情况不佳而不能去服兵役，他就利用大量空余时间给第三卷增加了大量内容。"增加的许多东西，"

---

① 安德烈·莫洛亚（1885—1967），法国传记作家，小说家。

莫洛亚说，"是心理学和哲学论文，在这些论文中，这位知者（我认为他指的是普鲁斯特本人而非小说中的那个叙述者）对人物的行动加以评论。"他接着又说："根据这些材料，人们可以编纂一部颇具蒙田风格的散文集，如论音乐的作用、论艺术创新和论风格美，以及论不寻常的性格类型和论医学方面的鉴别，等等。"所有这些都具有真知灼见，但它们是否提高了小说本身的价值，我认为就要看你对小说这种体裁的基本功能持何种观点而定了。

这方面各人有各人的看法。赫·乔·威尔斯①写过一篇名为《当代小说》的有趣文章，他说："在我看来，小说是唯一能使我们对那些因当代社会变化而成堆提出的问题中的大多数问题加以讨论的一种媒介。"将来，小说同样"是社会的协调者、相互了解的媒介、自我反省的工具、伦理道德的展示、生活方式的交流、风俗习惯的产地以及对法律制度和社会教条及思想的批判"。"我们（在小说中）探讨的是政治、宗教和社会问题。"威尔斯不能容忍那种把小说仅仅视为一种消遣手段的看法。他明确表示，他自己从不把小说看作为一种艺术形式。奇怪的是，当有人认为小说是一种宣传手段时，他也不同意："因为在我看来，宣传一词是有特定含义的，它是为某个党派、教会或者某种学说服务的。"然而，现在这个词的含义已变得非常宽泛，泛指一种方式，即用口头、文字或者广告等形式，一再重复，以期说服别人相信，你在事物的真与假、好与坏、是与非或者美与丑等方面的观点是正确的，应该为所有的人所接受，而且作为行动准则。威尔斯的主要小说，其目的就是要传播某种学说

---

① 赫·乔·威尔斯（1866—1946），英国著名小说家，与凡尔纳齐名。

和原则，那同样是宣传。

问题的关键在于，小说是不是一种艺术形式？它的目的是教育呢，还是娱乐？要是它的主要目的在于教育，那就不是一种艺术形式。因为艺术的主要目的是使人愉悦。这一点，诗人、画家以及哲学家都是一致同意的。然而，由于基督教总是教导人们心怀疑虑地把娱乐看作是会导致灵魂堕落的陷阱，艺术的真相使许多人深感震惊。显然，把娱乐看成是件好事要合理得多。不过仍需记住，有些娱乐确实会带来不良后果，因此避开它们也许更为明智。一般人总倾向于把娱乐看成是耽于声色的，这很自然，因为肉体的快感比精神的愉悦更加明显，也更为强烈；但这种观点肯定是错误的，因为既有肉体的娱乐，也有精神的娱乐，虽然后者不如前者那样强烈，却要比前者更加持久。《牛津词典》对艺术下的定义之一是："应用于审美方面的技巧，如诗歌、音乐、舞蹈、戏剧、演说、文学等。"这话不错，只是后面还应加上："特别按现代习惯，应用于完美工艺中，并通过对象本身的完善性来表现自己的技巧。"我认为，这就是每个小说家的目标，但我们知道，小说家又是无法完全达到这个目标的。我想，我们可以把小说称为一种艺术形式，它或许是一种并不十分崇高的艺术，但仍然是一种艺术。它只是一种本质上不太完善的艺术形式。关于这方面的情况，我在各地所作的讲演中已经有所涉及，现在我要谈的并不比以前讲过的多，就从中简短地引用一些吧。

我认为，把小说当成布道场所或者课堂，那是一种陋习。要是读者以为能在读小说时轻松地获得知识，我相信他已误入歧途。知识只有通过勤奋才能获取，那是一件艰辛而枯燥的工作。如果我们能把某种含有知识信息、因而十分有用的"药粉"，裹在美味可口的小说"果酱"里一口吞下，那当然太好了。但实际情况是，在弄得这样可口之后，这"药粉"是否还有用，我们就不敢肯定了。因为小说家传递的知识会带有偏见，因而不可靠；而对事物有一种歪曲的了解，还不如不了解的好。我们没有理由要求一个小说家除了做小说家还得成为别的什么家，他只要是个好小说家就足够了。他对许多事情都要懂一点，但要他在某个特殊领域成为一个专家，那不仅没有必要，有时甚至是有害的。他需要知道羊肉的味道，但不需要把一只羊都吃下去，吃一块羊肉就够了。那样，只要他对自己所吃的羊肉有足够的想象和创造才能，他就能很好地向你描述爱尔兰炖羊肉的味道如何；如果他从这点出发，进而开始发表自己对牧羊业、羊毛工业以及澳大利亚政治局势的观点，那么我们还是谨慎为妙，最好对他的观点持保留态度。

　　小说家常受其偏见的支配，他在选择题材、塑造人物以及在对人物的态度等方面，无不受此制约。无论他写什么，都是他个性的流露以及他的内心直觉、感情和经验的表现。无论他怎样想写得客观，他终究是他的癖好的奴隶。无论他怎样不偏不倚，都免不了失之偏颇。他用的是灌了铅的骰子。小说家从小说一开始向你介绍人物起，就在引诱你对他的人物发生兴趣并表示同情。亨利·詹姆斯一再强调，小说家要有演戏的才能。这种说法也许不太恰当，却十分生动，因为小说家必须把他的材料安排得使你感兴趣。为此，他甚至会不惜牺牲真实性和可信性以获得预期效果。众所周知，具有知识性或者科学价值的著作是绝对不能这样写的。小说家的目的不是教育，而是娱乐。

两种不同人称的小说

也许，小说主要有两种写法，而且各有各的优点和缺点。一种是第一人称的写法，另一种是全知观点的写法。用第二种写法，作者会告诉你他认为你应该知道的一切，帮助你随着故事的发展理解他的人物。他可以从内部描写人物的情感和动机，譬如某个人物穿过了街道，他就能告诉你，他（或者她）为什么要这样做，结果又怎样，等等。他还可以对一批人和一系列事件表示关注，然后又把他们束之高阁，开始关注另外一些人物和事件，这样使故事复杂化，以此重新唤起你可能已有所衰退的兴趣，同时达到表现生活的丰富性、复杂性和多样性的目的。这种写法的缺点是，小说中的一批人物很可能会不及另一批人物有趣。举个著名的例子来说，如在《米德尔马契》中，当读者读到那些他不感兴趣的人物命运时，就会觉得非常厌烦。此外，用全知观点的写法创作小说，还要冒作品庞大累赘和冗长松散的风险。写这种小说的作家中，没有谁能比得上托尔斯泰，然而即便是托尔斯泰，也难免有上述缺点。这种写法向作者提出的要求是很难达到的。他必须深入到每个人物的内心，感其所感，思其所思；而他却有自己的局限，也就是说，只有当他以其自身作为人物的原型时，他才有可能做到这一点。如果不是这样，他就只能从外部去观察其他原型。然而这样创造出来的人物，往往会缺少说服力，使读者难以信服。

我想，亨利·詹姆斯之所以十分关心小说形式，就是因为他意识到了这些缺点。他于是就想出了一种可称为"亚变种"的全知观点的写法。采用这种写法，作者仍然是无所不知的，但他只对某一个人物无所不知，而由于这个人物对其他人物并不全知，作者的无所不知也就很有限了。譬如，当作者写到"他看见她露出了笑容"时，他是无所不知的；但当他写到"他看出了她微笑中的冷嘲"时，就不是了，因为他把冷嘲赋予她的微笑，也许并没有适当的理由。毫无疑问，亨利·詹姆斯清楚地知道这种写法的实用性，那就是：他是通过某个特定的重要人物——如《专使》中的史特雷瑟——的所见、所闻、所思和他的猜测，来讲述故事和展示其他人物性格的，因而他觉得这样写可以防止枝节纷繁，小说的结构就必然会紧凑而简洁。此外，这种写法还赋予对象以真实感，因为你现在主要关心的只是一个人，慢慢地就相信了他告诉你的事。这里，读者应该知道的事情，是随着读者对人物的逐渐了解，逐渐地传达给读者的，而就在读者一步步地对那些令人困惑的、朦胧费解的、甚至不可知的事情的理解过程中，他享受到了阅读的乐趣。可见，这种写法使小说具有侦探故事中的那种神秘气氛和戏剧性，而这正是亨利·詹姆斯所渴望得到的小说效果。然而，一点一滴地透露事实真相也有危险，那就是读者很可能比小说中那个正在探知事实真相的人物更加机灵，很可能会在作者希望他知道之前就已经猜到了——就是这么回事！我想，凡是在读《专使》的读者，大概都会越来越不耐烦地觉得那个史特雷瑟实在愚钝，连明摆着的事情、别人都一目了然的事情，他也看不清。已成公开的秘密，史特雷瑟竟然还在猜测，而且还猜不出。这证明，这种写法也有其缺点。读者本不是傻瓜，而你却轻率地、无礼地把他当成了傻瓜。

既然大部分小说都使用全知观点的写法，那就只能假定，大多数小说家觉得这种方法在解决小说难点时基本上是令人满意的。不过，用第一人称的写法也有其优点。像亨利·詹姆斯采取的方法一样，它赋予叙述以真实感，而且紧扣主题，因为小说家此时只能讲述他亲眼目睹、亲耳所闻或者亲身经历过的事情。要是十九世纪英国的那些大小说家当初能更多地采用这种写法，那就好了，因为他们的小说总写得结构松散，冗长而枝蔓横生。这可能是由于他们的小说以连载形式发表的，也可能是一种民族癖性。第一人称写法的另一个优点，是容易使你对叙述者产生共鸣。你也许不赞赏他，但由于你的注意力一直集中在他身上，不由得便会同情他。不过，这种写法也有一个缺点，那就是当叙述者——如《大卫·科波菲尔》中那样——同时又是主人公时，他若告诉你说他是如何英俊而有魅力，不免会有自吹之嫌；他若讲述自己的英勇行为，又会给人以自负之感，而当读者都已看出女主人公在爱他时，他自己却不知道，似乎又显得很愚蠢。此外，没有一个写这类小说的作家能完全克服的另一个更大的缺点，那就是这类小说中的叙述主人公，即中心人物，和他周围的其他人物比较起来，总显得苍白而不够生动。为什么会这样呢？我能提出的唯一解释是，因为小说家在主人公身上看到的是他自己。他是从内部主观地观察之后讲述他所观察到的东西的,所以他往往感到茫然失措或者优柔寡断;反之,当他从外部通过想象和直觉客观地观察其他人物时,要是他具有像狄更斯那样的才能的话,就会带着一种戏剧性的眼光兴味盎然地观察他们,对他们的怪癖会乐不可支,写出来的人物往往与众不同,栩栩如生,从而使他自己的肖像倒相形见绌了。

有一类用这种写法创作的小说曾经风行一时,那就是书信体小说。书信当然都是用第一人称写的,只是出自不同的人之手。这类小说的优点就是非常富有真实感。读者很容易相信那些信件是真实的,相信它们确为某人所写,而正因为读者的轻信,他便落入了小说家手中。小说家一开始就力求获得真实感:他会使你相信,他所说的事情确实发生过,即使像不可能发生的如明希豪森男爵①的故事,或者像卡夫卡《城堡》中的令人毛骨悚然的故事,他也要你相信可能是真的。但这类小说也有严重缺点。这是一种兜圈子的、故弄玄虚的讲故事方式,而且讲得过分谨慎。那些书信往往啰里啰唆,离题万里,读者不久便感到厌烦,所以这类小说也就自行消失了。有三部书信体小说大概可以算作名著,它们是《克莱丽莎》《新爱洛绮丝》和《危险的角逐》。

然而,有一种用第一人称创作的小说,在我看来不仅克服了这种写法的缺陷,还很好地利用了它的优点。也许这是一种最方便、最有效的小说写法。从赫尔曼·麦尔维尔的《白鲸》

---

① 德国著名童话人物,即"吹牛大王"。

一书中，便可看出使用这种写法的好处。在这种小说中，作者用第一人称讲述故事，但他并不是主人公，他讲的不是自己的故事。他是故事中的一个人物，和其他人物或多或少保持着联系。他并不决定情节，而是作为其他人物的知己朋友、仲裁者或者旁观者产生作用。就像希腊悲剧中的合唱队，他对自己所看到的事情进行思考；他可以恸哭，也可以提出忠告，但他没有资格影响事件的进程。他把读者当作知心人，把自己所知道的、希望的或害怕的事情都告诉读者，要是他觉得不知所措，也照样会坦率地讲出来。为了不至于让这个人物把作者希望隐瞒的事情也泄漏给读者，并不需要像亨利·詹姆斯处理《专使》中的史特雷瑟那样，使他显得很愚蠢。相反，他可以像作者自我描述的那样，目光敏锐、聪明伶俐。这里，叙述者和读者，对故事中的人物，对他们的性格、行为和动机，有着共同的兴趣；叙述者对这些人物的感受，也就是他要想激发读者产生的那种感受。所以，他所取得的真实效果，同作者本人作为小说主人公所获得的效果一样令人信服。他可以把主人公描述得既俊美又高尚，甚至可以给他戴上神圣的光环，而若在叙述者就是主人公的小说中，这样做就不可避免地会引起你的反感。显然，小说的这种写法有助于使读者对人物产生亲切感，增强小说的真实性，是很值得推荐的。

什么是好小说

我想冒昧地谈一谈,在我看来一部好小说应该具有哪些特性。它的主题应该能引起广泛的兴趣,即不仅能使一群人——不管是批评家、教授、有高度文化修养的人,还是公共汽车售票员或者酒吧侍者——感兴趣,而且具有较普遍的人性,对普通男女都有感染力。主题还应该能引起持久的兴趣:一个选择只有一时兴趣的题材进行创作的小说家,是个浅薄的小说家,因为一旦人们对这样的题材失去兴趣,他的小说也就像上星期的报纸一样不值一读了。作者讲述的故事应该合情合理而且有条有理,故事应该有开端、中间和结尾,结尾必须是开端的自然结局。情节要具有可能性,不仅要有利于主题发展,还应该是由故事自然产生的。小说中的人物要有个性,他们的行为应源于他们的性格,绝不能让读者议论说:"某某人是绝不会干那种事的。"相反,要读者不得不承认:"某某人那样做,完全是情理之中的事。"我觉得,要是人物又很有趣,那就更好。福楼拜的《情感教育》虽然受到许多著名批评家的高度称赞,但是他选择的主人公却是个没有个性、没有生气,也没有任何特点的人,以至于他的所作所为以及在他身上所发生的一切,都无法使人产生兴趣;结果,虽然小说中有许多出色之处,但整部小说还是令人难以卒读。我觉得,我必须解释一下,为什么我认为人物必须具有个性。因为要求小说家创造出完全新型的人物，是强人所难：小说家使用的材料是人性，虽然在各种不同的环境中人性千变万化，但也不是无限的；人们创作小说、故事、戏剧、史诗已有几千年历史，一个小说家能创造出一种新型人物的机会，可以说微乎其微。回顾整个小说史，我所能想到的唯一具有独创性的人物，就是堂吉诃德。然而，即便是他，我还是毫不惊讶地听说，有个知识渊博的批评家已为他找到一个古老的祖先。因此，只要一个小说家能通过个性来观察他的人物，只要他的人物个性鲜明，而且鲜明到足以让人错以为他是一种独创的人物，那么这个小说家就已经是很成功了。

既然行为应源于性格，那么语言也应如此。一个上流社会的女子，谈吐就应该像个上流社会女子；一个妓女的语言，就得像个妓女；一个在赛马场招徕顾客的人或者一个律师，讲话也得符合各自的身份（我不得不说，梅瑞狄斯或亨利·詹姆斯的作品就有一个缺点，就是他们的人物都千篇一律地用梅瑞狄斯或亨利·詹姆斯的腔调说话）。小说中的对话不能杂乱无章，也不应该用来发表作者的意见，它必须服务于典型化人物的塑造和故事情节的发展。叙述的部分应该写得直截了当，要生动、明确，只需把人物的动机以及他们所处的环境令人信服地交代清楚，而不应过于冗长。文笔要简洁，使一般文化修养的读者阅读时也不觉得费劲；风格要和内容一致，就像式样精巧的鞋要和大小匀称的脚相配。最后，好的小说还应该引人入胜。我虽然把这一点放到最后说，但这是最基本的要点，没有这一点，其他一切全都会落空。一部小说在提供娱乐的同时越能发人深思，就越好。娱乐一词有多种含义，提供乐趣或者消遣只是其中之一。人们容易犯的错误是，认为娱乐就其含义而言，消遣是唯一重要的。其实，《呼啸山庄》或《卡拉马佐夫兄弟》和《特里斯川·项狄传》或《老实人》①同样具有娱乐性。虽然感染人的程度不同，但同样真实。当然，小说家有权处理那些和每个人都密切相关的重要主题，如上帝的存在、灵魂的不朽、生命的意义及价值，等等；但是，他在这样做的时候，最好记住约翰逊博士的至理名言："关于上帝、灵魂或者生命这样的主题，没有人再能发表新的真实见解，或者真实的新见解。"即便这些主题是小说家所要讲述的故事的一个组成部分，而且对人物的典型化是必需的，会影响到人物的行为举止——也就是说，如果不是这样，他们就不会有那样的行为举止——小说家也只能指望读者对他所涉及的这些主题感兴趣而已。

即便一部长篇小说具有我提出的所有优点（这要求已相当高），它在形式上也会有这样那样的缺陷，就如白璧微瑕，很难做到尽善尽美。因此，没有一部长篇小说是十全十美的。一个短篇小说可能是十全十美的，根据它的篇幅，大约在十分钟到一个小时内就能读完，它的主题单一、明确，完整描写一个精神的或者物质的事件，或者描写一连串密切相关的事件。它可以做到不可增减的程度。我相信，像这样完美的境界，短篇小说是可以达到的，而且我认为要找到一批这样的短篇小说也不难。但是，长篇小说却是一种篇幅不限定的叙事文学，它可以

---

① 《特里斯川·项狄传》为英国作家劳伦斯·斯特恩的小说；《老实人》是伏尔泰的哲理小说。

长得像《战争与和平》那样，同时表现一系列相互关联的事件，又同时表现许许多多人物，也可以短得像《嘉尔曼》那样。为了把故事讲得真实，作者总要讲到与故事有关的其他事情，而这些事情并不总是很有趣的。事件的发展往往需要有时间上的间隔，作者为了使作品得到平衡，就得尽力插入一些内容来填补因间隔而留下的空白。这样的段落称之为"桥"。大多数小说家虽然都天生有过"桥"的才能，但在此过程中，枯燥无味却是难免的。小说家也是人，不可避免地会受时代风气的影响，更何况小说家的感受性还胜过一般人，因此他时常会不由自主地写出一些追随世风的、昙花一现的东西。举例来说：十九世纪之前的小说家是不太注意景物描写的，写到景物也至多一两句话；但是，当浪漫主义作家，如夏多布里昂①，受到公众喜爱后，为描写而描写就成了一时的风尚。某个人物上街到杂货店去买牙刷，作者也会告诉你，他路过的屋子是什么样子，店里出售的是什么商品，等等。黎明和夕阳、夜晚的星空、万里无云的晴天、白雪皑皑的山岭、阴森幽暗的树林——所有这一切，都会引来没完没了的冗长描写。许多描写固然很美，但离题万里，只是到了很久之后，作家们才明白，不管多么富有诗意、多么逼真形象的景物描写，除非它有助于推动故事的发展或者有助于读者了解人物的某些情况，否则就是多余的废话。这还是长篇小说偶尔才有的缺点，另一种缺点则是内在的、必然的。要完成一部洋洋洒洒的长篇巨著是很费时日的，至少也得几个

---

① 夏多布里昂（1768—1848），法国浪漫主义作家，主要小说有《阿达拉》和《勒内》等。

星期，一般需要好几个月，有时甚至要好几年。作家的创造力往往会衰退，这是很自然的事。这样他就只能硬着头皮坚持写下去，而在这种情况下写出来的东西，如果对读者还会有吸引力的话，那简直是惊人的奇迹了。

过去，读者总希望小说越长越好，因为他们花钱买小说书，当然想读出本钱来。于是，作家们就挖空心思地在自己讲述的故事中添加许多的材料。他们找到了一条捷径，那就是在小说中插入小说，有时插入的部分长得像一个中篇小说，而和整部小说的主题又毫无关系，即使有也是牵强附会的。《堂吉诃德》的作者塞万提斯就是这么做的，而且其大胆程度简直无人能与之相比。那些插入的文字，后来一直被视为这部不朽名著中的一个污点，现在也不再有人会耐心地去读它们了。正因为这一点，塞万提斯受到了现代批评家的攻击。不过，我们知道，他在后半部里避免了这种不良倾向，因此要比前半部好得多，写出了那些被认为奇妙得不可思议的篇章。遗憾的是，他的后继者（他们肯定不读批评文章）并没有停止使用这种方法，他们继续向书商提供大量的廉价故事，足以满足读者的需要。到了十九世纪，新的出版形式又使小说家面临新的诱惑。月刊因为用很大篇幅刊登消遣文学而大获成功，对此虽有人嗤之以鼻，但它也为小说作者提供了好机会，即在月刊上连载小说可得到丰厚的报酬。几乎与此同时，出版商也发现，在月刊上连载知名作家的小说是有利可图的。作家要按合同定期向出版商提供一定数量的小说，或者说要写满一定的页数。这样一来，就逼着他们慢吞吞地讲故事，一写就是洋洋万言。我们从他们自己说的话中就得知，这些连载小说的作者，甚至他们中最杰出的如狄更斯、萨克雷和特罗洛普等人也不时感到，要一次又一次定期交出等着连载的那部分小说，实在是一种难以承受的沉重负担。无怪乎，他们只好把小说拉长！无怪乎，他们只好用不相干的内容把故事弄得拖泥带水！所以，如果考虑到当时的小说家有那么多的障碍和陷阱，那么，当你发现当时最优秀的小说也有缺陷时，就不会大惊小怪了。实际上，使我觉得惊讶的倒是，它们的缺陷并不像想象的那么多。

小说要有故事

为了自我提高，我一生中读了不少论小说的专著。总的来说，这些专著的作者都像赫·乔·威尔斯一样，不愿把小说看作为一种消遣方式。他们一致同意，小说中的故事是无关紧要的。实际上，他们更倾向于认为，故事是阅读小说时的一种障碍，会分散读者的注意力，从而忽视了小说中那些他们认为重要的因素。看来他们好像并不懂得，故事其实是小说家为拉住读者而扔出的一根性命攸关的救生绳索。他们认为，为讲故事而讲故事是小说的庸俗化表现。我觉得这观点太奇怪了。因为听故事的欲望在人类身上就像对财富的欲望一样根深蒂固。有史以来人们就一直聚集在篝火旁或者市井处相互听讲故事。这种欲望始终很强烈，这可以从当今侦探故事的泛滥中得到证明。虽然把小说家仅仅看作故事员是对他的轻视和侮辱，但小说家要讲故事仍是事实。当然，我敢说没有人是这么看待小说家的。小说家通过自己所讲述的事件、选择的人物以及对他们的态度，为你提供一种对生活的批判。这种批判也许既不新颖也不深刻，但它已在那里了；其结果是，尽管他自己都没注意到，他已经通过他这种简单的方式成了一个道德家。道德不像数学，不是一门精确科学。道德标准不是一成不变的，原因是它和人的行为举止密切相关，而我们大家都知道，人的行为往往是虚伪的、复杂的和多变的。

我们生活于一个动乱的世界，小说家理应关注这个世界。将来的世界也不会太平。自由总会受到威胁。我们总是处于忧虑、恐惧和挫折之中。过去不容置疑的社会准则，现在看来已大有疑问。但是，当小说涉及这样的严重问题时，读者却会觉得枯燥乏味，这一点小说家并不是不知道。譬如，现在发明了避孕药，过去为保持贞洁所必须遵守的那种道德标准就不适用了。小说家很快就注意到由此而引起的两性关系变化，因此当他们想维持读者对小说的兴趣时，他们就一味地让他们的男女主人公频频上床。我认为这并不是个好办法。切斯特菲尔德爵士曾对性交做过这样的评论：欢娱是一时的；情景是可笑的；代价是昂贵的。要是他活到今天并且读过现代小说的话，也许他会这样评论：行为是千篇一律的；描写是重复冗长的；感觉是索然无味的。

目前，小说有一种倾向，就是注重刻画人物而不注重讲述故事。当然，刻画人物很重要；因为只有当你熟悉了小说中的人物并对他们产生了同情之后，你才会关心发生在他们之间的事情。但是，倾全力于人物刻画而不注重人物之间发生的事情，这只是小说的一种写法。另一种写法则是单纯讲述故事，其间对人物的刻画很马虎或者很粗略，像这样的写法也同样有权存在。事实上，有不少闻名于世的好小说就是这么写的，如《吉尔·布拉斯》和《基督山伯爵》等。假如山鲁佐德[①]只知道刻画人物性格而不讲那些奇妙的故事的话，她的脑袋早就被砍掉了。

[①] 即《一千零一夜》里的故事叙述者，她因不断地讲故事吸引残暴的国王而免遭杀害。

关于畅销书

某些批评家——不幸的是还有一部分自认为属于知识阶层的读者——竟然那么愚蠢,会因为一本书是畅销书就予以谴责。认为一部许多人想看、因而都去买的书,肯定比一部几乎无人想看、因而都不去买的书差,这实属蛮横无理。洛根·皮尔赛·史密斯①自己从一家瓶子工厂和一块家族墓地得到丰厚收入,却这么说到作家:"为钱写作的作家,就不是在为我写作。"这样的言论愚蠢之极,只能说明他对文学史一无所知。约翰逊博士就是为了挣钱偿付母亲的殡葬费才写出英国文学中的不朽之作的,他还说过:"除非是白痴,没有一个人愿意写作,除非是为了钱。"巴尔扎克和狄更斯也都没有因为钱写作而觉得可耻。批评家的任务是判明有关的作品的成功与否,至于作家的写作动机,就像作品售出多少复本一样,其实与他无关。但是,他若是一个有思想的批评家,也会有兴趣去探究导致一部艺术作品产生的各种可能的动机,调查一下有哪些特殊的原因,使一部书同时会受到许多文化程度不同、嗜好也各异的读者的青睐。在这方面,只要将《大卫·科波菲尔》和《飘》,或者《战争与和平》和《汤姆叔叔的小屋》比较一下,他就会发现收获不小。

---

① 洛根·皮尔赛·史密斯(1865—1946),英国现代散文作家。

诚然，我不是说畅销书就一定是好书。它可能很糟。一本书很可能由于涉及当时正巧使公众感兴趣的某个问题而畅销，它很可能错误百出，但还是使普通读者趋之若鹜。只是，当公众不再对那个特殊问题感兴趣时，这本书也就被彻底遗忘了。一本书也可能由于色情而畅销，因为猥亵的读者总是大量存在的，倘若出版商和作者能够幸运地引起官方的注意并想来阻止的话，那么这本书的销量还会激增。一本书还可能由于满足了不少人的冒险和浪漫愿望而畅销，因为在现实生活中，人们的这两种愿望是不可能实现的，为了摆脱单调和孤独的生活，唯一的途径就是沉溺于幻想，而若将这条路也堵死的话，那未免太苛刻了。在美国，近年来不断加强的广告宣传也大大增加了书籍的销售量，包括小说和非小说，而且被大肆宣传的往往是一些没有什么价值的书，但我想，所有的出版商都会同意，不管他们在广告宣传方面准备花多少钱，都不可能使每个人都来读某一本书，除非这本书里有什么东西能吸引每一个人。广告宣传所能做的，仅仅是使那些本来就想读某本书的人注意到这本书而已。正因为某本书自身具有某种可读性，出版商才会做广告。尽管这本书很可能构思得很差，写得也很糟，平庸、做作、滥情或者不合情理，但它一定有某种能普遍吸引大众的东西。这就意味着，它至少在某种程度上或某个方面是成功的。指责人们不应该喜欢这样一本有那么多缺点的书，是无济于事的。人们已经喜欢了，就不在乎什么缺点，他们只知道书里有某种特别的东西使他们感兴趣。批评家如果能指出这是什么东西，那是很有好处的。只有这样，他们才能给我们以教益。

读哲学的乐趣

最初给我介绍哲学的是库诺·费舒尔[①],那时我在海德堡听他的讲座。他在那里很有名气,那年冬天他开设的是关于叔本华哲学的系列讲座。听讲者济济一堂,要想找个好位子,就得提早去排队。费舒尔是个短小精悍的人,衣着整洁,圆圆的头,白头发梳理得很平整,一张红润的脸。他的小眼睛机敏而且炯炯有神。他长着个滑稽的扁平鼻子,那样子好像是被人打塌的,所以你会以为他是个退休的拳击手,而不是个哲学家。他很有幽默感,而且也确实写过一本论机智的书,那本书我当时正在读,只是现在已忘得干干净净了。他时不时地会说句笑话,逗得听讲者哄堂大笑。他嗓音洪亮,是个口若悬河、善于辞令和鼓动人心的演说家。我那时太年轻也太无知,不很理解他所讲的一切,但我对叔本华古怪而独特的个性却有了一个清晰的印象,对他的哲学体系生动而奔放的性质也有了一点模糊的感觉。时隔多年,我不敢做什么评论,只想说明一点,那就是库诺·费舒尔的讲座与其说是一本正经地讲解哲学,不如说是一项艺术活动。

从那以后我就大量地读哲学了。我发现读哲学很有趣。确

---

① 库诺·费舒尔(1824—1907),德国哲学家。

实，对一个把读书看作一种需要和一种享受的人来说，哲学在各种可供阅读的重要科目中是最丰富多彩和引人入胜的。古希腊令人兴奋，但从这方面讲，它能给你的激动却很有限，因为过了一段时间，你就把留传至今已少得可怜的古希腊文献以及有关的论述全都读完了。意大利文艺复兴也令人神往，但相对而言，这个题目较小；它蕴含的思想不多，其艺术方面的创造性价值也早已枯竭，所剩的只有优雅、妩媚和匀称（这样的性质，你也司空见惯了），因此你会感到厌倦，而对那个时期的人，你也同样觉得厌倦，因为他们虽多才多艺，却千人一面，像一个模子里铸出来的。接着你可以永无止境地去读那些有关意大利文艺复兴的论著，只是不等把这些材料读完，你已经兴味索然了。法国大革命也是个很有吸引力的题目，它的优点就是它具有现实意义。它在时间上离我们很近，因此我们只要稍稍发挥一下想象力，就能使自己置身于发动那场大革命的人群中。他们几乎可以说是我们的同时代人，因为他们的思想和活动至今仍影响着我们的生活，就某种风尚而言，我们都是法国大革命的后继者。这方面的资料非常丰富，有关的文献浩如烟海，而且还在没完没了地出现。你始终可以找到新颖而有趣的材料来读。然而，它仍不能使你满意。由它直接产生的艺术和文学微不足道，你只能去研读发动那场大革命的那些人物，而关于他们，你越读就越会因为他们的猥琐和庸俗而感到惊讶。出演世界史上最伟大的一场戏剧的那些演员，竟然那么可悲地和他们所扮演的角色不相配。最后，你怀着一丝淡淡的厌恶之情，抛开了这个题目。只有哲学永远不会让你失望。你永远不可能到达它的尽头。它就像人的灵魂一样多姿多彩。它真是了不起，因为它几乎涉及人类的全部知识。它谈论宇宙，谈论上帝和永生，谈论人类的理性功能和人生的终极目的，谈论人的能力及其局限；如果有人带着这些问题到这个神秘朦胧的世界里去游历而又得不到回答的话，它就劝说他心安理得地满足于自己的无知，它教他退守为安，并且赋予他勇气。它启迪人的心智，同时也激发人的想象力。我觉得，它为业余爱好者提供了比给予专家学者还要多的冥思遐想，这样的冥思遐想趣味无穷，借此可以消闲解闷。

由于受库诺·费舒尔讲座的启发，我便开始读叔本华的著作，后来又几乎读了所有经典哲学家的重要著作。那里固然有许多东西我没法理解，而且即使我自以为理解的也未必真的理解，但我在读它们的时候还是觉得趣味盎然。其中只有黑格尔一直使我感到厌烦。这当然是我自己的不是，因为他对十九世纪哲学思想的影响已证明了他的重要性。我觉得他过于冗长曲折，不管论证什么总要兜个大圈子，实在使我难以忍受。不过，对其他柏拉图以后的哲学家，我都是像一个在异国旅游的游客那样兴致勃勃地一个接一个读的。我不是思辨地研读，而是像看小说一样，寻求兴奋和乐趣（我曾坦率地说过，我读小说不是为了受教育，而是为了乐趣，请读者谅解）。作为一个关心人类性格的人，我从这些不同的哲学家提供给我检验的自我表白中获得莫大的喜悦，看到了隐藏在各派哲学后面的一个个的人。当我看到某些人很崇高时，我就肃然起敬，而当我发现有些人很古怪时,又觉得好笑。当我随着普罗提诺①从一片孤寂中头晕目眩地跃入另一片孤寂时,我感觉到一种奇妙的欣喜,我虽然知道笛卡尔从合理的前提得出了荒谬的结论,但他明快的笔调仍使我入迷,读他就像在湖泊里游泳,湖水是那么清澈,直见湖底,晶莹的波澜让你心旷神怡。我把初读斯宾诺莎视为我生活中一次不平凡的经历,它使我充满庄严、崇高之感,就像仰望一片巍峨的群山。

我在读英国哲学时也许有点偏见,因为我在德国受到影响,认为除了休谟之外,其他英国哲学家大多是不值一提的,而休谟之所以重要,也是因为康德批判了他;不过,我觉得他们不仅仅是哲学家,也是很出色的散文家。此外,他们或许称不上杰出的思想家(对此我不敢妄加判断),但不管怎么说,他们肯定是一批富有探索精神的人。我想,大概不会有人在读霍布斯的《利维坦》时,不为他那率直爽快的英国作风所吸引;也不会有人在读贝克莱的《哲学对话》时,不为这位主教可亲可爱的魅力所陶醉。再说,康德固然把休谟的理论批驳得一无是处,但我觉得休谟那种优美、文雅和清晰的文笔是无与伦比的。包括洛克在内,英国哲学家写出的英文,确实可以成为所有注重文体的文人学士的楷模。我每次想写一部长篇小说时,都要重读一遍《老实人》,在自己心里确立一个标准,以此检验自己是否写得像它那样流畅、那样优雅、那样机智。我觉得,现在的英国哲学家们在动手写作前,若都能认真读一遍休谟的《人类

---

① 普罗提诺(205—270),罗马帝国时代最伟大的哲学家,新柏拉图主义之父。

理解论》作为一种借鉴，那对他们一定大有好处。因为他们写出来的东西并不总是很出色的。也许是因为他们的思想要比他们的先辈来得严密，所以不得不使用一套自己创造出来的术语，但是这样做很危险，因为当他们谈论到与所有有头脑思索的人都密切相关的问题时，人们就会抱怨他们没有把意思讲清楚，往往叫人感到不知所云。据说，怀特海教授[①]的头脑是当今从事哲学研究的人当中最灵敏的。我只是觉得可惜，他为什么就没有想到，应该把自己的思想尽量表达得清楚一点呢？斯宾诺莎就遵守一条很好的规则，那就是：他在表达事物性质时所用的词语，其含义绝不会背离该词语的一般含义。

---

① 阿弗烈·怀特海（1861—1947），英国现代哲学家。

人人与哲学有关

虽然没有理由说哲学家不能同时又是文体家,但是好的文体并非自然形成的,而是一种需要推敲和锤炼的技巧。哲学家不仅仅是在对其他哲学家和攻读学位的大学生说话,他们也在对直接影响下一代人思想的作家、政治家和知识界说话,而作家、政治家和知识界,他们当然欢迎一种简明而容易理解的哲学。众所周知,尼采的哲学是如何对世界的某些地区发生影响的,对它所造成的不良后果,应该说也是众所周知的,但尼采哲学的流传,其实并不是靠他可能具有的深刻思想,而是得力于他生动的文体和简明的形式。哲学家如果不重视把自己的思想表达得通俗明了,那只能说明他考虑的仅仅是哲学的学术价值而已。

可以自我宽慰的是,我发现职业哲学家之间也往往会相互不理解。布拉德莱[①]就时常明确表示,他并不理解和他争论的对方所持的究竟是什么观点,而怀特海教授有一次也说,布拉德莱说的有些话令人不知所云。既然最杰出的哲学家们都彼此不能理解,我们外行人常常会听不懂他们说的话,也就不足为怪了。当然,哲学往往是艰涩的,我们对此应有思想准备。外行

[①] 弗兰西斯·布拉德莱(1846—1924),英国唯心主义哲学家。

人读哲学,就像手里没有平衡杆又要走钢丝,所以只要他能平安地从钢丝上下来,就谢天谢地了。但是,这游戏够刺激,即便要冒摔跟头的风险也值得。

我在好些地方都听人说,哲学是那些高级数理学家的专门领地。这使我迷惑不解。既然进化论学说认为,知识是为生存竞争的实际需要而发展起来的,那么,和全人类利益密切相关的知识总和——哲学,又怎么可能仅仅属于一小群搞冷僻专业的人呢?我难以相信。尽管如此,要不是我有幸知道布拉德莱也承认他对深奥的数理学知之甚微的话,我很可能会望而却步,放弃对哲学的愉快探究了,因为我是没有数学头脑的。布拉德莱并不是平庸的哲学家。我们知道,不同的人有不同的口味,要不是这样,也就没有人了。所以不见得你一定要是个数理学家,否则就不可能掌握关于宇宙以及人类在宇宙中的地位、关于罪恶的根源以及现实的意义等正确理论,就像你不一定在品酒方面已训练得能准确说出二十瓶葡萄酒不同的生产年份,但照样能品尝葡萄酒的美味一样。

哲学并不是一门仅仅与哲学家和数理学家有关的学问。它和我们人人有关。确实,我们多数人只是间接地接受某些哲学思想,而大多数人都不知道自己到底有什么哲学。但事实上,即使是最没有思想的人也有自己的哲学。第一个说"泼翻了牛奶,哭也没用"的老婆子,就是一个自成体系的哲学家。因为她这句话的意思,不正说明后悔是无济于事的这一道理吗?这里就显示出一个完整的哲学体系。决定论者认为你生活中没有一个举动不是由你当时是怎样一个人所决定的,你不仅是你的肌肉、你的神经、你的内脏和你的脑子，同时也是你的习惯、你的见解和你的各种各样想法。所有这些，不管你对它们知道得多么少，也不管它们多么矛盾、多么褊狭、多么荒谬，它们存在着，而且影响着你的行为反应。即便你从未说到过它们，它们却是你的哲学。大多数人也许并不想用某种形式把它们表现出来。他们所拥有的很难说是思想，至少不是有意识的思想，而是一种模糊的感觉，一种就像生理学家不久前刚发现的肌肉感那样的经验。这种感觉是他们各自从社会流行观念中获得的，同时又根据自己的经验稍稍加以改变。他们过着有秩序的生活，有这样一种思想和感觉的混合体就可以了。由于其中含有某些世代累积起来的智慧，它是和日常生活的一般需要相适应的。但是，我却想形成我自己的思维模式，而且从年轻的时候起就想弄明白，哪些是我必须去面对的重要问题。我尽力想获得有关宇宙总体构造的知识；我想作出决断：我是否只需要考虑此生呢，还是只需要考虑来生？我想搞清楚：我是完全自由的呢，还是出于一种幻觉才自以为在按自己的意志行事？我想知道：人生是本来就有意义的呢，还是必须由我来赋予它某种意义？于是，我便开始杂乱无序地读各种各样的书。

没有一本一劳永逸的书

当我成为一名医科大学生后,我进入了一个新的世界。我读了许多医科书。它们告诉我,人是一架机器,受机械法则的控制,当机器停下来时,人的生命也就终止了。我在医院里看到人们死去,惊恐之余便相信了书本上所说的东西。我自以为是地相信,宗教和上帝的观念是人类在进化过程中为生存需要而构想出来的,它们在过去——或许现在也是——体现为某种有利于种族生存的价值观,但那只能历史地予以解释而不能视为真实的存在。我虽自称是不可知论者,但在心灵深处,却把上帝看作有理智的人必须加以拒绝的一种假设。

然而,要是根本就没有那个会把我投入永恒之火的上帝,也根本就没有可以被投入永恒之火的灵魂的话,要是我只是机械力量的玩物,生存竞争就是它的推动力,那么我就不明白了:像人们曾经教导过我的善,到底还有没有意义?我开始读伦理学。我用心啃完一部部令人生畏的巨著。我最后得出结论:做人的目的不是别的,只是为了寻求自身的快乐,即使是舍己为人,那也是出于一种幻想,以为自己所要寻求的快乐就是慷慨大方。既然未来是不确定的,及时行乐便是理所当然的常识。我认定,是与非只是两个词。行为准则不过是人们为保护各自的利益而形成的一种习俗而已。自由的人没有理由非要遵循它们，除非他觉得它们对他并无大碍。那时流行格言，于是我也把自己的信念写成一句格言，用以自勉："想去哪儿就去哪儿，只是别让警察盯上。"我到二十四岁时已建立起一套完整的哲学体系。它以两条原理为基础，即物的相对性和人的圆周率。后来我才发现，那第一条原理并不是什么新发现。另一条也许很深刻，只是我现在即使绞尽脑汁，大概到死也不会再想得起来它究竟是什么意思。

有一次我偶然读到一个小故事，觉得非常有趣。这小故事我是在阿那托尔·法朗士①的《文学生涯》的某一卷里读到的。那已经是好多年以前的事了，但至今我还记得，故事大致是这样的：东方有个年轻国王，登基后一心要把他的王国治理好，就把国内的贤士都召来，命令他们去收集全世界的智识慧言，编纂成册供他阅读，这样他就能成为世上最英明的君王。贤士们遵命而去。过了三十年，他们牵着一队骆驼回来了，骆驼背上载着五千册书。他们对国王说，这里收录了天下贤士所知道的全部智识慧言。但是，国王正忙于国事，没时间读那么多书，就命令贤士们回去对这些智识慧言加以精选。过了十五年，贤士们回来了，这回他们的骆驼背上只有五百册书。他们禀告国王说，从这五百册书里就可得知天下全部智慧。但是五百册还是太多，国王命令他们回去再做精选。又过了十年，贤士们又回来了。这回他们带来书不过五十册而已。然而，国王却老了，他疲惫不堪，就是读五十册书的精力也没有了。于是他命令贤

---

① 阿那托尔·法朗士（1844—1924），法国现代小说家，曾获诺贝尔文学奖。

士们再做一次精选，要在一本书里为他提供人类智慧的精华，让他最后能学到他最迫切需要的东西。贤士们奉命而去。又过了五年，他们又回来了。这回他们自己也都成了老年人。他们把那本包含着人类智慧精华的书送到国王手里。然而，这时候的国王已经奄奄一息，就连这一本书也来不及读了。

　　我想寻找的也是这么一本书，一本能使我一劳永逸地解决一切疑问的书。解决了一切疑问，我就可以放手去建立自己的生活模式了。我从古典哲学家读到现代哲学家，希望在他们那里能找到我想得到的东西。我发现他们的言论很不一致。对他们著作中的批判部分，我觉得都很有道理，但读到其中的建设性部分，我虽然说不出有什么问题，却总觉得难以使我心服口服。这些哲学家给我的印象是，尽管他们学识渊博、推理严密、分类精细，但是他们各自持有这样那样的观点，却不是因为出于理性的思考，而是由于他们不同的气质所致。不然的话，我无法理解他们为什么要这么长时间地争论不休，为什么彼此所见如此不同，差异如此之大。我好像在哪里读到过，费希特[①]曾说，一个人持怎样的哲学观点，取决于他是怎样的人。我读到这句话后，当时就想，我很可能是在寻找根本没法找到的东西。于是我就想，既然在哲学上并不存在适合于每个人的普遍真理，而只有符合个人气质的真理，那么我只好缩小探索范围，去寻找一个其哲学体系配我胃口的哲学家，一个和我是同一种人的哲学家。他对我的疑问所作的解答一定会使我满意，因为他的

---

① 费希特（1762—1814），德国古典哲学大师之一。

解答正好迎合我的气质。有一个时期，我对美国实用主义产生了浓厚的兴趣。我曾读过英国名牌大学的教授们写的哲学著作，从中并没有得到什么教益。我嫌他们太绅士气，不像是很好的哲学家，甚至还有点怀疑，他们是不是因为社交的缘故，害怕伤了同事的感情而不敢大胆作出合乎逻辑的结论。实用主义哲学家却很有活力。他们生气勃勃，其中最重要的几位文笔也很好。他们写到了我一直没法想通的那些问题，而且写得深入浅出。不过，尽管我很希望相信，却还是不能像他们那样，相信真理就是我们用来达到实用目的的工具。我认为，作为一切知识基础的感性资料是客观存在的，无论对你来说是否有用，它们总是存在着。此外，他们还说，如果我因相信上帝的存在而得到了安慰，那么上帝对我来说就是存在的。对这种说法，我也觉得不舒服。最后，实用主义再也不能使我感兴趣了。我觉得读柏格森①的书特别有趣，但特别难以让人信服；对本尼台托·克罗齐②，我也觉得不合意。而在另一方面，我却发现伯特兰·罗素③写的东西不但清晰易懂而且语言优美，读来使人心旷神怡。我不胜钦慕地读他的书。我很愿意把他当作我所要寻找的向导。他知识广博而且通情达理。对于人的弱点，他很宽容。但我很快发现，他是一个不太明确方向的向导。他的心智游移不定。他就像一个建筑师，当你要想有一所房子住时，他先劝你用砖头来造，接着又向你提出种种理由来证明为什么应该用

---

① 亨利·柏格森（1859—1941），法国现代哲学家，倡导生命哲学。
② 本尼台托·克罗齐（1866—1952），意大利现代哲学家，新黑格尔主义者。
③ 伯特兰·罗素（1872—1970），英国现代数学家和哲学家，倡导逻辑实证主义。

石头而不是用砖头来造，而当你同意用石头造之后，他又提出同样充足的理由向你证明，唯一可用的材料是钢筋混凝土。最后，你连头顶上的一个顶棚也没有盖起来。我要寻求的是一个首尾一致而且能自圆其说的哲学体系，就像布拉德莱的那样，里面的每一部分都不可分地连接在一起，以至于任何一个部分都不能改动，否则整个体系就会分崩离析。伯特兰·罗素没能给我这样的体系。

最后我得出结论，我永远也不可能找到这么一本完整而能使我满意的书，因为这样的书只能是我自己的一种表达。于是我大胆地决定，这本书必须由我自己来写。我找来那些为研究生攻读哲学学位所规定的必读书，一本本地细心研读。我想这样至少可以使我自己的写作有个基础。我觉得，有了这个基础加上我四十年来积累起来的生活知识（因为我产生这个念头的时候正好四十岁），再加上我准备花几年时间悉心研究一番哲学名著，我将有能力实现自己的愿望，写出这样一本书来。我知道，这本书除了对我自己，不会有任何价值，至多是一个喜欢思考的人的灵魂（因为没有确切的词，姑且这么说）写照，说明这个人的生活经验要比一般职业哲学家丰富一点。我清楚地知道，我在哲学思维方面是毫无天赋可言的，所以我准备从多方面收集理论。这些理论不仅要满足我的心智，而且还要满足（应该说比我的心智更重要的）我整个的本能、感情和那些根深蒂固的偏见——即作为一个人那么亲密无间的一部分的偏见，它们很难和本能区分开来。根据这些理论，我将建立一个对我有效、并且能为我指引生活之路的哲学体系。

但我越读越觉得这个课题之复杂，也越来越意识到自己的无知。尤其是那些哲学杂志，更加使我灰心丧气。我在那里看到有些题目显然很重要，而且有长篇论述，但我读起来就像处在一片昏暗之中，只觉得繁琐而茫然。它们那种论述方式和推理过程、对每个论点的精密论证和可能遇到的反面意见的陈述、作者对自己初次使用的术语的界定和随处可见的引经据典，全都在向我证明，哲学——至少是现代哲学——只是专家之间的事情，门外汉简直休想了解其中的奥秘。我要写这本书，就需要用二十年时间做准备，然后才能开始写，这样等我写完之际，大概也像阿那托尔·法朗士的故事中的国王一样，已经奄奄一息了，而我的这一番辛苦，到那时至少对我来说已不再有什么用处。

于是，我放弃了这个念头。

决定论与唯我论

我读了康德，觉得必须抛弃我年轻时一度入迷的唯物论，以及和它联系在一起的生理决定论。我当时并不知道康德体系已受到责难，只觉得他的哲学给了我一种感情上的满足。它启发我去思考那不可知的"物自体"，而我原先是满足于从现象方面认识世界的。它使我有一种心灵获得了解放的特殊感觉。不过，康德的那句格言，我却不大能接受。他说，人的行为必须遵循一种普遍律令。我是坚信人性的多样性的，因此不能相信他的这一要求是合理的。我认为，某人认为对的事情，别人很可能会认为是错的。就拿我自己来说，我最大的希望就是别人不要来管我的事，但我也发现，并非人人都是这么希望的，要是我不去管他们的事，他们反而会认为我冷漠、自私、无情无义。确实，你若研究那些唯心论哲学家，必然很快就会碰到唯我论问题。唯心论总是要涉及唯我论的。哲学家们虽像受惊的小鹿一样躲避它，但他们的论述又不断地把他们带回到它面前来，而根据我的判断，他们躲避唯我论的原因，就在于他们不愿对此追根究底。这种理论对小说家来说倒总是很有吸引力的。因为它所宣扬的，也就是小说家平时所做的。它既彻底又不失优雅，因而具有无限魅力。我不能假定我的每一个读者对各种哲学体系都有所了解，因此请已有这方面知识的读者原谅，我将简短地解说一下唯我论。唯我论者只相信他自己和他自己的经验。他所设想的世界，就是他自己的活动范围。他的世界只由他自己以及他的思想和感情组成，此外什么都不存在。任何可知事物，任何经验事实，都只是他心灵中的一种观念，没有他的心灵，它们也就不存在。对他来说，没有可能、也没有必要去假设在他自身之外还存在着什么东西。梦和现实，对他来说是一回事。生活是一场梦，梦中所呈现的一切事物都是他自己创造的。这是一场持续而连贯的梦，只要他停止做梦，世界——连同它的美、它的痛苦和忧患以及种种不可想象的变化——也就不复存在。这是一种完美的理论，它只有一个缺点，那就是不可信。

当我一心想写一本有关这些问题的书时，我想必须从头开始，于是我研究认识论。我发现，我探究的那些理论竟然没有一种能完全令人信服。在我看来，普通人（也就是哲学家鄙视的对象，除非他的观点碰巧和哲学家相符，认为他们的理论极有价值）虽然没有能力判断那些理论是否有价值，但他或许有权从中选择一种最合他心意的理论。要是选择不下，又不想犹豫不决，我看暂时还是接受这样一种理论为好，那就是认为：除了被称为给定的某些基本感觉材料以及被推断的他人心灵的存在，人们对任何事物都无法确定。人们关于事物的知识都是假设，是由他们的心灵建构的，而他们建构这样的假设则是为了有利于生活。他们在进化过程中为了适应不断变化的环境，从这里或那里收集到适合他们目的的零星材料，然后拼成了一幅图画。这幅图画就是他们所认识到的现象世界。真实性也只是他们提出的一种假设。要是他们收集到的是其他一些零星材料，而且把它们拼成了另一幅图画，那么这个不同的世界也会和我们现在自以为认识的这个世界一样和谐，一样真实。

很难说服一个作家相信，肉体和心灵之间并不存在密切的相互作用。福楼拜在写爱玛·包法利自杀时，他自己也感受到砒霜中毒的痛苦，他的这种经验虽然只是一个极端的例子，但每个小说家都有类似的经验。大多数小说家在写作过程中会发冷和发热、疼痛，有时还会恶心；不过，他们又意识到，自己的许多最得意的构思恰恰来自这种病态的身体状况。由于得知自己许多最深沉的情感，许多似乎从天而降的灵感，很可能就是因为缺少运动或者肝脏呆滞而产生的，他们往往便以某种嘲讽态度对待自己的精神活动了；这很有好处，因为这样他们才能把握和控制自己的精神活动。在我看来，在哲学家提出的有关物质和精神关系的各种理论中，就普通人而言，至今仍使我觉得最满意的是斯宾诺莎的看法，即认为思维实体与广延实体是同一的，是同一种实体。当然，今天我们可以更为简便地称之为能量。伯特兰·罗素曾提到过一种中性材料，并认为这种中性材料是同时构成精神世界和物质世界的最初的原料。他的这种思想，要是我没有理解错的话，与斯宾诺莎的看法并没有多大区别，只是用现代方式加以表述罢了。

读伦理学

一般人对哲学的兴趣是讲求实际的。他要知道人生的价值是什么,他该如何生活,他能赋予宇宙以怎样的意义。对这些问题,如果哲学家回避作出哪怕是尝试性的回答,那也是在逃避责任。现在,摆在一般人面前的最迫切的问题,就是有关恶的问题。

使人觉得奇怪的是,哲学家在讲到恶的时候,往往喜欢用牙疼作为例子。他们一本正经地指出,你不可能感觉到我的牙疼。看来,在他们舒适、悠闲的生活中牙疼是唯一能感受到的痛苦,因此我们似乎可以得出结论说,随着美国齿科医学的改进,整个问题将不必再提了。我时常想,哲学家在获得学位、因而可以向年轻人传授知识前,最好是先花一年时间到某个大城市的贫民区里去搞搞社会服务,或者从事体力劳动来维持生计。只要他们看到过一个小孩是怎样患脑膜炎死去的,他们就会用另一种眼光来看待和他们有关的某些问题了。

倘若这个问题不是这么紧迫的话,那你在读《现象与实在》①中论恶的那一章时,就免不了会觉得它写得诙谐而有趣。它的绅士风度令人震惊。它让你留下这样的印象:把恶的问题看得

---

① 布拉德莱的重要著作。

郑重其事确实有点无聊，虽然不可否认恶的存在，但也不必对此大惊小怪。不管怎么说，恶是被过于夸大了，而恶中也颇有善在，倒是显而易见的。布拉德莱坚持认为，就整体而言，根本就不存在痛苦。"绝对者"大于它所包容的种种不和谐现象和所有差异。他告诉我们，就像在一部机器里面，各部分产生的阻力和压力都为一个超越各部分自身的目的服务，"绝对者"的情形与此类似，只是层次要高得多；如果这是可能的，那就是真实的。恶和谬误都服务于一个比它们自身范围更广的计划，而且在这个计划中才得以显现。它们在一个高于它们的善里面起着部分作用，所以从这个意义上说，它们在无形之中也是善。简而言之，恶只是我们的一种错觉，仅此而已。

我很想知道其他派别的哲学家对这个问题是怎么说的。这方面的言论并不多。也许是因为对这个问题没什么可多说的，哲学家们都很自然地把重点放到那些便于他们发表长篇大论的题目上去了。而在他们不多的言论中，又简直找不到能使我感到满意的。也许是因为我们遭受到的种种恶教育了我们，使我们变得更好了，但事实却不允许我们把这当作普遍法则。也许是因为勇气和同情难能可贵，不经历危险和苦难是产生不了的。但很难想象，授予一个冒生命危险救了一个盲人的士兵的维多利亚十字勋章，能对盲人的失明会有什么安慰。施舍表示慈善，慈善是一种美德，但这种美德是否减轻了那个贫穷而靠施舍过日的跛子所遭受的恶呢？恶就在那里，到处都有；痛苦和疾病、亲人的死亡、贫穷、犯罪、作孽、希望的破灭，等等，等等，举不胜举。哲学家们作出的是什么解释呢？有的说，恶从逻辑上讲是必需的，否则我们无从知道善；有的说，世界从其本质上说就有善与恶的对立，两者从哲学上讲是相互依存的。神学家又怎样解释的呢？有的说，上帝使人间有恶是为了考验我们；有的说，上帝降恶于人间是为了惩罚人们所犯的罪孽。但是，我所见到的则是一个孩子无辜地死于脑膜炎。对此我只能找到一种在理智上和感情上都能接受的解释，那就是灵魂轮回说。众所周知，它并不把一个人的生命设想为出生开始或者到死亡结束，而是设想为一个无限的生命系列中的一环，每一环的命运取决于前一环的所作所为。行善能使人升入天堂，作恶则使人堕入地狱。一切生命都有其终点，即使神的生命也有尽期，幸福只有当超脱了生的轮回之后才能得到，即止息于被称为涅槃的不变境界。既然一个人相信他生活中所遭之恶是自己前世作孽所致，也就不难忍受恶了，而且还会努力行善，以期来世得到善报。

　　然而，如果说一个人对自己的不幸总比对他人的不幸感觉强烈的话（就如哲学家所说，我不能感觉到你的牙疼），那么激起一个人义愤的却总是他人的不幸。对自己的不幸也有可能导致愤慨，却唯有满脑子"绝对"理论的哲学家才会对他人的不幸也无动于衷。要是真有因果报应的话，人们便会不无遗憾地、却坚毅地看待种种不幸了。厌恶不幸反而不好，因为人生之苦的荒诞性反而会被抹杀，而这正是悲观论者所持的难以辩驳的论点。遗憾的是，我发现这种理论和我刚刚说到的那种轮回说一样，都是不可信的。

读宗教哲学

当你读过作为世界各大宗教基础的那些教义后,便会不无惊异地注意到,其中大部分是后人对原始教义的发挥。他们的说教,他们的榜样,已形成一种比他们自身更为重要的模式。我们大多数人听到别人的恭维总会感到困窘。奇怪的是,虔诚的教徒们在奴颜婢膝地恭维上帝时,却以为他会高兴。我年轻时,有个年长的朋友常要我到乡间去和他一起小住。他是个教徒,每天一早都要给聚在一起的家人念祈祷文。但他把《祈祷书》里的那些赞美上帝的段落全都用铅笔划掉。他说,没有比当面讨好别人更恶俗的事了。他是个绅士,不相信上帝会那样没有绅士风度。那时我觉得他实在古怪。现在我认为,我的朋友很有见地。

人是有感情的,人是脆弱的,人是愚昧的,人是可怜的,要他承受像上帝的愤怒这样非同小可的事情似乎不太合适。要宽恕他人的罪过并不很难,只要你设身处地为他人着想,总不难看出是什么原因使他做了不该做的事,因而也总能为他找到辩解的理由。一个人受到一些伤害,便会出于愤怒的自然本能而采取报复行动,事关自身之际是很难保持超然态度的,但是只要稍微思考一下,他就会从局外反观自己的处境。这样做的话,他也就比较容易宽恕他人对他的伤害了,甚至比宽恕他人对他人的伤害还要容易。要宽恕伤害过自己的人，的确要困难得多，那确实需要有不寻常的反省能力。

每个艺术家都希望有人相信他，但对那些拒不接受他的人也不发火。上帝却没有这样通情达理，他渴求被人信仰，其迫切程度简直会让你觉得他似乎需要用你的信仰来证明他的存在似的。他许诺给信仰他的人以恩惠，同时以可怕的惩罚来威胁不信仰他的人。至于我，我不能信仰一个因为我不信仰他就要对我发火的上帝。我不能信仰一个还不如我宽宏大量的上帝。我不能信仰一个既无幽默感、又不懂人之常情的上帝。普罗塔克①早就把这件事说清楚了。"我宁愿有人说，"他写道，"从来就没有、现在也没有什么普罗塔克，也不愿有人说，普罗塔克是个反复无常、动辄发火、为一句闲话就要报复、为一点小事也要恼怒的人。"

然而，尽管人们把自己都不愿意有的种种缺点放到了上帝身上，但就此并不能证明上帝是不存在的。它只证明了，人们信奉的各种宗教只是在一片难以深入的密林里开辟出来的一条条死路，其中没有一条能通往那神奇奥秘的中心。人们提出种种理由来证明上帝的存在，关于这些理由，我请读者耐心地听我简单地谈一谈。其中的一种理由是认为人有完美事物的观念，既然完美也包括存在，因此完美事物必定存在。另一种理由是坚持万事都有起因，既然宇宙存在着，那它也必有起因，这起因就是造物主。第三种理由是依据自然模式提出的，康德说它

---

① 普罗塔克（46—120），古希腊著名传记作家和哲学家。

是最清楚、最古老和最符合人类理性的,这种理由在休谟的对话录里通过其中的一个人物做了这样的表述:"大自然有其秩序和安排,终极原因奇妙地产生作用,每一部分和每一器官有其明显的用途和目的,这一切都清楚地说明,存在着一个有智慧的原因,或者说一个伟大的作者。"但康德下结论说,这样的说法并没有特别支持第三种理由,对前面两种理由也差不多无效。于是他提出了另一种说法。简单地说,他认为如果没有上帝,人的责任感就会失去根据而成为一种虚幻之物,而责任感则是一个自由、真实的自我的必要前提,所以从道德上说我们必须信仰上帝。一般认为,康德的这种说法更多的是出于他的和善性格,而非他的缜密思考。我倒觉得它比其他几种理由更具说服力,虽然这种说法现在已不时兴了,只在当作"圣贤有同见"的佐证时才为人所知。它表明,人类从遥远的原始时代起就有某种对上帝的信仰,所以很难想象,这样一种和人类一起发展的信仰,一种为最杰出的智者、东方圣人、希腊哲学家和经院派哲学大师所接受的信仰,到头来是毫无根据的。在许多人看来它是人的一种本能,但情形也许是(只能说"也许",因为没法肯定),除非一种本能的存在可能性得到满足,否则它便不会存在。经验表明,一种信仰的流行不论其时间多长,都无法保证它一定是真理。由此看来,上述关于上帝存在的种种理由没有一种是充分有效的。但是,你当然也不能因为无法证明就否认上帝的存在。人们依然有畏惧感和孤独感,依然希望自己能和宇宙万物保持和谐。这些,较之于自然崇拜或者祖先崇拜、巫术崇拜,或者道德,更是宗教的根源。虽然没有理由相信,你希望有的东西就一定会有；但是也很难说，你无法证明的东西就一定不能相信。你为什么不能相信呢？就是因为你觉得自己相信的东西缺少证据？这不成其理由。我认为，只要你是出于本性，希望在艰辛的生活中得到安慰和一种能支撑并鼓励你的爱，那么你就不会过问它有没有证据，也不需要这样的证据。凭你的直觉就足够了。

神秘主义不需要证明，只需要内在的信念。它并不依靠那些教义，因为它只是从中获取自己所需的东西。它完全是个人的，满足的只是个人癖性。它感觉到，我们生活于其中的这个世界是整个神性宇宙的一部分，并由此而获得其自身的意义；它意识到，有一个支持和安慰我们的上帝。神秘论者那么经常地说到自己的神秘体验，而且都说得那么相似，所以我不知道怎样才能否认其真实性。说真的，我自己也有过一次这样的体验，其神秘性也只能用神秘论者那种描述灵魂出窍时的语言才能予以描述。当时我正坐在开罗近郊的一座荒芜的清真寺里，忽然我只觉得自己如醉如痴，就像伊纳提乌斯·罗耀拉[①]坐在曼雷萨河边上所发生的情形那样。我只觉得有一种宇宙的神力将我压倒，而且有一种和宇宙融为一体的感觉。我简直可以说，我感觉到了上帝就在我面前。这种感觉毫无疑问是相当普遍的，神秘论者对此特别重视，他们认为这种感觉会产生明显的影响，而且可以从它的结果中看出。我却认为，除了宗教的原因，其他原因也可能引起这种感觉。圣徒们自己就很乐于承认，艺

[①] 伊纳提乌斯·罗耀拉（1491—1556），16世纪西班牙教士，耶稣会创始人。

家也可能有这种感觉。还有,如我们所知,爱情也能产生类似的状态,所以神秘论者都喜欢用情人的言辞来表达那种极乐心境。我不知道这是不是比另一种情况更加神秘,那种情况心理学家至今还没有作出解释,就是你有时会有这样一种强烈的感觉,觉得自己眼前的情景好像是在过去什么时候经历过的。神秘论者的灵魂出窍般的欣喜虽然相当真实,但是那对他们自己才有意义。神秘论者和怀疑论者在这方面是一致的,那就是他们都认为不管我们凭智力怎样探索,一个神秘的大谜团将始终存在。

面对这个大谜团,出于对宏大宇宙的敬畏,同时又不满于哲学家和圣徒们所告诉我的,我有时追溯到穆罕默德①、基督和释迦牟尼、希腊神灵、耶和华②和太阳神③之前,直到《奥义书》④里的婆罗门。那种精神(如果婆罗门可以称为精神的话)自我生成而超然于所有的存在物之上,但它又是一切有生之物的唯一源泉,所有的存在物都存在于它之中。不管怎么说,至少它的宏伟壮观使我的想象力得到了满足。只是我多年来一直和文字打交道,不能不对它们有所怀疑。就是看一下我自己刚刚写下的那些文字,我也总觉得它们的意思是含糊不清的。对宗教而言,一切事物之上唯一有用的事物,就是某种客观真理;唯一有用的上帝,就是一个人性的、至上的、仁慈的上帝,他的

---

① 穆罕默德,伊斯兰教创始人。
② 耶和华,犹太教信奉的上帝,也是基督教信奉的天父,即耶稣基督的在天之父。
③ 太阳神,古代腓尼基人信奉的神。
④ 《奥义书》,远古印度宗教文献。

存在就像二加二等于四一样确定无疑。但我仍不能彻底领悟这种神秘。我始终是个不可知论者,不可知论得出的实用性结论就是:你自管做人,只当上帝并不存在。

真、美、善

人的自我主义使他不愿接受无意义的生活,当他很不幸地发现自己不再能信奉一种可以为之献身的、自在而且至高无上的力量时,他便在那些跟他切身利益有关的价值之外又设立了一些特殊的价值,目的就是要使生活具有意义。历代的有识之士选中了其中的三项作为最有价值的。他们觉得只要单纯追求这些价值,就能使生活具有某种意义。虽然这些价值很可能还有生物学上的用途,但表面上它们显然是非功利性的,因而给人一种幻觉,觉得通过它们便可摆脱人生的枷锁。它们的崇高性质更使人跃跃欲试地想加强精神生活的重要性,而且不管效果如何,总觉得努力追求这些价值是值得的。它们就像人生大沙漠上的几块绿洲,既然人在人生旅途中不知其他目标,就只好使自己相信,这些绿洲毕竟还是值得一去的,因为在那里他将得到安宁,他的疑问也会得到解答。这三种价值就是真、美、善。

我觉得,"真"在这里占一席之地是出于修辞方面的缘故。人们把一些道德品质,如勇敢、荣誉感和独立精神等,也归入了这个词的含义。这些品质固然往往是为了求"真"而表现出来的,但实际上它们和"真"并没有什么关系。只要发现有自我表现的好机会,就会有人不惜一切代价地去抓住它。然而,他们感兴趣的只是他们自己,而不是"真"。如果说"真"是一种价值，那就是因为它是真的，而不是因为说出"真"来是勇敢的。然而，由于"真"是一种判断，人们便以为它的价值更多的是在于它那种独特的判断，而不是它本身。一座连接两个城市的桥，要比一座连接两块荒地的桥显得重要。此外，如果说"真"是终极价值之一的话，那么奇怪的是，好像没有人完全知道它是怎样一种终极价值。哲学家们一直就它的意义争论不休，他们各持己见，相互攻讦。在这样的情况下，一般人只能让他们去争论，自己则满足于一般人的"真"。这是一种很谦让的姿态，只要求维护某些特殊的存在。那就是简单地陈述事实。但是，如果这也算是一种价值的话，那只能说，没有什么比这种价值更不重要了。谈论道德的书里往往会举出许多事例，以此说明"真"是可以合法维护的，其实这些书的作者大可不必自找麻烦。历代的智者早已断定，说真话未必聪明。人为了虚荣、安乐和利益，总是不顾"真"的。人并不以"真"为生，而是靠骗为业的，他的理想主义，有时在我看来，也不过是想借"真"的名义弄虚作假，以此满足他的自负心理罢了。

美的情况稍好一点。多年来我一直以为只有美才能使生活有意义，以为人类在地球上世代相传，唯一能达到的目的就是不时地产生艺术家。我认定，艺术品是人类活动的至高产物，是人类经受种种苦难、无穷艰辛和绝望挣扎的最后证明。在我看来，只要米开朗琪罗在西斯廷教堂的天顶上画出了那些人像，只要莎士比亚写出了那些台词，以及济慈[①]唱出了他的颂歌，数

[①] 约翰·济慈（1795—1821），19世纪英国浪漫主义诗人，著名作品有《夜莺颂》和《秋颂》等。

以百万计的人便没有白活和白白受苦，也没有白死。后来我虽然改变了这种夸张说法，除了说艺术能赋予生活意义外，把艺术品所表现的美好生活也包括在内，但我珍视的仍然是美。所有这些想法，现在都被我抛弃了。

我首先发现，美是个句号。当我面对美的事物时，我总觉得自己只能凝视和赞赏，此外便无事可干了。它们激起的情感固然高雅，但我既不能保持它，也不能无限制地重复它，世上最美的事物最终还是使我厌倦。我注意到，我从那些带有实验性的作品中反而能得到较持久的满足。因为它们尚未臻于完善，我的想象力还有较大的活动余地。在伟大的艺术杰作中，一切都已尽善尽美，我不能再做什么，活跃的心灵就会因被动的观照而倦怠。我觉得美就像高山的峰巅，你一旦爬到那里，可以做的事情就是再爬下来。完美无缺是有点乏味的。这并非是生活中最微不足道的小小讽刺：我们最好还是不要真正达到完美，虽然这是人人追求的目标。

我想，我们说到美，意思就是指那种能满足我们的美感的对象，精神的或者物质的对象，尤其是指物质对象。然而，这等于是在你想知道水是怎样的时候，人们告诉你说水是湿的。我为了想知道权威们是否把这个问题讲得稍微清楚一点，读了许多书。我还结识了许多醉心于艺术的人。但我想说，无论是从他们那儿，还是从书本里，我都没有学得什么特别有用的东西。使我不得不承认的一个最令人惊异的事实是，对美的评判是从来没有固定标准的。博物馆里放满了被过去某个时代最具鉴赏力的人认为是美的东西，但这些东西在我们今天看来已毫无价值；在我自己的一生中，我也见过一些不久前还被认为美轮美奂的诗歌和绘画，转眼之间却像朝露在阳光下一样失去了它们的美。也许，即便像我们这样傲慢的一代人，也不大敢认为自己的判断就是最后判断。我们认为美的东西，无疑会被下一代人抛弃；而我们轻视的东西，则很可能受他们的重视。唯一可下的结论是，美是相对于一代人的特殊需要而言的，要想在我们认为美的东西里找到美的绝对性，那是枉费心机。美虽然能赋予生活以意义，却是不断变化的，所以也无法分析，因为就如我们不能闻到我们的祖先曾闻到过的玫瑰花香一样，我们也几乎感受不到他们曾感受到的美。

我试图从美学著述家那里得知，是人性中的什么东西有可能使人产生了审美情感，这种情感又到底是怎么回事。人们一再谈到所谓的审美本能，使用这个词似乎要表明，审美就如食欲和性欲一样属于人类的基本欲望之一，而且还具有一种特殊性质，即哲学上的统一性。也就是说，审美起源于一种表现本能、一种精力过剩、一种关于绝对的神秘感，可我一点也不懂。要我来说的话，我就会说它根本就不是什么本能，而是一种部分基于某种强烈本能的身心状态，但它又和作为进化产物的人类特性以及生命的一般状况有联系。此外，由于事实表明它和性本能也有很大关系（这一点已被普遍承认），因此那些在审美方面特别敏感的人在性欲方面也往往趋于极端，甚至是病态的。或许，在身心结构中有某种东西使某些声调、某些节奏、某些颜色特别吸引人，也就是说，我们认为美的那些要素或许是出于某种生理原因。但是，我们也会因为某些东西使我们想起其他某些对象、某些人或者某些地方而觉得它们美,因为那些被想起的对象、人或者地方,是我们喜欢的或者是随着时光流逝而获得感情价值的。我们会因为熟悉某些东西而觉得它们美,与此相反,我们也会因为某些东西新奇而觉得它们美。所有这些都意味着,相似性联想或者相对性联想是审美情感的重要组成部分。只有联想才能解释丑的美学价值。我不知道是否有人研究过时间在使人产生美感方面的影响。有些事物不仅仅是因为我们熟悉才觉得它们美,而且还会因为前辈们的赞赏而不同程度地使它们增添了美。我想,这可以用来说明,为什么有些作品刚问世时几乎无人问津,现在却似乎成了美的代表。我想,济慈的颂诗现在读来肯定要比当初他刚写出它们时更美。因为历代就有人从这些生动的诗篇中得到安慰和勇气,他们的情感反过来又使这些诗篇显得更加生动。我并不认为审美情感是明确而简单的,相反,我觉得它非常复杂,是由多种相互不同、而且往往是相互矛盾的因素造成的。美学家说,你不应该因为一幅画或者一首交响乐使你充满情欲、或者使你缅怀往事、或者使你浮想联翩而感到激动。这话毫无用处。你还是激动了,因为这些方面同样是审美情感的组成部分,就像在均衡和结构方面非功利性地获得满足一样。

对一件艺术杰作,人的反应究竟如何?譬如,某人在卢浮宫里观看提香①的《埋葬》或者在听《歌唱大师》②里的五重唱时,他的感觉如何?我知道我自己的感觉。那是一种激越之情,它

---

① 提香(1488—1576),意大利文艺复兴时期著名画家。
② 19世纪德国作曲家瓦格纳的歌剧。

使我产生一种智性的、但又充满感性的兴奋感，一种似乎觉得自己有了力量、似乎已从人生的种种羁绊解脱出来的幸福感；与此同时，我又从内心感受到一种富有人类同情心的温柔之情；我感到安定、宁静，甚至精神上的超脱。确实，有时当我观赏某些绘画或雕像、聆听某些乐曲时，我会激动万分，其强烈程度，只有用神秘论者描述与上帝会合时所用的那种语言才能加以描述。因此，我认为这种与一个更高的现实相交融的感觉并非宗教徒的专利，除了祈祷和斋戒，通过其他途径也可能获得。但是，我问自己，这样的激情又有何用？诚然，它是愉悦的，愉悦本身虽然很好，但又是什么使它高于其他愉悦，而且高得连把它称为愉悦都似乎在贬低它呢？难道杰里米·边沁①那么愚蠢，竟然会说一种愉悦和另一种愉悦一样，只要愉悦的程度相同，儿童游戏便和诗歌一样？对这个问题，神秘论者所作的回答倒是毫不神秘的。他们说，除非能提高人的品性而且能使人有更多的能力去做好事，否则，再大的欣喜也是毫无意义的。它的价值就在于实际效用。

　　我命中注定要经常和一些审美力敏感的人来往。我说的不是搞创作的人，因为在我心目中，搞艺术创作的人和欣赏艺术的人是大不相同的，搞创作的人之所以创作，是迫于内心的强烈欲望，他们往往只是表现自己的个性。他们的作品中即便有美也是偶然的，极少是他们特意追求的。他们各自用得心应手的手段，如用笔、用颜料，或者用黏土进行创作，其目的是要

---

① 杰里米·边沁（1748—1832），19世纪初英国著名伦理学家、法学家。

使自己从灵魂的重压中解脱出来。我这里说的是另一种人，他们是以鉴赏和评价艺术品为其主要谋生手段的。我对这种人不太赞赏。他们总是自命不凡。他们自己不善于处理生活中的实际事务，却又瞧不起安分守己地从事平凡工作的人。他们自以为读过许多书或者看过许多画，就可以高人一等。他们借艺术来逃避现实生活，还愚昧无知地鄙夷日常事物，贬低人类的基本活动。他们其实比吸毒成瘾的人好不了多少，甚至更坏，因为吸毒成瘾的人至少还不像他们那样自以为是、盛气凌人。艺术的价值就像神秘论的价值一样，是由其效果而定的。如果它只能给人以享受，那么不管这种享受有多少精神价值，也没有多大意义，或者说，至少不会比一打牡蛎和一盅葡萄酒更有意义。如果它是一种安慰，那就可以了，世界不可避免地充满了邪恶，若能有一方净土可供人们隐退一阵，那当然很好，但不是为了逃避邪恶，而是为了积聚力量去面对邪恶。艺术，要是它可以被视为人生的一大价值的话，就必须教导人们谦逊、坚韧、聪慧和宽容。艺术的价值不是美，而是正确的行为。

如果说美也是生活的一大价值的话，那么就很难叫人相信，使人们得以鉴别美丑的美感是某一阶层的人所特有的。我们总不能把一小批人拥有的一种感受力，说成是全人类所必需的吧。然而，这正是美学家们所主张的。我得承认，我在无知的青年时代，也曾把艺术（其中也包括自然美，因为我那时认为——现在也依然认为——自然美是由人心自身创建的，就像人们创作油画和交响乐一样）看作是人类努力的最高目标和人类生存的理由所在，而且还带着一种非常得意的心情认为，只有经过优选的人才能真正欣赏艺术。不过，这种想法早就被我摒弃了。我不再相信美是一小批人的世袭领地，而倾向于认为，那种只有经过特殊训练的人才能理解其含义的艺术表现，就像被它所吸引的那一小批人一样不值一谈。只有人人都可能欣赏的艺术，才是伟大而有意义的艺术。一小批人的艺术只不过是一种玩物。我不明白，为什么要区分古代艺术和现代艺术。艺术就是艺术。艺术总是活生生的。要想依靠历史的、文化的或者考古学的联想使艺术对象获得生命，那是荒唐的。一座雕像，是古希腊人雕刻的还是现代法国人雕刻的，这无关紧要。唯一重要的是，它在此时此地要给我们以美的刺激，而且这种刺激还要使我们有所作为。如果它不只是一种自我陶醉甚或自鸣得意的话，那就必须有利于你的性格培养，使你的性格更适宜于作出正确的行为。对艺术品的评判必须依据其效果如何，要是效果不好，那就没有价值可言。这样的结论，我虽然不太喜欢，但又不得不接受。有一个奇怪的事实——我不得不把它看作是事物的本性，因为我无法作出解释——那就是，艺术家只有在无意中才能收到这样的效果。当他并不知道自己在说教时，他的说教是最有效的。蜜蜂只为自己生产蜂蜡，并不知道人类会拿它去做其他事情。

　　无论是真，还是美，看来都谈不上有其自身的固有价值。那么善又怎样呢？在谈到善之前，我想先谈谈爱，因为有些哲学家认为爱包括其他所有价值，因而把爱看作人类的最高价值。柏拉图学说和基督教结合在一起，更使爱带有一种神秘的含义。爱这个词给人的联想，又使它蒙上一层感情色彩，使它比一般的善更加令人激动。相比之下，善是有点沉闷的。不过爱有两种含义：纯粹的和单纯的爱，也就是性爱和仁慈的爱。我认为，即使是柏拉图，也不曾精确地区分过这两种爱。他似乎把伴随着性爱而出现的那种亢奋、那种有力的感觉、那种生气勃勃的情绪说成了另外一种爱，即他所谓的"神圣之爱"，而我倒宁愿称其为仁慈之爱，虽然这样一来，会使它带有任何世俗之爱所固有的缺陷，因为这样的爱是会消逝的，是会死的。人生的大悲剧不是因为人会死，而是因为人会停止爱。你所爱的人不再爱你了，这不是生活中的一个小小的不幸，而是一种简直不可原谅的罪恶。当拉罗什富科[①]发现两个情人之间总是一个爱、一个被爱时，他便用一句格言说出了这种不和谐状态，而正因为这种不和谐，人们将永远不可能获得幸福圆满的爱情。不管人们多么讨厌，也不管他们多么愤怒地予以否认，毋庸置疑的事实是，爱情是以一定的性腺分泌为基础的。绝大多数人的性腺都不会无限制地受同一个对象的刺激而经久不衰地分泌，再说随着年事增长，性腺也会萎缩。人们在这方面都很虚伪，都不愿面对现实。当他们的爱情已衰退成他们所谓的坚贞不渝的爱怜时，他们是那样的自欺欺人，甚至还为此沾沾自喜。好像爱怜和爱情是同一回事！爱怜之情产生于习惯、利害关系、生活便利和有人做伴的需要。它与其说令人兴奋，不如说使人安宁。我们是变化的产物，变化是我们赖以生存的必要条件，难道作为我们最强烈的本能之一的性本能，就能背离这一法则吗？今

---

① 拉罗什富科（1613—1680），17世纪法国作家。

年的我们已不再是去年的我们，我们所爱的人也不再是去年的那个人。要是我们自己变了，却还能继续爱一个同样也变了的人，那是幸运所致。在绝大多数情况下，由于自己变了，我们就得作出巨大努力，才能勉强地继续爱一个我们曾经爱过、而如今已变了的人。这只是因为爱情的力量在抓住我们时曾是那么强大，以至于我们总相信它是经久不衰的。一旦它变弱了，我们便自觉惭愧，觉得受了骗，就责怪自己不够坚贞，而实际上，我们应该把自己的变心看作人类本性的自然结果。人类的经验使人类用复杂的情绪对待爱情。他们对爱情已有所怀疑。他们时常赞美它，也时常诅咒它。除了一些短暂的瞬间，渴望自由的人类灵魂总是把爱情所要求的自我服从看作是有失体面的。爱情带来的也许是人所能得到的最大的幸福，却非常难得。爱情难得无忧无虑。由爱情讲述的故事，其结局总是令人忧伤的。许多人害怕它的威力，满腹怨恨地只求摆脱它的重压。他们拥抱着自己的锁链，同时又怀恨在心，因为他们知道那是锁链。爱情并不总是盲目的，因为没有什么比死心塌地去爱一个你明知不值得爱的人更可悲了。

但是，仁慈之爱却不像爱情那样带有不可弥补的缺陷，不像爱情那样昙花一现。诚然，仁慈之爱并非把性的因素全然排斥在外，就像跳舞一样，某人去跳舞，是为了享受有节奏运动的乐趣，并不一定就是想和舞伴上床。不过，只有在跳的时候不觉得厌烦，跳舞才是一种愉快的刺激。在仁慈之爱里，性本能虽已得到升华，但它仍然赋予这种爱的情感以某种热情与活力。仁慈之爱是善的较好的一面，它使本身具有严肃性的善变得温厚，从而使人们可以不太困难地遵循那些较细微的德行，如自制、忍耐、诚实和宽容等，因为这些德行原本是被动的和不太令人振奋的。看来，善是这个世界上唯一可以宣称有其自身目标的价值。德行就是它自身的回报。我觉得很惭愧，自己竟然得出了一个这样平庸的结论。凭我对效果的直觉，我本可以用某种惊世骇俗的悖论，或者用一种会使读者发笑并以为是我特有的玩世不恭的态度来结束本文。但除了这些甚至从字帖上也能读到或者从牧师那里也能听到的老生常谈，我觉得没有别的话可说了。我兜了一大圈，发现的仍然是人人熟知的东西。

我是不大有崇敬心的。世人的崇敬心已经够多了，甚至太多了。有许多被认为可敬的东西是名不副实的。还有一些东西，我们对它们表示敬意往往只是出于传统习惯，而不是真的对它们感兴趣。至于那些伟大的历史人物，如但丁、提香、莎士比亚和斯宾诺莎等，要对他们表示敬意，最好的方法是把他们当作我们的同时代人，和他们亲密无间，而不是对他们顶礼膜拜。这样才是真正表示我们的最高敬意，因为和他们亲密无间也就是认为他们依然活在我们中间。不过，当我在现实生活中遇到真正的善时，我仍会情不自禁地肃然起敬。在这种情况下，我对那些难能可贵的行善者便不再像通常那样，认为他们往往是不太明智的。我的童年生活是很不幸的，那时我总是夜夜做梦，梦想我的学校生活最好也是一场梦，梦醒时我便会发现自己原来仍在家里，仍和母亲在一起。我母亲去世至今已有五十年，但在我心中留下的创伤仍未痊愈。虽然我已好久没做这样的梦了，但我始终没有彻底摆脱这样的感觉，总觉得自己好像生活在幻景中。在这幻景中，因为总有这样那样的事情发生，我也就做这做那的，然而，即便我在其间扮演着角色时，我也能从远处观望它，而且知道它不过是一种幻景而已。当我回顾我的一生，回顾我一生中的成功和失败、一生中数不尽的错误、一生中所受的欺骗和得到的满足、一生中的欢乐和悲伤时，我觉得一切好像都很陌生，都不像是真的。一切都像影子似的虚幻不实。也许，这是因为我的心灵找不到任何安息之处，仍深深地怀着祖先们对上帝和永生的渴望，尽管我在理智上已断然拒绝了上帝和永生。有时，我只能不得已，退而求其次，聊以自慰地想，我在一生中所见到的善毕竟还不算少，其中有许多还是我自己碰到的。也许，我们从善里面找不到人生的原由，也找不到对人生的解释，但可以找到某种安慰。在这冷漠的世界上，无法躲避的邪恶始终包围看我们，从摇篮直到坟墓，对此，善虽然算不上是一种挑战或者一种回应，却是我们自身独立性的一种证明。它是幽默感对命运的悲剧性和荒诞性所作的反驳。善和美不同，永远不会达到尽善而使人厌倦。善比爱更伟大，不会随时间的推移而失去其欢愉。不过，善是从正确的行为中表现出来的，那有谁来告诉我们，在这个无意义的世界上，怎样的行为才算正确？正确的行为并不以追求幸福为目的，即使后来得到幸福，那也是幸运所致。我们知道，柏拉图曾要求智者为从事世俗事务而放弃沉思默想的宁静生活，由此他把责任感置于享受欲之上。我想，我们每一个人有时都会作出这样的选择：明知自己的做法眼前不会、将来也不会带来幸福，但还是那样做了，因为我们认为那是正确的。那么正确的行为究竟是怎样的呢？就我个人而言，我认为路易斯·德·莱昂修士[①]对此作出了最好的回答。他的话做起来并不难，虽说人性脆弱，也不会将其视为畏途。他说：美好之人生，不外乎各人顺其性情，做好分内之事。

[①] 路易斯·德·莱昂修士（1527—1591），16世纪西班牙宗教诗人。

英国文学漫谈

在我的书单上,第一本书就是笛福的《摩尔·弗兰德斯》。没有一个英国小说家能写得比笛福更为逼真。确实,当你读这本书时,你很难觉得自己是在读小说,而更像是在读一篇完整的报道。他使你相信他的人物就是像他写的那样说话的,他们的举动是那样合乎常理,以至于你无法怀疑他们在那种环境里就是那样行动的。《摩尔·弗兰德斯》不是一本道德说教的书。它是喧哗的、粗俗的、野蛮的,但我认为它具有英国人性格中的那种活力。笛福的想象力不太丰富,幽默感也不够,但他拥有丰富的、多方面的生活经验。他是个出色的记者,对各种各样古怪的事件都能用敏锐的目光加以仔细观察。他没有高潮观念,也不想精心结构,所以读者不是被一股无法抗拒的力量席卷着,而是像随着人群一路徜徉,当走到某个街口时,他便可能自顾自地走掉了。说得清楚一点,他的书读了一两百页后就会觉得读够了,因为读到的东西都是大同小异的。这没什么关系。不过,我是很愿意跟随作者的,一直跟着他把那粗野的女主人公驯服,最后还让她带着忏悔之情进入体面的上流社会。

接下来我希望你读一读斯威夫特的《格列佛游记》。我在后面要谈到约翰逊博士,这里我只想提一下,他在讲到这本书时曾说过:"只要你能想出巨人和小人来,其他一切就算不了什么了。"约翰逊博士是个杰出的批评家,以富有才智而出名,但他的这句话却是在胡说。《格列佛游记》里有机智和讽刺,有巧妙的构思、出色的幽默感、泼辣的讥嘲和充沛的生命力。它的文笔也精妙绝伦。至今还没有人能像斯威夫特这样,使用我们这种笨拙的语言,却写得如此简洁、明快而自然。我想,约翰逊博士当初若能把评价另一个作家的话用到斯威夫特身上就好了。他说:"任何人若想把英文写得既通俗又不粗鲁、既优雅又不浮华,就必须刻苦研读艾迪生①的著作。"除了这两对形容词,他还可加上第三对:既雄辩又不傲慢。

下面,再谈两部长篇小说。菲尔丁的《汤姆·琼斯》也许是英国文学中最遒劲有力的长篇小说。这是一本豪爽、勇敢和欢快的书,刚毅而宽宏,当然,也很率直。汤姆·琼斯容貌出众,精力过人,作为朋友,我们每个人都会喜欢他的,只是他做了一些使道德家感到不愉快的事。不过,谁会管这些呢?除非我们是一本正经的道德家,否则是不在乎的。我们只知道汤姆·琼斯既不自私,心地还很善良。菲尔丁和笛福不同,是个自觉的艺术家,他的小说结构有利于他描绘一系列互不相干的事件,也有利于塑造大批人物。这些人物生活在一个熙熙攘攘、纷乱不堪的现实世界里,他们形象鲜明,富有活力。菲尔丁写作很认真——当然,作家都该如此——所以他对许多重要问题都觉得有必要提出他自己的看法。在这部小说中每部分的开端,总有一篇评论文章,对这样那样的问题发表议论。这些议论有

---

① 约瑟夫·艾迪生(1672—1719),17世纪末、18世纪初英国著名作家。

时很幽默，有时又很严肃，不过，我觉得即使把它们统统跳过不读，也不会影响对小说的欣赏。此外我想说的是，不会有人读《汤姆·琼斯》而不感到愉快的，因为这是一本富于男性气的有益的书，书中没有半点虚伪，而且会使你的心灵感到温暖。

斯特恩的《项狄传》是一部性质完全不同的长篇小说。可以用约翰逊博士评述《查尔斯·格兰逊爵士》[①]的话来说明这本书："如果你是为了故事而读它，那你宁愿去上吊。"不过，这要看你的性情如何，你或许会觉得它比你读过的任何一本小说都有趣，也可能会觉得它沉闷古板，矫揉造作。这部小说既不协调又不连贯，而且枝蔓横生，但它具有奇妙的独创性，幽默诙谐，很有感染力。书中五六个极具个性的人物非常可爱，你一旦认识他们，便会觉得不认识他们是一种无可弥补的损失，而认识他们，则可以增加你的精神财富。斯特恩的另一部小说《感伤的旅行》，我想你最好不要漏读了。不过，我除了能说它读起来很吸引人之外，别的就没什么可说了。

我们暂且搁下小说，再来看看别的。我想包斯威尔的《塞缪尔·约翰逊传》是一部已得到公认的最伟大的英语传记。不管你是什么年龄，读这本书总会觉得趣味盎然，而且获益匪浅。你不论什么时候拿起它，随便从哪一页读起，都会读得津津有味。不过，这么说实在是多余的，因为它早已出名，用不着今天再来赞扬它一番。我还是谈谈包斯威尔的另一部著作吧，它不太出名，而且我认为人们对它也有欠公正。那就是包斯威尔

---

① 《查尔斯·格兰逊爵士》，18世纪英国小说家理查生的作品。

的《赫布雷德群岛游记》。大家可能都知道，包斯威尔的手稿一向是由马隆负责编辑的，而他认为《赫布雷德群岛游记》写得不够典雅，为了迎合当时的典雅风尚，他便自己动手对这部著作进行删改，结果反而把许多精彩的章节都删掉了。后来，伊沙姆上校买下了包斯威尔的手稿，才使未经删节的新版本得以问世。这本书既可使你进一步了解约翰逊，又可使你进一步了解包斯威尔，它会使你更加仰慕那位健壮刚毅的老博士，又会使你更加尊敬这位备受屈辱而可怜巴巴的传记家。他是个不该受轻视的作家，他能敏锐地观察到有趣的事情，深刻地领悟新颖活泼的妙语，而且还有一种独特的天赋，能把各种气氛不同的场景或者一席富有情趣的谈话生动地再现出来。

约翰逊博士是巍然雄踞于十八世纪英国文坛的人物，他瑕瑜并存的性格被公认为英国国民性的典型代表。可以说，我们几乎人人都读过他的传记，而且对他的了解甚至多于对许多和我们朝夕相处的人，但在我们当中，读过他本人著作的人其实并不多。他至少有一部著作是非常耐人寻味的。以我所见，在假日里或者在床头，最好的读物就是他的《诗人传》。此书写得清新有力、妙趣横生，简单实用的常识随处可见。虽然他的有些见解会使你吃惊——譬如，他认为葛雷的诗味同嚼蜡，对弥尔顿的《利西达斯》也不加称许，等等——但你仍然会兴致勃勃地读下去，因为他所写的一切都体现出他的个性。他对自己所论述的那些诗人和对他们的诗作一样感兴趣。所以，读着他对那些诗人的犀利、生动、宽容的描绘，你即使没有读过他们的一行诗，也同样会觉得趣味盎然。

我接着想谈到一本书，但不免有些犹豫，因为我前面说过，我在这里谈到的都是读了能使人生变得更充实的书，而我虽然喜欢吉本的《自传》，却又不得不说，这本书即便不读也不会有什么大的损失。当然，是会错过一种很大的乐趣的。但是我如果因此而把这本书提出来的话，我觉得用不同的标准可以提出许许多多算不上杰作的作品，那就需要专门来写一章了。不管怎么说，吉本的《自传》确实很好看，它篇幅不长，文笔优美异常，这是他驾轻就熟的技巧，整本书写得既严肃又幽默。说到幽默，我忍不住想举个例子：吉本在瑞士洛桑时坠入了情网，但他父亲不同意，还威胁要剥夺他的继承权。他经过慎重考虑后，放弃了自己心爱的人。他在叙述了这段经历后，最后写了这样一段话："作为情人，我叹息；作为儿子，我服从；我的创伤，由于时间、分离和新的生活习惯，便不知不觉地痊愈了。"我想，就凭这段妙语，这本书也值得一读。

现在，由于要谈到两部伟大的小说，我想放弃到目前为止我大致遵循的年代顺序。这两部小说是狄更斯的《大卫·科波菲尔》和塞缪尔·巴特勒的《众生之路》。我这样做，不仅因为这两部小说在英国长篇小说的伟大传统中占有重要地位，而且联系到前面简略谈及的作品，我认为这两部小说充分体现了英国文学的特色。也许除了《项狄传》是个例外，上述所有作品都具有雄浑、率直、幽默、遒劲的特点，我认为这是民族性格的表现。所有这些作品都没有特别机敏之处，甚至是不太精致的。它们是行动者的文学，而非沉思者的文学。它们富有常识，有点多愁善感，充满浓厚的人情味。

关于《大卫·科波菲尔》我不用多说，它是狄更斯最好的长篇小说。在这本书里，狄更斯的缺点几乎看不到，而他的优点却表现得非常突出。继《众生之路》之后虽然还有许多长篇小说问世，但是我觉得它是最后一部纯英国风格的长篇小说。在具有相当价值的作品中，它是最后一部没有受法国和俄国小说家影响的作品。它是《汤姆·琼斯》的正统继承者，而从它的作者身上，我们仍可以看到那位被称为典型的英国人的老词典编纂家的气质①。

现在我回头来谈谈简·奥斯汀。我不想称她为英国最伟大的小说家，狄更斯尽管有夸张、庸俗、拖沓和感伤等缺点，但仍是最伟大的。狄更斯心胸开阔，他不仅仅描写我们熟知的世界，还创造了另一个世界。他的作品有悬念，有戏剧性，又有幽默感，使人感受到生活的纷繁和变幻无穷，而这些，据我所知，除他之外，只有一个小说家也做到了，那就是托尔斯泰。狄更斯以他充沛的生命力塑造了一系列人物，形形色色而且各具个性，他们动荡不定——不，不是动荡不定，而是在生活中躁动不安。他以惊人的技巧处理复杂的、往往使人难以相信的故事，竟然可以讲得有条不紊。对于这种技巧，除非你自己也是个小说家，否则是很难知其高深的。然而，简·奥斯汀却是小巧玲珑的。她的小说世界固然很有限，总是描写那个乡绅、牧师和中产阶级的小天地，但是有谁比她更具洞察力呢？有谁比她更精微、更合理地深入到了人物的内心呢？她不需要我来

---

① 指约翰逊博士。

赞扬。我唯一想提请你注意的是,她很有特点,只是因为表现得那么自然,你便以为是平平常常的了。她的小说虽然从总体上说是没有故事性的,因为她总是避开戏剧性的事件,但不知何故,你却会一页接着一页地往下读,急切地想知道下文如何。这是小说家最重要的天赋,没有这种才能,他就完了。我想不出还有哪个作家比简·奥斯汀更熟练地掌握了这种才能。现在使我为难的倒是,在她为数不多的几部小说中应该特别推荐哪一部为好。就我个人而言,我最喜欢的是《曼斯菲尔德庄园》。我承认,小说中的女主人公太一本正经,男主人公也是个自以为是的傻瓜,但我并不在乎。这是一部观察精细入微、充满讽刺和幽默的杰作,写得机智、巧妙,非常感人。

谈到这里,我想请你注意一下赫兹里特。他的名声虽然已被查尔斯·兰姆所淹没,但在我心目中,他是个比兰姆更为出色的散文家。兰姆生性可爱、温柔、机智,认识他的人都喜欢他,所以也容易引起读者的爱慕。赫兹里特却大不一样,他粗鲁、笨拙、嫉妒、好斗,实在不讨人喜欢,但令人遗憾的是,最好的书并不总是由最和蔼可亲的人写出来的,说到底,艺术家的个性才是最关键的。对我来说,较之于查尔斯·兰姆耐心而伤感的和蔼性格,赫兹里特痛苦、叛逆和刻毒的灵魂更使我感兴趣。作为作家,赫兹里特是有魄力的,是大胆而健康的。他想说的话,都斩钉截铁地说出来。他的散文有血有肉,读起来不像读兰姆的散文那样使人觉得像在品尝一道美味的菜肴,而是像在大口大口地吃着一顿饱饭。他最精彩的作品大多收在他自编的《桌边漫谈》里,此外还有许多后人为他编的散文选集，而在所有这些选集中，没有一本是不收他的名篇《初识诗人》的。我认为，《初识诗人》不仅是他的作品中最扣人心弦的，同时也是英国散文中最精彩的一篇。

现在再谈两部长篇小说：萨克雷的《名利场》和艾米丽·勃朗特的《呼啸山庄》。由于篇幅有限，我只能简单地谈一下。当代评论家对萨克雷是颇为苛刻的。也许他生不逢时，本该生在我们这个时代，若在今天写作，他就不会有那么多清规戒律了，而在当时那个维多利亚时代，小说家无论看到多么严酷的现实，大多是不敢如实描写的。萨克雷的观点是现代的，他深刻地意识到人的平庸，而且执着地探究人性的矛盾。无论你对他的感伤情绪和说教倾向感到多么遗憾，或者对他一味迎合大众口味的软弱性格觉得多么可悲，但事实上，他还是塑造了贝基·夏普这样一个堪称英国小说中最真实、最丰满和最生动的人物形象。《呼啸山庄》别具一格。这部小说不太容易读，因为它有许多地方写得太不近情理，简直叫人莫名其妙。尽管如此，它却充满了激情，而且非常感人，它有伟大诗篇的那种深度和力度。读这本书，你会觉得它不像小说，因为读小说无论怎样入迷，需要的话你总能提醒自己说，那不过是作者编出来的故事，《呼啸山庄》却不然，它深深地刺激你，就像你自己在生活中遭到了不幸似的。

还有三部小说，我觉得不读可惜，但在此我只能提一下书名。它们是乔治·艾略特的《米德尔马契》、特罗洛普的《尤斯塔斯钻石》和梅瑞狄斯的《利己主义者》。

至此，你一定注意到了，说不定还会觉得有点奇怪，为什么我对诗歌只字未提。我们国家固然没有产生出能与其他国家的大师并驾齐驱的大画家、大雕刻家和大作曲家（这些方面的成就虽则也很可观，却并不怎么卓越），但是如果我声称我们的诗人是绝对一流的，那我敢相信，别人绝不会说这是出于民族偏见或者褊狭的爱国主义。然而，诗是文学之花和文学之冠，它容不得凡俗和平庸。我记得埃德蒙·戈斯曾对我说，他宁愿读平凡的诗，也不愿读普通的长篇小说，他说读诗无需多花时间，也无需集中精力。不过，我对那些光是有韵的东西却不感兴趣，不管它们格律多么完美。对我来说，诗必须是伟大的，否则就不值一读，还不如读读报纸。我也没法随随便便地读诗。我需要有一定的心情和合适的环境才行。我喜欢在夏天黄昏时分，在花园里读诗；我喜欢坐在悬崖上，面对大海，或者躺在长满青苔的林中斜坡上，从口袋里拿出一卷诗来读。但是，即便最伟大的诗篇也不免有令人生厌的地方，许多诗人一生写了不少诗集，其中也不过两三首是真正的好诗。我认为凭这两三首诗已足以对他们作出评价了，因此我不愿读那么多而所得却那么少。所以我喜欢诗选。我知道批评家看不起诗选，他们说，要欣赏某个作家，就得读他的全部作品。但我并不用批评家的态度来读诗，我是作为一个普通人，为了寻求安慰、丰富生活或者获得安宁才来读诗的。为此，我很感谢那些目光敏锐的学者，他们从浩如烟海的英国诗歌中去芜存菁，正好适合我的需要。据我所知，最好的三本诗选是帕格雷夫的《黄金诗库》、《牛津英诗选》和杰拉尔德·布莱特的《英国短诗精华》。不过，我们既然生活在当今世界，对当代诗人的作品也不该忽视。他们总该为我们写出了某些值得一读的东西吧。遗憾的是，我能读到的仅有的一本当代诗选也选得不好，所以我连它的书名也不提了。

当然，每个人都应该读莎士比亚的那些伟大的悲剧。莎士比亚不仅是有史以来最伟大的诗人，也是我们民族的光荣。我很希望，哪位有鉴赏力、有才学和有识别能力的人哪天能编出一本莎士比亚戏剧和诗歌的精选本来，其中除了收入我们大家都该熟悉的那些著名段落外，还把一些精彩片段甚至单行诗句也选入。这样，每当我需要享受一下诗之精华时，便可随手翻阅了。

《英国文学漫谈》补遗

限于篇幅，有几部小说在我《英国文学漫谈》的那篇文章里只提了一下书名，这未满足我自己的愿望，我想在此对这几部小说再谈上几句。它们是特罗洛普的《尤斯塔斯钻石》、梅瑞狄斯的《利己主义者》和乔治·艾略特的《米德尔马契》。当初我写那篇文章时，已多年没有重读这几本书了。后来我又把它们读了一遍。我当初建议你读特罗洛普的《尤斯塔斯钻石》，而不是他最著名的《巴切斯特城堡》，因为《尤斯塔斯钻石》是一部独立完整的作品。至于《巴切斯特城堡》，我认为要真正欣赏它就得把整个系列的小说都读一遍，否则是很难弄清楚人物动机及其行为后果的，而根据我提出的既有趣又有益的读书宗旨，特罗洛普又算不上是那么重要的作家，值得如此去读他的六大本用小字印得密密麻麻的系列小说[①]。此外，我记得《巴切斯特城堡》里有许多近似漫画的描写，这些描写可说是维多利亚小说的一种特色，现在读来是令人生厌的。但是，当我重读了《尤斯塔斯钻石》之后，我觉得你最好还是去读那部更有名一点的《巴切斯特城堡》，尽管它有这样那样的小缺点。

《尤斯塔斯钻石》可当作一本侦探小说来读，有两个很巧妙

[①] 《巴切斯特城堡》是六部系列长篇小说《巴赛特郡纪事》中的第二部。

的悬念设计，只是写得实在太长。从特罗洛普写出《尤斯塔斯钻石》后，到现在，我们已掌握了许多写这类小说的技巧。同样这些内容，现代作家只需用三百页的篇幅照样能写得很出色。特罗洛普对人物的刻画虽然很精细，但是这些人物并不十分有趣，他们无非就是维多利亚时代的小说中常出现的那些老面孔。这部小说给你的印象是，特罗洛普希望像狄更斯那样写出能使读者轰动的作品，只是没有成功。书中最有人情味的人物是莉奇·尤斯塔斯，但特罗洛普显然对她极为反感——至少他希望读者对她反感，所以对她处理得很不公正。就像律师在法庭上大肆威吓犯人反而会使你不顾犯人的罪行而同情他一样，你也会觉得莉奇这个人其实也不比别人坏多少，作者是大可不必对她大加鞭挞的。尽管如此，这部小说读起来还是很流畅，对维多利亚时代古老的英国习俗感兴趣的人，从中还可得到很大的乐趣。这也算是对它的一种赞许吧。

我虽然劝你读《尤斯塔斯钻石》不如读《巴切斯特城堡》，但我必须说明，要是期望过高，那是要失望的。特罗洛普的成就近年来多少有点被人夸大了。这是因为曾有一代人几乎把他完全忘了，但当他重新被发现后，由于相隔已久而产生的那种出土文物似的魅力，人们又给了他过分的赞誉。他是个老实而勤奋的小说匠，有相当敏锐的观察能力。他有使人动情的天赋，他的小说结构固然松散，却还能用流畅的文笔写出流畅的故事来，但是他既缺乏激情和机智，又没有深刻的见解。他没有能力用一句话揭示人物性格，或者点明事件的重要含义。他现在之所以使人感兴趣，只是因为他质朴、准确而真挚地描绘了一种早已消逝的社会风貌。

五十年前,凡自认为有文学修养的知识青年都热衷于读梅瑞狄斯的书。他们读他的书,就像继他们之后的一代青年读萧伯纳的书、十年前的青年人读艾略特①的书一样。现在,我敢肯定,在青年人中间已经很少再有梅瑞狄斯的读者了。然而,他的《利己主义者》却是一部出色的小说。当然,对梅瑞狄斯所描绘的那个社会阶层,我们不会像他那样凛然敬畏,我们也不会承认那些乘着四轮马车来来往往的乡村绅士和肥胖的贵妇人是社会中坚,倒会觉得他们庸俗无聊,因为从梅瑞狄斯从事创作的那个时代到现在,世界已经大大地变了。小说中的克莱拉·米德尔顿是个有自由思想和大笔家产的姑娘,容易冲动,当她发现自己已不再爱威罗比·帕特恩爵士后,就想和他解除婚约,于是大惊小怪地把事情弄得沸沸扬扬②。放到现在,她是很难触动我们的。现在的姑娘遇到这种事,轻而易举就把它处理掉了。加上现在我们都要求小说写得合乎情理,所以对于那种只要有点常识就能避免的所谓困境,我们只会觉得不耐烦。克莱拉最后决定逃到伦敦去,她慌慌张张地溜出家门,直奔火车站,但是途中遇到一场暴雨,把脚踏湿了,没赶上火车,最后又被劝说回家。一般认为机智是女性的特点,而克莱拉连一点小小的机智也没有表现出来。说来奇怪,她怎么会没想到,结婚是需要添置衣服的,正好可以作为去伦敦的借口,这是谁也不会感到意外的。梅瑞狄斯的文体又使他的书读起来很艰涩。

---

① 指 T.S. 艾略特(1888—1965),著名现代派诗人。
② 威罗比·帕特恩爵士和克莱拉·米德尔顿是《利己主义者》里的男女主人公。

他那种玩弄文字技巧、跳跃回旋的风格简直令人厌烦。你会觉得他好像没法简单明了地写出一句简单明了的话来，所以他自己似乎颇为得意的机智锋芒也就丧失殆尽了。但是，他却有一种才能，那就是他能创造出活灵活现的人物，使你久久难忘。和《白鲸》等小说里的人物不同，这些人物并不超过真实的人，但又比平常人要奇特一些。他们有康格里夫①喜剧人物的那种不自然的地方，却又不显得死板，梅瑞狄斯用他自己的活力赋予他们生命。他们别有情趣，就像霍夫曼②怪诞小说中那些由魔术师赋予生命的木偶一样。他们是真正的创造物，只有真正的小说家才能创造出来。所以当你读梅瑞狄斯的小说时，尽管他的文笔闪闪烁烁，他的社会准则虚浮不当，他的构思有时也很拙劣，但你仍会读得津津有味。这全靠他在小说中注入的那种活力。他让故事自然展开，用他富有创造性的力量和热情奔放的节奏冲天而上，把你带到空中，并在那里翱翔。

说《利己主义者》是梅瑞狄斯最出色的小说是因为它的主题具有普遍性。利己主义是人性的主要因素。这是我们唯一无法逃避的因素（虽然它极其丑恶，但我不愿称它为罪恶，因为它也是美德的动力），就是它决定了我们的生存。如果没有它，我们便不会是现在这样子。如果没有它，我们便不会存在。但是，我们又必须时时努力抑制它，因为只有竭尽全力控制住它，我们才能平平安安地生活。通过威罗比·帕特恩爵士这个人物，梅瑞狄斯描绘出一幅利己主义者的绝妙画像。我想，没有一个

---

① 威廉·康格里夫（1670—1729），18世纪初英国剧作家。
② E.T.A.霍夫曼（1776—1822），19世纪初德国浪漫派小说家。

人读了这本书而不感到一点良心不安的，如果他看不到自己身上至少有些地方也像威罗比爵士一样既丑恶又可笑，那他就是个比威罗比爵士更加彻头彻尾的利己主义者。梅瑞狄斯说得对，他这个可怜的主人公不是这个人或那个人，而是我们每一个人。所以，我建议你读《利己主义者》，因为它不仅是一部生动有趣的小说，而且还可能有助于你认识自己。

现在我要谈谈《米德尔马契》。如果仅仅就一部小说而言，《米德尔马契》似乎比我刚才谈到的两部小说都要好。它是一件尽善尽美的艺术精品。这是很不容易的，因为乔治·艾略特没有以某一社会阶层的某一群人，而是以不同阶层的一群群不同的人作为小说题材，所以她为你描绘的这幅图画中，既包括靠米德尔马契镇周围以地产为生的地主，也包括居住在那里的从事各种职业的人，如店主和商贩等。她不像其他许多小说家那样，只要你关注两三个人的命运，好像他们就代表了现实生活，他们之外的世界是无关紧要的；不是的，她要你关注的就是构成我们这个世界的各种各样的富人和穷人的命运，而且她还用精湛的技巧把发生在他们之间的形形色色的故事安排得井井有条。她不像那些想写结构复杂的小说而又缺少技巧的作家那样，使你的兴趣集中到某一批人物身上后，当要你转向另一批人物时，会让你觉得别扭；不是的，她使你同等地对所有人物都感兴趣，她从这一批人写到另一批人时，你会觉得非常自然，就像我们在现实生活中从这方面的人转向另一方面的人那样。这就使她的小说显得特别真实。虽然故事是从乔治四世在位时就开始了，但我们觉得我们所知道的生活就是那样的。人物——

书中人物众多——都非常自然,她对人物的观察又很精细,所以个个都是独具风格的活生生的人。然而,乔治·艾略特缺乏激情,所以她不能像梅瑞狄斯那样创造出天马行空式的人物来(我忽然想到,这倒可以为克莱拉·米德尔顿竟然没有想到嫁妆作出合理解释,因为"天马行空"是无需考虑结婚礼服的)。她冷静、准确,同时又不无同情地看待她的人物。她的小说主人公不比我们崇高,坏蛋也不比我们坏。她那样深入地刻画人物,不但使我们能像旁观者那样看到他们,而且使他们自己也能看到自己的真实面目,所以即便是那个卡索朋先生①,也不仅仅是可恨,还很可怜。她的人物有现代气质,他们不只是纠缠在个人情感中;他们关心政治,对当时的各种问题都感兴趣;他们还像我们一样思考经济问题。他们有感情,也有头脑。总之,他们在很大程度上是和我们一模一样的。总结我对《米德尔马契》的看法,我想说的就是:乔治·艾略特具有伟大小说家的所有天赋,唯独缺少火热的激情。确实,在充分而合理地解释生活方面,没有一个英国作家能和她相比,但在她理智而富有同情地观察生活时,她却偏偏忽视了生活中的浪漫因素。

在结束本文之前,我还想弥补一个疏漏。我在《英国文学漫谈》一文中谈到诗选时,忘了把罗伯特·布里吉斯②选编的《人之精神》也提一下。有个批评家在评论我那篇文章时说,我不该把《牛津英诗选》列出,因为他认为那部诗选并不好。我不同意他的看法,但我承认《牛津英诗选》的后半部分确实选

---

① 《米德尔马契》中的人物。
② 罗伯特·布里吉斯(1844—1930),19世纪英国桂冠诗人。

了一些不怎么好的诗。这是不可避免的,任何选本都说明选编者的判断力,一般说来,在选收历代作家的作品时,选编者大多是有把握的,但在选收当代作家的作品时,他们便犹豫不决了。因为当代作家的作品尚未受到时间的考验。今天使我们感动的作品,会不会继续感动下一代人,这是谁也不敢保证的。但是,如果谁对《人之精神》还想挑剔一番的话,那他一定是个苛刻的批评家。这部诗选非常鲜明地体现了选编者的个人倾向,其中所选的每一首诗都是按他的趣味选定的,由于罗伯特·布里吉斯学识渊博又有个人见地,同时还非常崇尚美,所以他选入了不少普通读者不太熟悉的冷门作品。这是一部高雅而有吸引力的诗选。

最后,让我用约翰逊博士给史雷尔小姐的一封信里的一句话,作为本文结束语。他说:"不读书的人不经常思考,所以也不经常有话可谈。"

读《汤姆·琼斯》

对打算读菲尔丁这部名作的人，我想提出这样的忠告：如果你是个喜欢吹毛求疵的人，那还是别读为好。因为就如奥斯丁·道布逊①所说，菲尔丁"丝毫也没有想创作一部尽善尽美的作品，他只是想描绘一幅普通的生活图画——可能还是一幅粗略的而非细腻的、本色的而非人为的图画。他的愿望就是要写得极其真实，对生活的缺陷和错误既不夸张也不掩饰"。确实，是他最初在英国小说中塑造了一个真实的人。罕娜·摩尔曾在她的回忆录中写道，她一生中仅有一次惹得约翰逊博士发火，原因就是她在他面前提到了《汤姆·琼斯》中的某些诙谐滑稽的章节。"听你从一本这样邪恶的书里引文摘句，真叫我吃惊，"他说，"听说你已经读过这本书，真让人遗憾。一个行为端庄的夫人是不该读这种书的。我不知道世上还有什么书比这本书更下流了。"不过，我倒想说，一个行为端庄的夫人婚前读读这本书是很有好处的。这本书会清楚地告诉她生活中一切必需的知识，还有许多关于男人的事，这对她不无益处，可以帮助她避免婚后的尴尬处境。人人都知道，约翰逊博士从来就是心怀偏见的。他不承认菲尔丁有任何文学上的造诣，有一次还说他是

---

① 菲尔丁的传记作家。

个大笨蛋。包斯威尔不同意他的说法，他还解释说："我说他是大笨蛋，意思是说，他是个思想贫乏的家伙。""但是，先生，他真实地描写了人们的生活，难道你对此也不承认？"包斯威尔反驳说。"是啊，"约翰逊博士回答，"不过他描写的只是下贱的生活。理查生曾多次说，要不是别人告诉他菲尔丁是谁，他一定会以为他是个喂马的仆人。"

现在我们对小说里描写的下贱生活已习以为常了。《汤姆·琼斯》中所写到的那些东西，在今天的小说家那里是屡见不鲜的。态度比较稳重的批评家曾为汤姆·琼斯辩护，把他生活中的一件经常受到谴责的事情归咎于当时普遍的道德败坏。这件事就是贝拉斯顿夫人爱上了他，而且发现他并非不愿意满足她的欲望。当时他几乎一无所有，而她却腰缠万贯。为解决他的生活需要，她慷慨解囊。一个堂堂男子汉接受一个女人的钱，这已经够丢人了，更何况这还不仅仅是钱的问题，因为这个有钱的女人是要求他用别的东西来回报她的。不过，从道德上说，这也不见得就比女人收男人的钱更值得大惊小怪。现在人们之所以这样，那只能说明社会舆论的愚昧。请不要忘记，就是在今天，我们仍认为有必要创造出"男妓"一词来专门指那些以出卖肉体作为谋生手段的男人。因此，不管你怎样谴责汤姆·琼斯的下流无耻，反正你不能说，那是他一人独有的。

在汤姆·琼斯多情的一生中，还有一件趣事大概也值得一提。他真心诚意地、不可自拔地爱上了美丽动人的索菲娅，但同时他也在任何容易搞到手的漂亮女人身上放纵自己的情欲，而且丝毫也不感到羞愧，因为这样的插曲并不减弱他对索菲娅的爱恋之情。菲尔丁是很讲究实际的，他没有把他的主人公描写得比有七情六欲的普通男人更有节制。他知道，如果要我们更有德行，那就像要我们在夜里和在清晨一样清醒，这是不可能的。

《汤姆·琼斯》结构严谨，情节环环相扣，构思巧妙，但菲尔丁就像他的前辈——"流浪汉小说"作家一样，很少考虑情节的可能性，他用最不可能发生的事情、最令人难以置信的巧合把人物聚合到一起，然后，他以极大的热情把你带入情节之中，使你无暇顾及情节的可能性，也不愿意对此表示异议。人物都是大刀阔斧地以原色调勾勒出来的，如果说有什么缺陷的话，那就是线条太粗，不过这一缺陷却由人物的真实性和生动性予以弥补了。我觉得，小说中的那位"万全"先生也许写得太善良了，善良得几近不真实。不过，这并不是菲尔丁一个人的失败，凡是想要塑造完美人物的小说家都是以失败而告终的。经验表明，要写这样的人物而又不使他显得傻乎乎，那简直是不可能的。

在写作手法上，《汤姆·琼斯》很懂得取悦人。菲尔丁的风格比简·奥斯汀（她的《傲慢与偏见》写于五十年之后）更加轻松自然。我认为，这是因为菲尔丁有意仿效艾迪生和斯蒂尔①，而简·奥斯汀则可能不自觉地受了约翰逊博士的影响，或者受到她同时代作家的影响，而这些作家是以约翰逊博士为典范的。我们知道，简·奥斯汀曾不无崇敬地拜读过约翰逊博士

---

① 理查德·斯蒂尔（1672—1729），17世纪末、18世纪初英国散文作家和剧作家。

的所有著作。我不记得了，好像有谁说过，好的风格应该是和有修养的人的谈话很相似的。这正是菲尔丁的风格。他娓娓动听地为读者讲述汤姆·琼斯的故事，就像在餐桌上一边喝酒一边给几个朋友讲这故事似的。他的语言很率直，但也不见得比现代作家更粗俗。显然，美貌贤惠的索菲娅对"野鸡""杂种""娼妓"这类词是早已听惯了的（至于"b-ch"一词，我不知道菲尔丁为什么要写成这样），实际上，她父亲惠斯特老爷也时常随随便便地用这些词来叫她。

用谈话方式写小说，小说家会把你当知己，向你诉说他对人物的感情，以及对人物所处环境的看法。但这种写法也有缺点，小说家本人总是站在你身旁指指点点，无形中就影响了你和小说人物的直接交流。有时他还会大谈哲理，使你觉得讨厌，而他一旦扯离主题，往往是没完没了地越扯越远。你不想听他东拉西扯，你要他继续讲故事，但他就是不往下讲。好在菲尔丁的这类题外议论一般都比较合理或者比较有趣，当然，没有这些议论也许更好。他的题外议论也比较简短，而且他还常常很有礼貌地表示歉意。

尽管如此，他的议论还是太多。《汤姆·琼斯》分为好几册，每册之前有一篇议论文作为序言。有些批评家对此大为赞赏，认为这些议论有锦上添花的作用。对此我只好说，他们根本就没有把这本书当作小说来读。议论文家选中某个题目加以讨论，要是他的题目新颖有趣，那他或许会告诉你一些你原先不知道的事情。但是新颖的题目并不容易找到，于是他就希望用自己对某事的观点和态度来吸引你。这就是说，他希望你对他本人感兴趣，而这恰恰是你在读小说时最不愿意做的事。你对小说家本人毫不在乎，你只要他在那里为你介绍人物和讲故事就行了。由于要写此文，我把《汤姆·琼斯》里的每篇议论文都读了一遍。我不否认这些文章的长处，但我还是读得很不耐烦。小说家使读者对人物产生了兴趣，读者接下来想知道的就是这些人物的所作所为。如果不让读者知道，那他就没必要读小说了。我再说一遍——其实再说几遍也不过分——小说不应该被当作教训人的手段，而应该给读者以种种有益的启发。

重读上面所说的话，我担心自己会给读者留下这样的印象：《汤姆·琼斯》似乎是本粗制滥造的书，写的尽是些趣味低下的莽汉和荡妇的事。这是大错特错的。菲尔丁非常熟悉生活，他并没有只从表面上看待人，他的经验使他明白，人性中从来就没有彻底的公正无私。彻底无私固然很好，但在这个世界上不曾有过，想要找到它也是幼稚的。不过，菲尔丁还是在小说中塑造了索菲娅·惠斯特这样一个优美动人的形象，一个人见人爱的少女的形象，一个能使读者为之陶醉的形象。她质朴，但不愚蠢；她循规蹈矩，但不装腔作势；她有性格，有毅力，也有勇气；她相貌出众，又心地纯正。菲尔丁在塑造这一形象时，内心深处想到的就是他自己可爱的（我想，也是备受折磨的）妻子。这真使人感动，真是催人泪下。

最后，我想还是让我引用批评家乔治·森茨伯利的话来结束本文。他的话很有见地。他说：《汤姆·琼斯》是一部生活的史诗——当然，不是一部无比崇高、无比珍稀、无比激昂的史诗，而是一部普通人的、健康的日常生活的史诗，它不是完美无瑕的，但它充满了人情味和真实感。也许，除了莎士比亚，再没有人能像菲尔丁这样，在一个虚拟的世界中真实地表现出普通人的喜怒哀乐。"

简·奥斯汀和《傲慢与偏见》

一

简·奥斯汀的一生,三言两语就能说完。她出生于古老世家。就像英国许多名门望族一样,奥斯汀家也是靠羊毛业致富的,羊毛业一度是英国的主要工业。他们发迹后,也像其他家族一样买进土地,最后成了一户乡绅人家。

简一七七五年生于汉普郡斯蒂汶顿村,父亲乔治·奥斯汀牧师是当地的教区长。简是七个孩子中最小的一个。她十六岁时,父亲退休,带着她母亲、姐姐和她一起去了巴斯,此时她的几个哥哥已长大成人。她父亲于一八○五年去世,她们姐妹几个和母亲一起移居到南安普顿。不久,哥哥爱德华继承了肯特和汉普郡的地产,他愿意为母亲买一座庄园。母亲选择了汉普郡乔顿的一座庄园——此时是一八○九年,简后来就一直住在那里,偶尔才出去探亲访友,直到后来病重不得不去温彻斯特,因为那里有比较好的医生。她于一八一七年在温彻斯特去世,葬于当地的大教堂。

据说,简长得很讨人喜欢:"身材苗条,亭亭玉立,步履轻快而稳重,时时给人一种朝气蓬勃的感觉。她肤色浅黑,脸颊丰满,嘴和鼻子小而匀称,淡褐色的眼睛很明亮,还有一头天然的棕色鬈发。"但我看到过她唯一的一幅肖像,那上面她是个胖胖的年轻女人，有一双圆而大的眼睛和高耸的胸部，相貌很一般，也许，这是因为画家画得不好的缘故。她生来就有一种罕见的幽默感。据她自己说，她平时说话和她所写的书信是一样的，而我们知道，她的书信写得情趣横溢、诙谐有趣，可谓妙语连珠。由此推想，她的言谈也一定是才华横溢的。

她留存下来的大多数信件是写给姐姐卡桑德拉的。她非常喜欢她姐姐，在她生前只要和姐姐在一起，两个人就同住一间卧室。小时候，姐姐去上学，她也跟着去。那时她年纪还小，到女子学校去根本就听不懂什么东西，但她不能离开姐姐，一离开就会觉得伤心。她母亲曾说："要是卡桑德拉被人拉出去砍头，简也会跟着去的。"卡桑德拉比她长得漂亮，性格也更为文静，甚至有点忧郁，但她"有个优点，就是能控制自己的脾气，而简呢，她很幸运，生来就有一种不需要加以控制的好脾气"。

许多狂热崇拜简·奥斯汀的人对她的书信感到很失望，觉得从这些书信中似乎看不出有什么高尚情操，她感兴趣的好像只是些日常琐事。这种看法使我甚为惊讶。她的书信是一点也不矫揉造作的。再说，简·奥斯汀大概连做梦也不会想到，这些写给姐姐的书信到她死后还要公开发表。她在书信中谈到的当然只是她认为姐姐卡桑德拉会感兴趣的事情：社交界正流行什么服饰、她买印花薄纱花了多少钱、她结识了哪些新朋友、她遇到了哪些老朋友，以及她听到了怎样的流言蜚语，等等。

近年来出版了不少名作家的书信集，当我读这些书信时，心里总感到很疑惑。我想，这些名作家在写这些书信时，是否已经想到自己的书信总有一天是要大批印刷出来的。因为他们给我的印象是，他们的书信是完全可以一字不改地在文学杂志的专栏里发表的。为了不使最近才去世的名作家的崇拜者难堪，我不想提到他们的名字，但狄更斯已去世多年，对他说几句闲话大概是不至于得罪人的。狄更斯每次外出旅行，总要给他的朋友写长长的书信，洋洋洒洒地描绘他所见到的景色。正如他的传记作者所说的，这些书信用不着动一个字就可以付印。我想，大概在那个时代人们都很有耐心，要是在今天，你收到一封朋友写来的信，信里若一味地给你描绘他所见到的山岭如何如何、他所拜谒的纪念碑如何如何，那你一定会觉得大失所望，因为你想知道的是：他有没有遇到有趣的人、参加了什么聚会，托他买的书、领带或者手帕买到了没有，如此等等。

二

简·奥斯汀写的每封信几乎都很风趣，常使人哑然失笑。为了和读者分享这种乐趣，我想摘录几段最具她个人风格的文字。只是篇幅有限，我不能摘录得太多。

"独身女子对于受穷有一种可怕的癖好，这是她不赞成婚姻生活的一个强有力的理由。"

"请想想，霍尔特夫人死了！可怜的女人，这是她在这个世界上能做的唯一的一件不受人攻击的事。"

"谢勃恩的霍尔夫人昨天生了个死婴。由于受了惊吓，比她预料的早了几个星期。我猜想，这是因为她在无意中瞧了她丈夫一眼。"

"我们出席了 W.K. 夫人的葬礼。我不知道有没有人喜欢她，所以对那些活人也就漠不关心了，但我现在对她丈夫倒很同情，觉得他最好娶夏普小姐为妻。"

"我佩服恰普林夫人，她的头发做得好，此外就没什么新感觉了。莱莉小姐和别的矮个子女孩一样，长着大嘴巴、大鼻子，衣服时髦，胸口袒露。斯坦波尔将军倒像个绅士，只是腿短了点，燕尾服长了点。"

简·奥斯汀喜欢跳舞。下面是她对舞会的一些趣谈：

"只有十二圈舞，我跳了九圈，还有几圈因为没有舞伴而没跳成。"

"有人告诉我，有位先生，柴郡的一个军官，一个很漂亮的年轻人，很想经人介绍和我认识，但是他的愿望没有强烈到足以使他采取行动，我们也就无缘相识了。"

"美人不多，仅有的几个也不漂亮。伊勒蒙格小姐脸色不太好，布伦特夫人是唯一受大家奉承的人。她还是九月份时的老样子，同样是宽脸蛋、钻石头带、白鞋，还有一个同样是穿着时髦、头颈肥粗的丈夫。"

"查尔斯·勃勒特星期四举行了一次舞会，这自然使他的邻居们大为不安，你知道他们对他的经济状况非常感兴趣，希望他快点破产。他的妻子很愚蠢，又很奢侈，而且脾气坏，这倒是他的邻居们所希望的。"

"理查德·哈维夫人快要结婚了，但这是大秘密，只有半数的邻居知道，请你千万不要泄密！"

"霍尔博士一身重孝，一定是他母亲、他妻子或者他本人去世了。"

简·奥斯汀小姐和母亲一起住在南安普顿时，曾去拜访过一户人家，关于这件事，她在给卡桑德拉的信中是这样说的：

"我们发现只有兰斯夫人在家，除了一架大钢琴，不知道她有没有也值得夸耀一番的子女……他们生活很奢华，看来她喜欢富有，我们让她明白了我们一点也不富有，所以她不久就会觉得和我们交往是不值得的。"

奥斯汀家有个女亲戚和某个曼特博士有了私情，致使博士的妻子一怒之下回了娘家，于是人们便议论纷纷。对此，简在信中写道："由于曼特博士是个牧师，他们的私情不管多么不道德，总有一点一本正经的味道。"

她有一张利嘴，有着不寻常的幽默感。她自己喜欢笑，也喜欢逗别人笑。一个幽默家想起一件可笑的事，如果你要他把这件事藏在心里不说出来，那是强人所难。爱开玩笑而又要人不觉得刻薄，天知道是件多么不容易的事。天生善良的人往往是不太有趣的。简·奥斯汀敏锐地观察到了人们的荒唐愚蠢、自命不凡、装模作样和虚情假意，但她并不为此感到苦恼，反而觉得有趣，这实在令人钦佩。她虽然由于良好的教养而不忍心公开说出伤人的话来，但在给姐姐的信里取笑一下周围的人，她认为是无伤大雅的。实际上，即使在她最具讽意的言词中，我也看不出任何恶意，她的幽默是真正的幽默，是以精细的观察和坦率的心态为基础的。

曾有人指出，她一生经历了历史上许多轰轰烈烈的事件，如法国革命、恐怖时期、拿破仑的兴起和溃败等，但在她的小说里却一点也没有写到。她为此受到责难，有人说她过于超然物外。然而，应该记住，在她那个时代，妇女参政是有伤风化的。那是男人的事。那时的妇女甚至都不读报纸。由于她没有写到那些事件，就以为她没受到它们的影响，这毫无道理。她热爱自己的家庭，她的两个哥哥都在海军服役，而且经常身处险境，她给他们的书信表明，她对他们一直是魂牵梦萦、日夜惦记着的。至于她在小说中不写那些事件，那不是正好说明她见识不凡吗？她生性谦虚，从未想使自己青史留名。反之，如果她那样想的话，也就不可能这样明智了。她在自己的作品中拒不涉及那些事件，原因就在于，从文学的观点来看，那些事件不过是昙花一现的小事。譬如，关于第二次世界大战的小说过去几年出版了许多，现在却早已无人问津了，它们就像每天发行的报纸一样，只是过眼云烟而已。

奥斯汀·李在《简·奥斯汀传》里有一段话，我们只要稍加想象就能知道，简·奥斯汀在那漫长而宁静的岁月里过着怎样一种乡间生活："一般说来，由仆人去做的事情很少，更多的是由主人或女主人亲自照料。我相信，女主人往往还要亲手配制家酿的酒，用药草制成家用的药和烹煮一些上等的菜肴……夫人们并不轻视纺纱织布，有些夫人还喜欢在早餐或茶点后亲自洗涤碗具。"奥斯汀小姐对衣帽、围巾很感兴趣，还擅长针黹刺绣。她喜欢漂亮的年轻男子，有时也和他们调调情。她不仅喜欢跳舞，还喜欢看戏、打牌和其他一些轻松的娱乐。她"擅长于玩那些需要手指灵活的游戏。譬如，她撒游戏棒撒得比谁都好，而且能十拿九稳地一根根取走。她玩杯球也很出色，听说在乔顿玩这种游戏时，她能轻而易举地连续接一百个球。所以，毫不奇怪，孩子们都特别喜欢她，他们喜欢和她一起玩耍，也喜欢听她讲那些永远讲不完的故事"。

虽然没有人会把简·奥斯汀说成才女（对才女，她本人也不屑一顾），但她显然是个很有教养的女人。研究简·奥斯汀小说的权威杰波明，曾开出一张长长的书单来列举简·奥斯汀读过的书。毫无疑问，她读过芬纳·伯纳、玛丽亚·艾奇沃斯和瑞克里弗夫人的小说，她也读过法国小说和德国小说的英文译本（其中有歌德的《少年维特之烦恼》），其实，只要能从巴斯和南安普顿的流动图书馆借到的书，她都读。她很熟悉莎士比亚的作品，和她同时代的作家中，她读过司各特和拜伦的作品，但她最喜爱的诗人好像是柯珀。这不难理解，因为柯珀那种冷峭、绮丽、睿智的诗风对她特别有吸引力。她还读过约翰逊博士和包斯威尔的著作，读过大量的历史书和为数不少的宗教文献。

三

当然，最重要的还是她自己写的书，这就是我下面要谈的。她年纪很小就开始写作。后来在她临终前，她曾托人从温彻斯特带过口信给她的一个喜欢写作的侄女，意思是说：如果她愿意接受她的忠告，那么她最好到十六岁之后再搞创作，因为她一直觉得，在这之前（十二到十六岁之间）应该多读，少写。当时，女人舞文弄墨是被认为不合体统的，孟克·路易斯就曾这么说过："我厌恶、可怜和蔑视一切女文人。她们手里应该拿着针，而不是笔，只有针才是她们运用自如的工具。"

小说在当时还是一种受人轻视的文学样式，简·奥斯汀本人就曾对作为诗人的司各特爵士表示过惊讶，因为他竟然会热衷于写小说。她自己呢，总是"小心翼翼地不让仆人、客人以及除家里人之外的任何人知道她在写小说。为了不让人发现，她使用很小的纸片，因为小纸片容易收藏，或者可以临时用一张吸墨纸盖住。在她的房门和仆人住的下房之间有一扇门，一推就会嘎嘎作响，但她一直没有让人把它修好，因为她觉得门会发出声响对她有用：当她躲在屋里写小说时，只要有人一推门，她便会知道，这样她就有时间把稿子迅速藏起来"。她的哥哥詹姆斯甚至都没有告诉他当时还是小学生的儿子，他正津津有味地在读的书就是他姑妈简写的；另一个哥哥亨利则在回忆录里这样写道："要是她还在世，不管会给她带来多大的名声，她也不会把自己的名字署在作品上。"正因为这样，她发表第一部作品《理智与情感》时，扉页上仅署名为"一位女士"。

其实，《理智与情感》并不是她最初写的作品。最初的一部小说名为《第一次印象》。为这部小说，她哥哥乔治·奥斯汀曾代她写信给一个出版商，希望以自费或者其他方式出版"一部和伯纳小姐的《伊沃林娜》篇幅相近的小说，总共三卷"，但遭到了出版商的拒绝。《第一次印象》是她在一七九六年的冬天开始写的，到一七九七年八月完成；一般认为，它其实就是十六年之后才出版的《傲慢与偏见》。其后，她接续不断地写出了《理智与情感》和《诺桑觉寺》。这两部作品运气不佳，虽然五年后有个叫理查德·克劳斯贝的先生以十英镑的价钱买下了后一部作品（当时书名为《苏珊》），但他并没有拿去出版，最后又以同样的价钱卖掉了。由于简·奥斯汀从不署真名，所以这位先生一直不知道自己以如此低廉的价钱卖掉的手稿，就是后来备受欢迎的《傲慢与偏见》的作者所写的。

一七九八年完成《诺桑觉寺》后直至一八〇九年，这期间她似乎辍笔不写了，仅写了一部名为《华青家史》的小说的部分章节。一个才华横溢的作家辍笔时间如此之长，当然要引起人们的多方猜测。有人猜测她是由于坠入情网而无暇顾及写作了，不过这也仅仅是猜测而已。一七九八年她才二十三岁，正值青春妙龄，很可能不止一次地坠入情网。她是个很奇特的女人，很可能一次次地恋爱，结果虽然都是不欢而散，但在精神上并没有给她蒙上阴影。对她长时间辍笔的最可信的解释是，由于出版商都不愿意出版她的小说，她觉得灰心丧气了。她只好把自己的小说朗诵给亲朋好友听。虽然他们听得心醉神迷，但她颇有自知之明，而且很可能自己得出过这样的结论：她的小说只在那些喜欢她的熟人眼里才有魅力，因为他们一眼就能看出，小说中的那些人物是以生活中的哪些人为模特儿的。

四

总之，在一八〇九年她和母亲及姐姐一起定居于宁静的乔顿小镇之后，她就开始修改原先写的旧手稿。一八一一年，《理智与情感》终于正式出版。那时，女人写作已成天经地义之事。当时的情况，斯贝琼教授曾在皇家文学协会的一次有关简·奥斯汀的讲演中引用艾丽莎·费的《印度来信》中的序言来加以说明。在一七八二年，曾有人劝艾丽莎·费发表她的书信，由于当时社会舆论十分厌恶"女士作品",她只好拒绝。然而,到一八一六年,她却这样写道:"从那时起,在公众情感方面已逐渐发生了很大的变化。现在,我们不仅已有许多可为女性争光的女作家,而且还有更多谦逊质朴的女性毫不畏惧种种批评,敢于把自己的小船直驶浩淼的大海,把娱乐或者教育带给读者。"

一八一三年,《傲慢与偏见》出版,简·奥斯汀以一百十英镑的价格出让了版权。

除上述三部小说,她还写有另外三部,即《曼斯菲尔德庄园》《爱玛》和《劝导》。她以这几部小说为自己赢得了稳固的声誉。她总是要等很长时间才能找到一个出版商,但是一旦找到后,她的才华便立刻得到公认。后来,连最有声望的人也开始赞扬她了。我在此不妨引用一下司各特爵士的一段话,因为他对她推崇备至:"这位年轻的小姐在描写人们的日常生活、内心感情和许多错综复杂的琐事方面确实很有才能,这种才能极其可贵,是我从未见到过的。虽说我也能像一般人那样写些平平常常的文章,但是要我用这样细腻的笔触,把这样平凡无奇的事情和人物,描写得这样惟妙惟肖,那我实在很难做到。"奇怪的是,司各特竟然忘了提到这位小姐最宝贵的才能——幽默感。她虽然具有深邃的观察力和丰富的情感,但使她的观察显得那么深邃而中肯、使她的情感变得那么丰富而感人的,却是她的幽默感。她的生活经验很有限,她的每部作品中的故事都大同小异,她笔下的人物也无甚变化,都是些从不同角度加以观察的相同的人物。不过,她很有自知之明,比谁都了解自己的弱点。她的生活既然被局限于外省社会的一个小圈子里,她就以此为满足,以此为题材。她只写自己熟悉的事情,人们已注意到,她从来不写男人们单独在一起时的谈话,因为这样的谈话从根本上说是她无法听到的。

她和她的同时代的人有相同的看法,这从她的小说和书信中都可看出。她对当时的社会状况十分满意。她毫不怀疑社会等级的重要性,认为社会有穷富之分是很自然的。绅士的儿子可以去当牧师或者继承一大笔遗产为生;年轻人可以靠有权势的亲戚在为国王服务中得到提拔;女大当嫁,这是女人的本分;结婚当然为了爱情,但也要考虑经济状况是否令人满意。所有这些,都是理所当然的,没有迹象表明她对此有任何反感。她的家庭只跟牧师和乡绅有关系,她的小说也就从不写其他阶层的生活。

五

在她的那些小说中,很难断定哪一部最好,因为它们都是上乘之作,而且每一部都有忠实的、甚至狂热的崇拜者。麦考莱认为《曼斯菲尔德庄园》是她的巅峰之作;另一些同样著名的批评家则更喜欢《爱玛》;迪斯累利把《傲慢与偏见》读了十七遍;今天则有许多人说《劝导》是她最成熟的作品。我却相信,普通读者大多把《傲慢与偏见》看作她的杰作是很有见地的。因为一部作品之所以能成为经典,并不在于批评家的一致称誉,也不在于教授们的分析讲解或者大学课堂里的悉心研究,而在于历代读者能从中获得乐趣和教益。

以我个人之见,《傲慢与偏见》从总体上说是她所有小说中最令人满意的。我讨厌《爱玛》女主人公的那种势利习气,因为她对社会地位比她低下的人总摆出一副屈尊俯就的样子,而对佛朗可·丘吉尔和简·凡凡可斯之间的风流韵事,我也不觉得特别有趣。在简·奥斯汀的所有小说中,唯一使我感到冗长的就是这部作品。《曼斯菲尔德庄园》中的男女主人公爱迪芒特和范妮,则是令人难以容忍的道学家,而对不拘小节、生气勃勃的亨利和玛丽·克劳福德,我却非常同情。《劝导》有一种罕见的魅力,要是没有柯伯在兰姆雷吉斯的那件事,我会把它看作为最完美的作品。简·奥斯汀在虚构不寻常事件方面并无多大天分。在我看来,下面这件事就有弄巧成拙之嫌:露易莎奔上几级陡峭的阶梯,"往下一跳",扑向爱慕她的温迪华斯上尉,但他没接住她,她一头撞到墙上昏了过去。其实,只要他伸出手接她,就像他平时帮她"跳下"篱笆旁的阶梯那样,她是绝不可能一头撞到地面上的,因为她跳下来的地方离地面还不到六英尺。她可能会撞在高大健壮的温迪华斯上尉身上,可能会吓得半死,但绝不会受伤。不管怎样,她昏过去了,接着便是一片忙乱。对此的描写也不可信,人人心慌意乱,连身经百战、屡获赏金的温迪华斯上尉也吓得手足无措。接下来,所有人的行为举止都很荒谬,简直使我难以相信,对亲朋好友的疾病和死亡都能安之若素的奥斯汀小姐,怎么会在小说中写出了这么一种笑话百出的慌乱景象。

学识渊博、文风诙谐的批评家加洛特教授曾说,简·奥斯汀没有写故事的才能,不过他解释说,他说的"故事"是指一连串富有浪漫色彩的、或者说不同寻常的事件。简·奥斯汀确实不具备这方面的才能，也不打算在这方面努力。她的出色的观察力和生动的幽默感使她从不耽于幻想；她感兴趣的不是不寻常的事件，而是平凡的日常生活。只要凭借自己敏锐的观察力、生动的幽默感和巧妙的措辞，她便足以使最平凡的生活也变得不平凡了。至于故事，大多数人是指一种连贯而清晰的陈述，其中有开始、发展和结局。《傲慢与偏见》以两位年轻人的到来作为开始，以他们对伊丽莎白和她姐姐的爱情作为主题并加以发展，最后以他们喜结良缘作为结局。这种传统的大团圆结局使那些深谙世故的人嗤之以鼻。确实，大多数婚姻，也许是绝大多数的婚姻，是不幸福的。再说，结婚也不是生活的终结，只是进入另一个生活阶段而已。有许多作家把结婚作为小说的开始，一直叙述到它的结尾。这是他们的权利。我倒是觉得，普通人喜欢小说以男女主人公喜结良缘作为结局，还是有一定的道理的。我认为，他们持这种观点是因为他们有一种深切的、本能的感觉，觉得男人和女人通过婚姻完成了生物学上的职责；他们很自然地感觉到，听人叙述一对男女之间如何产生爱情，后来如何经过曲折变化、相互误解，最后又如何海誓山盟、传宗接代，这是一件非常有趣的事。对大自然来说，每一对夫妇只是长长的生命锁链中的一环，这一环的唯一重要性就在于它能衍生出另一环来。这就是小说家为什么常常要以男女主人公喜结良缘作为小说结局的理由。在简·奥斯汀的这部小说中，新郎最后得到一大笔地产收入，并将把新娘带到一所漂亮的住宅，那里有花园，还有精美华贵的家具。这样的结局，普通读者是非常满意的。

我认为,《傲慢与偏见》的情节结构也很精巧。前后情节的衔接极为自然,没有任何会使读者感到迷惑不解的地方。也许,有人会觉得奇怪,为什么伊丽莎白和吉英这么有教养,这么彬彬有礼,而她们的母亲和三个妹妹竟会如此平庸。这确实有点唐突,但这种安排对奥斯汀小姐要叙述的故事来说又是必不可少的。我心里想,她为什么不把伊丽莎白和吉英写成班纳特先生前妻的女儿,小说中的班纳特夫人只是他的续弦,也就是三个小女儿的母亲,这样一来,问题不就避开了吗?

在简·奥斯汀的所有女主人公中间,她自己最喜欢的就是伊丽莎白。她曾写道:"我必须承认,我把她看作在我的小说中出现的最令人愉快的人物。"按某些人的看法,伊丽莎白的原型就是简·奥斯汀本人——她确实把自己的欢乐、勇气、机敏和见识都赋予了伊丽莎白这个人物。也许,还可以进一步作出推测:在她描绘温柔、善良、美丽的吉英·班纳特时,她心里想到的很可能就是她的姐姐卡桑德拉。一般人总把小说中的达西看作无耻之徒。他的第一个过错就是在舞会上拒绝和不相识的、也不想结识的人跳舞。但这并不是什么大错。确实,他在向伊丽莎白求婚时表现出一种不可饶恕的傲慢态度,但是他对自己的出身、财产的自豪是他性格的主要特征,缺了它就没有什么可讲了。再说,他的这种求婚态度也给了简·奥斯汀机会,借此可以展现最精彩的戏剧性场面。我想,简·奥斯汀如果是在有了一定写作经验的情况下写这部小说的话,那她就会把达西的态度表现得更恰如其分一点,也就是把他写得足以引起伊丽莎白的反感，而不至于非要让他说出那些使人难以置信的话来。对卡特琳夫人和柯林斯先生的描写可能也略嫌夸张，但我觉得稍有喜剧因素是完全可以的。喜剧因素可以使生活显得更加绚丽多彩，也更加冷峭严峻。在小说中即使用一点笑剧式的夸张手法也无伤大雅，因为有分寸地掺和点笑料，就像在草莓上撒些白糖，可以使生活的喜剧味变得更加浓郁。不过，谈到卡特琳夫人，有一点倒是要记住的，那就是在简·奥斯汀时代，当一个人和地位比自己低的人在一起时，他或者她总会表现出一种优越感来的，对此，地位低的人也不会心怀不满。如果说，卡特琳夫人把伊丽莎白看作是出身低微的年轻姑娘而在她面前有点趾高气扬的话，那么请不要忘记，伊丽莎白自己对她姨母菲利普夫人的态度也好不了多少，原因也就是她只是个地位不高的律师的妻子。在我年轻时，那时虽然已经和简·奥斯汀所写的那个时代相隔一百年，我还是能经常看到一些贵妇人。她们那种自高自大的样子尽管不再像过去那样荒唐可笑，但和卡特琳夫人也不相上下。至于柯林斯先生这种集拍马奉承和傲慢无理于一身的人，即使在今天，又有谁没见过？

没有人把简·奥斯汀看成伟大的文体家。她的缀字法很奇特，而且经常不顾语法，但是她的听觉肯定很灵敏。从她的句子结构中，我觉得可以看出约翰逊博士的影响。她喜欢使用来自拉丁文的英语词汇，而不常用普通英语词汇，喜欢用抽象的而不是具体的词汇。这使她的措辞稍稍带上一点悦目惬意的庄重感。确实，也常常给她诙谐的语言增添了分量，使她本来辛辣尖刻的语言中又有一种一本正经的味道。她的对话写得非常自然。写对话并不是把人物要说的话原封不动地记录在纸上，而是要加以组织整理的，否则就会使人觉得沉闷。在她的小说中，有许多对话简直就像现在的书面语，今天读来显得矫揉造作，但是在十八世纪末，年轻小姐确实就是那样说话的。譬如，吉英在谈到她情人的几个妹妹时说："对于我和他的关系，她们当然不会表示赞成，对此我并不觉得奇怪，因为他完全可以选择一个多方面比我强的人。"我相信，她就是这样说的，但我也得承认，听她这样说话真有点吃力。

至此，我还没有谈到这本书的一个最大的优点，那就是它有很强的可读性——比一些更杰出、更著名的小说更有可读性。正如司各特所说，奥斯汀小姐描写的是人们的日常生活、内心感情和许多错综复杂的琐事；虽然小说中并没有发生什么了不起的事，但是每当你读完一页后总会情不自禁地翻过去，迫切地想知道下文如何；但那里仍然没有什么大事，于是你又迫不及待地翻动书页。能叫你这样做的小说家是最有才能的小说家。我时常想，这样的才能是从哪儿来的呢？为什么你把这部小说读了一遍又一遍，却依然像第一次读它时一样兴味盎然？我想，原因就在于，简·奥斯汀不仅对她的人物及其命运深感兴趣，而且对发生在他们身上的一切都深信不疑。

狄更斯与《大卫·科波菲尔》

查尔斯·狄更斯身材矮小，但相貌不凡。伦敦国立人物肖像陈列馆里有一幅他的画像，是麦克里斯在狄更斯二十七岁时为他画的。画面上，狄更斯坐在书桌边的一把豪华靠椅里，一只细巧的手优雅地搁在一份手稿上。他衣着讲究，还戴着宽大的缎制领饰。他有一头棕褐色的鬈发，鬓角很长，飘垂在脸的两边，刚好遮住双耳，看上去很潇洒。他脸形稍长，脸色有些苍白，但目光炯炯，加上一副沉思默想的神情，其年轻大作家的形象正合崇拜者们的心意。他时常摆出一副纨绔子弟或者说追求时髦的派头。他年轻时喜欢穿花哨的天鹅绒上衣，戴艳丽的领饰和白色的礼帽。遗憾的是，他从来也没有获得过他自己预想的效果。他的这副打扮让人觉得古怪，甚至有点惊讶，因为他的服饰实在和他的为人太不相符。

他的祖父威廉·狄更斯早先是查斯特尔市议员约翰·克罗尔家里的仆人，娶了一个女仆为妻，最后又成了管家。老威廉有两个儿子，小威廉与约翰。不过，我们现在只对约翰感兴趣，因为他既是英国最伟大的小说家的父亲，又是他儿子笔下最出色的人物形象——密考伯先生的原型。约翰刚出生，老威廉就死了。他们的母亲仍在克罗尔家里当女仆，一直干了三十五年，而且还当上了女管家。此后，主人为她提供养老金，而在她当管家期间，主人还出钱让她的两个儿子受到了教育。小儿子约翰经主人推荐在军需处得到一个职位后，很快就认识了一个同事，不久又和这个同事的妹妹伊丽莎白·巴鲁结了婚。在人们眼里，约翰是个穿着入时、总喜欢摆弄怀表的小公务员。他看来很喜欢喝酒，因为他曾卷入过一宗贩酒案，为此还在狱中度过了一段时间。他婚后不久便负债累累，而且仍不停地到处向人借钱。

他们的第二个孩子——查尔斯·狄更斯，于一八一二年出生在普特希镇。两年后，约翰被调往伦敦。他们一家在伦敦住了三年后，又迁往查特姆。就是在查特姆，小查尔斯开始上学读书。他父亲有一些藏书，虽然数量不多，但其中倒有像《汤姆·琼斯》《威克菲牧师传》《吉尔·布拉斯》《堂吉诃德》《蓝登传》和《小癞子》这样的好书。这些书小查尔斯不止读过一遍，至于它们对他的巨大影响，我们可以从他后来的小说创作中分明看出。

小查尔斯在学校读书读到十五岁后，就到一家法律事务所去当了见习生。但他在那里只干了几个星期，父亲就把他送到另一家法律事务所，在那里他当上了一名周薪十五先令的小职员。他在业余时间学习速记，仅用了十八个月他就在民法博士会长老法庭谋到了速记员的职位。二十岁时，他又获得议会速记员资格，同时作为一家报纸的记者专门报道下议院的情况。他常坐在旁听席上，被认为是一名"又快又好的速记员"。这时，他爱上了银行经理的女儿玛丽亚·比德奈尔，一个多情而轻浮的姑娘。很可能，是她先对查尔斯·狄更斯调情的。他们的关系甚至到了很亲密的程度,她仍然没有把他当一回事。她只喜欢被人恭维,喜欢有个情人陪她玩乐,根本就没有考虑过要嫁给这个分文不名的查尔斯·狄更斯。所以,不到两年,他们的恋爱就告吹了。两个人还一本正经地互相退还了礼物。狄更斯非常伤心,因为他是真心爱玛丽亚的。后来,在《大卫·科波菲尔》里,玛丽亚就成了大卫的"孩儿妻"朵拉。在狄更斯刚完成这部小说时,就有一个女友问过他,他是否真的"非常、非常爱她"。他回答说:"世上没有一个女人,也很少有男人,能理解这种爱究竟有多深。"他们分手许多年后才相见,玛丽亚·比德奈尔和狄更斯夫妇一起吃了一顿饭,但是今非昔比,此时狄更斯已是大名鼎鼎的小说家,玛丽亚则成了一个肥胖、平庸、笨拙的家庭主妇。于是,她又被狄更斯写进小说,成了《小杜丽》中的芙洛拉·费因钦。

二十二岁时,查尔斯·狄更斯每周已经能挣到五英镑五先令。为了离报社近一点,他搬到河滨街附近的一条很脏的小路上去住。很快他就觉得不满意了,于是便在弗涅伏尔客栈租下一间不带家具的房间。不幸的是,还没等他安置好家具,他父亲又因债务而入狱。为了维持父亲的狱中生活,他不得不解囊相助。父亲一时出不了狱,他找了一所便宜的房子把全家安顿下来,他自己则和由他抚养的弟弟弗雷德里希一起住在弗涅伏尔客栈四楼的一间后房里。"由于他为人坦率、慷慨大方,而且遇事总能逢凶化吉,因此在他家里,以及后来又在他妻子家里,便形成了这样一种习惯,那就是没出息的人总找他资助,还要他帮忙谋取职位。"(引自恩娜·波普—亨奈希的《查·狄更斯》)。

他在众议院的旁听席上工作了大约一年后,开始写一组描写伦敦生活的随笔。第一篇作品发表在《月刊》杂志上,后来又在《晨报》上陆续发表作品。他得到的稿费虽然不多,但开始引起人们的注意。当时,英国有一种风气,人们喜欢看一些表现奇闻逸事的小说。这类小说大多发表在一先令一份的月刊上,往往还配上有趣的插图。因此,出版商经常约请一些稍有名气的作家和画家撰文配画。这就是今天仍受大众欢迎的报纸滑稽栏目的早期形式。有一天,查普曼·豪尔公司的一个合伙人找到狄更斯,请他为一个名画家画的一组描写一家体育爱好者俱乐部的连环画配上文字。他答应每月付十四英镑,杂志发行时再外加少许酬金。狄更斯开始说他根本不懂体育,无法撰写这样的稿子,但后来由于"酬金的诱惑力太大,他终于没能抵挡住"。虽然我不能说《匹克威克外传》就是这样产生的,但我至少可以说,这部名作就是在这样一种不寻常的情况下产生的。狄更斯最初的五篇连载故事发表后并不怎么成功,但是当山姆·维勒在故事里出现后,杂志发行量便一下子上升了。后来,这些故事汇集成书出版,大受读者欢迎,狄更斯一举成名,当时他才二十二岁。尽管批评界对他仍持保留态度,但他声誉鹊起,读者对他推崇备至。当时的《评论季刊》曾对他做过这样的预测:"根本无需天才也能预知他的命运——他像火箭般地升上天,将像棍子般地栽下来。"确实,纵观他的整个创作生涯,我们处处可以发现这种情况:大众读他的作品读得如醉如痴,批评家们则一味地吹毛求疵。看来,当时的批评界也像现在一样浅薄。

一八三六年，就在连载小说《匹克威克外传》的第一篇发表前几天，狄更斯和凯特·霍格斯结了婚。他的岳父乔治·霍格斯是他在报社工作时的同事，有六个儿子和八个女儿。女儿们个个长得娇小而丰满，碧眼金发，脸色红润。大女儿凯特是当时唯一已到结婚年龄的姑娘，也许就是出于这个原因，狄更斯才娶了她，而没有娶她妹妹中的哪一个。他们度过短暂的蜜月后，便在弗涅伏尔客栈住下，并邀请凯特的妹妹、十六岁的玛丽·霍格斯和他们同住。玛丽活泼可爱，狄更斯渐渐爱上了她，尤其是当凯特因怀孕而不在他身边时，他更是整日与玛丽相伴。这时，他已得到撰写另一部长篇小说即《奥列佛·退斯特》的合同，但在他动笔写这部新作的同时，他仍要继续写按月连载的《匹克威克外传》。于是，他就把每月的时间一分为二，上半个月写《奥列佛·退斯特》，下半个月写《匹克威克外传》。绝大多数小说家都需全神贯注地创作一部作品，根本不可能有什么余暇再去考虑第二部作品，但狄更斯却能毫不费劲地跳来跳去，同时创作两部作品。他的这种特殊才能，确实是大多数小说家所没有的。

凯特生下了孩子，她一直想多生几个孩子，而此时，他们已搬出客栈，迁居到了道梯大街。玛丽也越长越可爱了。五月的一个夜晚，狄更斯带着凯特和玛丽一起去看戏，戏演得很精彩，回家途中三个人都很兴奋。不料，玛丽却突然病倒了。虽然很快就请来了医生，但没过几个小时她就死了。狄更斯从她手上取下一枚戒指戴在自己的手上，此后他就一直戴着这枚戒指，直到去世。玛丽的死使他悲痛欲绝。他曾在日记中这样写道："假如她——这样一个活泼、可爱、迷人的朋友，这样一个我过去不曾、将来也不会遇到的、能和我分担忧愁而且能理解我种种情感的人——还能活在我们身边，我愿意为这种欢乐而放弃我的一切。然而，她去了。我恳求仁慈的上帝，让我与她同去吧！"他还打算，自己死后就葬在玛丽的旁边。

玛丽之死引起的悲恸，使再次怀孕的凯特不幸流产。等她康复后，狄更斯和她一起到国外做了一次短暂的旅行，以使自己从痛苦中解脱出来。到了六月底，他总算恢复过来，甚至又可以和其他年轻女子逗乐了。

成就卓著的文学家的生活并不一定都是饶有趣味的。狄更斯的生活往往是按某种模式进行的。他的职业要求他每天工作若干小时，而且还得有一套适合于他的工作程序。他时常要和那些文学界、艺术界的上流人物应酬，还要和那些贵夫人交际。他要出席别人的宴会，自己也要设宴回请。他要外出旅行，要在公开场合亮相。大体说来，这就是狄更斯的生活模式，尽管他的幸运和成功几乎没有哪个作家能与之相比。

他生来喜欢戏剧，实际上他还曾认真考虑过是否要去当一名演员。他背诵台词，还专门向一个演员请教发声法。他时常对着镜子练习上台、坐下和鞠躬等舞台动作，而这方面的造诣，确实使他在出入上流社会时得益匪浅。尽管喜欢吹毛求疵的人总嫌他衣着花哨、举止粗俗，但是他的相貌和眼神、横溢的才华和充沛的精力，还有爽朗的笑声，不管怎么说总是富有魅力的。许许多多人恭维他，奉承他，但他的头脑还算清醒，从未被人弄得飘飘然。

使人觉得奇怪的是,他虽然有敏锐的观察力,后来对上流社会的语言也相当熟悉,但是在他的小说中却从来没有成功地塑造出任何真实可信的、属于上流社会的人物。他描写牧师和医生,显然不及他描写律师及其助手那样真实、那样生动。这是因为,早年他在律师事务所当小职员以及后来在民法博士院当速记时,甚至在他穷苦的童年时代,他就非常熟悉律师之类的人了。如此看来,小说家似乎只有把自己从小熟悉的人作为原型,才有可能创造出鲜明的人物形象。我们常会感觉到,自己在童年和少年时代度过的一年,似乎要比成年之后度过的一年来得丰富多彩;我们也常常会把自己熟悉的那些人看作整个世界。对于那些人,我们本来是可以彻底了解他们的内心的,只是后来不知怎么搞的,我们只了解了他们一些表面的东西。这对于一般人来说是无所谓的,但对于小说家来说却至关重要。狄更斯就遇到了这样一种不利情况,那就是他有时不得不进入某个不属于他的世界。他对那里的生活不甚了了,那里的一切都和他自己熟悉的世界截然不同,于是他便失去了汲取创作灵感的源泉。所幸的是他对自己早年丰富多彩的生活有深切的感受,他可以在后来所遇到的男男女女中进行选择,只挑选某些人物,用他自己独特的方式加以处理。

他是个非常勤奋的作家,时常是一部作品尚未完成,第二部作品就已经动手写了。他一边写作,一边还要密切关注读者对杂志的反应,因为他的大部分小说最初都是在杂志上连载的。人们对他的《马丁·朱述尔维特》为什么会在美国出版一直很感兴趣。殊不知，这部小说最初也是在英国的一份杂志上连载的，只是后来狄更斯得知杂志销量下跌，读者对他的这部连载小说不像以前那样感兴趣了，他才考虑要把小说拿到美国去出版。他不属于那种把作品畅销视为不光彩的作家。他的勤奋多产没有使他精疲力竭。除了写作，他还创办并主持了三份周刊，同时又以极大的热情从事其他爱好。他可以毫不费劲地一天步行二十英里；他骑马、跳舞，还喜欢各种各样的玩耍。他在业余剧团演戏，甚至变魔术给孩子们看。他出席宴会，到处演讲，还慷慨大方地设宴招待客人。

有了钱，狄更斯一家便立刻搬进伦敦豪华区的一幢住宅，还从大商行定购了成套家具，精心布置客厅和卧室。地板上铺着厚厚的地毯，窗前垂挂着绣花的帷帘。他雇用了一个手艺不错的厨师，还雇用了三个女仆和一个男仆。他和妻子各有一辆自备马车，家里经常是晚宴不断，高朋满座。他的奢侈铺张，曾使詹姆斯·卡莱尔的夫人感到震惊，甚至连杰弗里爵士到他家赴宴后也在给朋友科克彭的信中说："这样的晚宴，对于一个刚刚富起来而且有家有室的人来说，实在是太铺张浪费了。"所有这一切，都需要大笔大笔的钱。除此之外，狄更斯还有其他开销：他的父亲和一些亲属的生活全都由他负担，而且还得长期负担下去。老约翰生性浪荡，在他的所作所为中，最使他这个出了名的儿子感到难堪的事情，就是他老是用儿子的名义向人借钱，甚至偷偷地把儿子的手迹和手稿拿去卖掉。狄更斯不久便得出结论：除非让那些人统统搬出伦敦，否则他将永远不得安宁。于是，他不管他们怎样抱怨，在靠近艾塞克斯的奥芬顿镇上找了一幢房子，要他们搬到那里去住。与此同时，他创办了一份名为《汉佛瑞少爷之钟》的刊物，其部分目的就是想挣钱来对付家里的大笔开销。为了给刊物打开销路，他开始写《老古玩店》并在刊物上连载。小说大获成功，一时间人人都在谈论它，连康奈尔、柯勒律治、杰弗里爵士和卡莱尔这样的大文人也被这部小说的哀婉伤感之情所打动。甚至远在纽约，人们都聚集在码头上等着装有这份刊物的客轮进港，而当客轮徐徐靠岸时，他们又迫不及待地大声喊：" 小耐儿有没有死？"

一八四二年，狄更斯夫妇去美国访问，临行前他们把四个孩子交托给凯特的妹妹乔治娜照看。虽然迄今为止还没有哪个英国作家能像狄更斯那样生前就声名远扬，但是他的美国之行却并不尽如人意。这是因为，那时的美国人对欧洲人仍时时抱有戒心，尤其是对任何批评美国的言论都极为敏感。他们的新闻界和出版界肆无忌惮地侵犯"新闻人物"的隐私权。当时的美国新闻媒介固然也把外国著名人士的来访视为好事，但是只要他们不愿像动物园里的猴子那样被人耍弄而稍稍表示不满，马上就会被说成是自以为是、自高自大。美国的言论自由是不能伤害他人感情或者有损他人利益的。在那里，人人有权表达自己的观点，但前提是不反对别人的观点。对这些情况，狄更斯一无所知，于是就不免出错。美国当时还没有加入国际版权公约，所以不仅英国作家的作品在那里得不到保护，而且使美国自己的作家也受到损害，因为出版商大肆出版无需支付稿酬的英国作品，需付稿酬的美国作品就不太愿意出版了。狄更斯在欢迎他的宴会上发表演说时，便提出了这一问题。他这样做显然是不明智的。他的演说随即引起一片哗然,报纸上干脆把他说成是个"唯利是图的小人,毫无绅士风度"。尽管他处处仍有崇拜者簇拥,在费城还花了足足两小时和那些前来向他致敬的群众一一握手,尽管那些争着想从他那儿得到纪念品的人把他身上的新大衣撕成了碎片,但是就他个人形象而言,这次访问并不算成功。因为虽有许多人为他英俊的外貌和充沛的活力所吸引,但仍有为数不少的人认为他缺乏男子气,认为他的服饰、戒指和钻石别针俗不可耐,甚至认为他举止粗俗,有欠修养。不过,他在那里还是结识了一些朋友,而且后来一直和他们保持着很好的关系。

在美国度过了繁忙而使人精疲力竭的四个多月后,狄更斯夫妇回到英国。孩子们在姨母乔治娜的照顾下生活得很好。疲惫不堪的狄更斯夫妇恳求乔治娜和他们同住,帮助他们料理家务。乔治娜此时十六岁,刚好和玛丽初到弗涅伏尔客栈时一样年龄。她和玛丽长得很相像,所以从某种意义上说,她是又一个玛丽。凯特这时又在盘算着生孩子了。乔治娜长得娇小可爱而且和蔼可亲,她还善于模仿别人的动作,常把狄更斯逗得捧腹大笑。于是乎,"一直思念着玛丽并把这种思念看得就像自己的'心脏搏动'一样重要的狄更斯,从乔治娜身上看到了玛丽的身影,他发现时光似乎在倒流,便更加觉得'过去与现在是难以分割的'。"(引自恩娜·波普-亨奈希的《查·狄更斯》)。

狄更斯曾忍受过长期的贫困,所以一旦有了钱,他就想过过豪华的生活。但不久,他便发现自己已经是债台高筑了。他决定把住宅租出去,自己到意大利去住,因为那里的生活比较省钱。他在意大利度过了一年，大部分时间住在热那亚。他饱览了意大利半岛的旖旎风光。但是，由于想使自己在精神上更为充实，他一直专心致志地读书，再加上他不自觉地总会显露出岛国人的褊狭性格，所以他并没有结交意大利朋友，始终只是个典型的英国旅居者。尽管如此，他还是结识了一位旅居热那亚的瑞士贵妇人，即德·拉·赫伊夫人，并和她友情甚笃。这位夫人的丈夫是瑞士银行家，她当时似乎正为自己的妄想症而苦恼。狄更斯一直对催眠术颇有兴趣，于是便向她保证，只要给她施用催眠术，便能解除她的苦恼。他们天天见面，甚至一天两次，说是为了施用催眠术。对此，凯特深感不安。在他们旅行时，德·拉·赫伊夫人处处跟随着狄更斯一家。后来，狄更斯的催眠术终于使德·拉·赫伊夫人恢复了健康，而凯特，直到他们一家回到英国后才如释重负。

凯特是个性情温和、气质忧郁的女人。她很固执，既不喜欢跟随丈夫旅行和赴宴，也不喜欢作为女主人在家里设宴待客。她既没有迷人的姿色，又显得笨手笨脚。所以，那些常与狄更斯交往的名流要人很快就发现，要和乏味的狄更斯夫人打交道实在是件令人讨厌的事。有些人甚至认为她是个废物。确实，做名人的妻子是不容易的，除非她足够老练或者富有幽默感，否则就难以胜任。凯特既不善于交际，又没有幽默感。她生来就不是那种性格的女人。但是，如果她非常爱自己丈夫的话，这些也算不了什么。不幸的是，凯特似乎从未真正爱过狄更斯。早在他们订婚期间，狄更斯就在信中抱怨过她的冷漠。她之所以嫁给他，原因大概就是女人总得嫁人，也可能因为她是八个女儿中最年长的，父母便把第一个求婚者安排给她了。总之，她善良、文雅、娇弱，却没有必要的修养和才能与丈夫的显赫地位相匹配。

与此同时，乔治娜在狄更斯家里占据了玛丽曾占据过的位置。随着时间的推移，狄更斯越来越离不开她了。他们一起长时间地散步，一起商量他的写作计划。她还充当他的秘书。国外生活的惬意和廉价使狄更斯尝到了甜头，他就开始较长时间地在国外逗留。乔治娜曾随他们一家去过意大利，后来又去了瑞士洛桑、法国的布伦港和巴黎。有一次，他们计划在巴黎住一段时间，于是她便单独和狄更斯一起先到巴黎找了一套公寓住下，等他们把一切安排就绪后再通知凯特，让她带着孩子离开英国。还有，在凯特怀孕期间，乔治娜总是随狄更斯一起外出旅行或者参加宴会，家里设宴招待客人，也由她代替凯特主持家宴。有人可能会以为，凯特对此一定会很不高兴，其实不然，她从未流露过任何不满情绪。

岁月转眼即逝，到一八五七年，查尔斯·狄更斯年满四十五岁，此时他已成为英国最有声望的作家，同时又是享有盛誉的社会改革家。在公众眼里，他的生活富有戏剧性。他的孩子也已长大成人。这时，发生了一件意想不到的事。他喜欢演戏，有时为慈善事业义演，经常在一些戏中担任业余演员。这一年，他应邀到曼彻斯特去排演《结冰的深渊》。这出戏是威尔基·柯林斯[①]在他的帮助下编写的。曾为女王陛下夫妇和比利

---

① 威尔基·柯林斯（1824—1889），英国作家。

时国王演出过，而且大获成功。狄更斯扮演剧中一个富有自我牺牲精神的北极探险者，为此他还蓄起了胡子。他非常喜欢这一角色，因而他的表演极富感情，使许多观众感动得泪流满面。后来他同意在曼彻斯特重演这出戏，但他决定把过去由他女儿扮演的角色改由职业演员来演，因为他认为他的女儿不适合在大剧院里演出。于是，一个名叫爱伦·泰尔兰的年轻女演员便应聘前来。狄更斯曾在几个月前看过她演的《亚特兰大》。在她登台前，狄更斯曾去化妆室看她，发现她在哭，原因是她在演出时必须露出大腿。她的羞涩和矜持吸引了狄更斯。

爱伦·泰尔兰年仅十八岁，身材娇小，容貌秀丽，有一双碧蓝的眼睛。排演在狄更斯家里进行，由他亲自担任导演。在排演过程中，爱伦充满敬慕之情的举止和急于讨好他的样子使狄更斯非常得意，所以排演尚未结束，他便深深地爱上了她。他从商店订购一副项链送给她，不料商店却把项链误送到了他妻子手里，于是夫妻间不免闹起风波。看来，狄更斯最后容忍了妻子的怒气，因为她毕竟是无辜的受害者。在像他们这样的婚姻关系中，这也是丈夫用以平息风波的最佳方式。那出戏上演了，狄更斯的表演精彩至极。

由于凯特从未使他感到过满意，现在又迷恋上了爱伦·泰尔兰，狄更斯越来越无法忍受妻子的弱点。他写道："她温存，随和，但无论怎样我都没法使她理解我。"他开始想到，他们的结合从根本上说就是不合适的。他曾对约翰·福斯特说："问题的关键在于，不该那么年轻就结婚，现在时间过去了，情况却没有好转。"他的感情在变化，而她却依然停留在原地。狄更斯相当自信地认为,自己是没有什么地方需要自责的。他觉得可以自我安慰的是,他是一个好父亲,对孩子是尽心尽责的。这么想,倒有点像彼克斯涅夫①的处世态度。他其实并不想生育太多孩子,之所以会有那么多孩子,完全是凯特一人的主张。不过他对幼儿还是很喜欢的,只是当他们长大后,他便不感兴趣了。大多数男孩到一定年龄,就被他送往国外。

这一时期,他喜怒无常,性情烦躁,除了乔治娜,他对任何人都要发脾气。最后,他决定和凯特分居。但是,由于他的社会地位,他又担心家庭关系的破裂一旦公开,很可能会招来种种谣言。这样的担心是完全可以理解的,因为多年来他一直在大肆宣扬家庭幸福。他比任何人都热衷于在圣诞节撰文颂扬纯真、和谐、美好的家庭生活。有人给了他一些建议:第一种是他和凯特各住各的房间,但凯特仍作为女主人主持家宴,并陪他出入各种公开场合;第二种建议是他住到盖茨山庄(他新近买下的一幢别墅)去,凯特留在伦敦;第三种建议是让凯特住到国外去。但是,所有这些建议都遭到凯特的反对。最后,他们还是决定彻底分居。凯特独自住在坎顿镇附近的一所住宅里,每年能得到六百英镑的津贴。稍后,他们的长子查理去那里和母亲同住。

这样的安排实在令人惊讶。人们总觉得奇怪,为什么凯特会同意丈夫把自己逐出家门,为什么她会同意离开自己的孩子。她明明知道狄更斯和爱伦·泰尔兰有恋情,这样的把柄在手,

---

① 狄更斯小说中的人物。

是完全可以由她来提出种种条件的。也许是她太老实了,也许是她确实有点愚笨;也有可能,就如某些人解释的,狄更斯神奇地使妻子相信自己有点精神失常,从而"使他的妻子觉得,自己最好是离开这个家"。不过,一般认为最可靠的解释是她酗酒。对此,我虽无十分把握,但相信这是真的。她很可能已变成了酒鬼。否则,乔治娜为什么要去掌管家务、照料孩子?为什么母亲离开家,孩子们依然留在家里?为什么乔治娜后来会这样写道:"可怜的凯特无法照看子女,这事已成公开的秘密?"看来,事情是比较清楚的。让长子查理去和他母亲同住,其原因或许就是为了监视她,不让她过分酗酒。

狄更斯名声太大,关于他的隐私,难免会有流言蜚语。他的朋友在私下里说他处理家庭事务有欠考虑。对他怀有敌意的人则到处散播种种无稽之谈,流言蜚语甚至传到了国外。但是,出人意料的是,人们传说的情妇不是爱伦·泰尔兰,而是乔治娜。狄更斯很愤怒。他相信所有的流言蜚语都出自霍格斯家,也就是凯特和乔治娜的家。于是,他逼迫他们声明他和他的妻妹之间没有任何可受指责的事情,并威胁说,如果他们不加以澄清的话,他就把凯特撵出家,而且分文不给。霍格斯一家为此足足用了两星期时间考虑对策。使他们犹豫不决的是:要是狄更斯真那么做的话,凯特能不能态度强硬地去寻求法律支持?如果不想让事情发展到这一步,那么唯一可行的办法就是承认错误在凯特一边,而这又是他们最不愿意的。

在这场风波中,乔治娜是谜一般的人物。外面谣传纷纷,狄更斯觉得只有他自己出面,才能向大众解释清楚他与妻子分居的原由。他写了一封公开信,先在《纽约论坛报》发表,后来又由各家报纸转载。他在公开信中提到乔治娜时说:"说实话,世界上再也找不到比她更纯洁、更完美无缺的人了。"当然,他这么说的目的是要否认他和乔治娜之间有不正当关系,但完全可能是真话。也许,乔治娜是爱他的。她在狄更斯去世后编辑他的部分书信集时,把狄更斯对凯特的赞扬之词统统删掉了,可见她对姐姐一直存有嫉妒心。不过,在当时,丈夫即使和亡妻的姐妹结婚,也被教会当局认为是乱伦。所以,乔治娜虽然在狄更斯家里住了十五年之久,却很可能从未想过要和姐夫建立任何超出兄妹之情的关系。更何况,狄更斯又一心爱着爱伦·泰尔兰。或许,乔治娜觉得自己能得到一位名人的信任并能完全支配他,也可以满足了。令人困惑的倒是,她在盖茨山庄为狄更斯操持家务时,竟然会欢迎爱伦·泰尔兰到山庄作客,还与她交了朋友。

狄更斯曾以查尔斯·特林海姆的名义在帕克海姆附近为爱伦租了一幢房子。不久前,到那幢房子去的参观者还被带到一棵大树前,因为据说作家"特林海姆先生"生前很喜欢坐在这棵树下。狄更斯去世前,爱伦就一直住在那里。她还为他生了一个儿子。从盖茨山庄到帕克海姆路不远,狄更斯经常到那里去和爱伦共度良宵。他们还一起去过一次巴黎。

在分居期间,狄更斯仍为公众朗诵他的作品,为此他走遍了英伦三岛,而且再次访问美国。他充分发挥他的表演才能,每次朗诵都大获成功。不幸的是,由于到处奔波,他被弄得精疲力竭。人们开始注意到,这个四十多岁的男人看上去已俨然像个老人，而他的活动还不仅仅是朗诵自己的作品。在和妻子分居后直到他去世的十二年间，狄更斯完成了三部长篇小说，还创办了一份相当成功的杂志《一年四季》。因此，他的健康每况愈下，这也是必然的。医生要他注意休息和静养，但公众的掌声又使他兴奋不已。于是，他不顾一切地坚持要做巡回朗诵表演。就在巡回途中，他病倒了，不得不放弃后面几场朗诵会。他回到盖茨山庄，坐下来写他的长篇小说《艾德温·德鲁德》。但是，为了补偿朗诵会组织者因他缩减场次而遭受的损失，他又答应在伦敦安排十二场朗诵会。那是在一八七〇年一月，圣·詹姆斯教堂里人山人海，每当他入场和退场时，观众都站起来向他欢呼。朗诵会终于结束，他又回到了盖茨山庄，继续写他的《艾德温·德鲁德》。六月里的一天，在吃晚饭时，乔治娜（她和他同住在盖茨山庄）发现他脸色不对。"哦，你得躺下休息！"她对他说。"好，就躺在地上吧！"他回答说。这是他说的最后一句话，说完就顺着她的胳膊滑下去，躺在地上。乔治娜随即派人到伦敦去把他的两个女儿找来。第二天，这个能干而有主见的女人又派狄更斯的女儿凯蒂去通知她母亲，然后再把爱伦·泰尔兰带到盖茨山庄来。又过了一天，也就是在一八七〇年六月九日，他去世了。他的遗体被安葬在西敏寺墓地里。

在以上关于狄更斯的生平叙述中，我没有提到他在社会改革方面所作出的卓有成效的努力，也没有提到他对穷人、对被压迫者的同情和帮助。我尽可能地只谈到他的私人生活，因为在我看来，只有当你很想了解他的私人生活时，你才会怀着极大的兴趣去读那本我向你推荐的书——《大卫·科波菲尔》，因为在很大程度上它是一部自传。不过，狄更斯毕竟是在写小说，而不是在写自传。他确实从自己的生活中汲取了许多素材，但也仅仅是汲取素材而已，其他一切都来自他丰富的想象力。就如我已经说过的，密考伯先生和朵拉的原型分别是他父亲和他的第一个情人玛丽亚。玛丽·贝德耐儿和艾格妮丝的原型，一部分是他心目中的理想人物玛丽·霍格斯，一部分是玛丽的妹妹乔治娜。大卫·科波菲尔十岁时被继父送去当童工，这和狄更斯自己被父亲送去做见习生很相像，而且大卫也像他自己一样，觉得和那些比自己社会地位还要低的同龄孩子混在一起，是一种"屈尊"和"降格"。

　　大卫·科波菲尔自述自己的故事，这是小说家常用的结构方式。这种方式有优点，也有缺点。优点之一是，它迫使叙述者自始至终紧跟自己的叙述线索，也就是说，他只能叙述他亲眼所见、亲耳所闻或者亲身所行的事情。狄更斯的小说往往情节很复杂，读者的兴趣经常会被引向和故事进程不相干的人物或事件，而采用这种结构便可予以避免。在《大卫·科波菲尔》里，唯一离题的地方是对斯特朗博士和他的妻子、岳母以及妻子的侄子的关系所作的叙述，这些叙述其实和大卫的故事毫不相干，而且还叙述得相当冗长啰嗦。另一个优点是，可以增强故事的真实感，使你的同情心和叙述者的同情心融为一体。当然，你可以赞同他，也可以不赞同他，但不管怎样你的注意力一直集中到他身上，结果便赢得了你的同情。

　　这种结构的一个缺点是，由于叙述者就是小说主人公，所以他只能毫不谦虚地向你叙述他自己是如何如何英俊，如何如何有魅力。当他叙述到自己的鲁莽行为或者当女主人公已爱上他（这时读者已看得清清楚楚）而他还蒙在鼓里时，他会显得傻里傻气，而他又往往表现得很自负。还有一个更大的缺点是，相对于叙述者即主人公所叙述的其他人物，叙述者自身的形象往往会显得苍白无力。这一缺点是采用这种结构的小说家都无法完全避免的。我经常自问，为什么会产生这种结果？所能找到的唯一解释是，由于主人公就是叙述者本人，所以当他叙述到自己时，他是从内部来塑造自身形象的，他会不自觉地表现出种种混乱、怯懦或者犹豫情绪，这无疑是不利于形象塑造的；而当他叙述到其他人物时，他是从外部观察他们的，他可以凭借自己的想象力来描写他们，而当这种描写又是出自像狄更斯这样才华出众的作家之手时，他们身上最重要的戏剧性特征、他们的个性乃至于怪癖，都会被表现得淋漓尽致，因而他们的形象生动而鲜明，使叙述者的自画像反而相形见绌了。

狄更斯尽了最大努力想激起读者对主人公的同情。但是，说实话，大卫为寻找贝西姨婆而出逃，在奔往多维尔海港时的那段表现他孤注一掷心情的著名描写，实在是过于夸张了。读者不能不感到惊讶，这个小男孩竟然会愚蠢到这种地步，竟然会听凭别人哄骗他，抢夺他。不管怎么说，他毕竟在工厂干过几个月，在伦敦街头游荡过，还和密考伯一家同住过，替他们典卖过东西，甚至还去过马夏西监狱探监。读者不禁会想，既然说他是个聪明伶俐的孩子，那他在未成年时也多少应该懂得一点人情世故，有一点自卫能力吧。然而，大卫·科波菲尔却自始至终表现得窝窝囊囊。他一而再，再而三地让人欺骗和抢夺自己，似乎从来没有表示过想与此抗争的意愿。他对待朵拉的态度是那样软弱无能，在处理日常家务方面又那样缺乏常识，这些也是让人无法相信的。他还那样迟钝，甚至都猜不出艾格妮丝在爱他。小说结束时，狄更斯告诉我们，大卫成了小说家。这更让我们无法相信了。如果大卫真的在写小说，那么我想，他的小说一定更像是亨利·伍德夫人①写的，而绝不会像是狄更斯写的。说来奇怪，大卫的创造者竟没有把自己充沛的活力和横溢的才华赋予他自己创造的人物。大卫全靠文雅俊美的外表吸引人，否则的话，他是不会像现在这样人见人爱的。他诚实、善良、为人正直，但他确实有点傻气。他是这本书里最不生动的人物。

不过，这没有关系，因为书里还有其他人物，他们却是最生动、最丰满和最具个性的。这些人物虽不十分真实，但富有生气。像密考伯、辟提果、巴基斯、特拉德尔斯、贝西·特洛伍德、狄克先生以及尤利亚·希普和他母亲这样的人，在生活中是没有的。他们只是狄更斯丰富想象力的奇异产物。然而，他们却被表现得那样生动、那样协调、那样逼真，简直叫你不可能不相信他们。他们虽表现得有点夸张，却仍然不失其真。你一旦认识他们，便再也不可能忘记他们。他们中最出色的，当然是密考伯先生。他是绝不会让你感到失望的。狄更斯最后让密考伯先生在澳大利亚成了一名可尊敬的官员，但有些批评

---

① 亨利·伍德夫人（1814—1887），英国小说家。

家认为，这个人物应该自始至终保持他那种浑浑噩噩的"今朝有酒今朝醉"的个性。我对这样的苛责并不以为然。澳大利亚是个人烟稀少的国家，而密考伯先生相貌堂堂，受过教育，而且又极有口才，我不明白，像他这样一个具有那么多优点的人，为什么就不能在那里谋到一官半职？不过，我却不太相信他真能揭穿尤利亚·希普的诡计，因为他没有足够的心计和耐心。

只要有利于故事的发展，狄更斯就会毫不犹豫地使用巧合，从不过多地考虑必然性。现代小说家却不同，他们为了表现事物的必然性，不得不把情节叙述得充分可信，而且还要尽可能地逼真。不过，当时的读者都很愿意相信那些在现实生活中根本不可能发生的故事情节。这恰恰是狄更斯的拿手好戏。他讲述故事的技巧是那样高超，以至于到了今天，我们还会相信这些故事。《大卫·科波菲尔》里充满了巧合。譬如，斯提福兹返回英国时，他搭乘的船在雅茅兹海滩遇险，这时为什么偏偏是大卫而不是别人正好到那里去看望朋友？其实，只要狄更斯愿意，凭他的技巧他是完全可以避免使用这类不合理情节的。但是，他还是这样写了，因为他认为这样可以为他提供机会来描写一个惊心动魄的场面。

尽管和狄更斯以前的小说相比，《大卫·科波菲尔》里的戏剧性事件并不多，但是其中有些人物，譬如尤利亚·希普，仍有一种通常被认为低级趣味的闹剧人物的意味。当然，不管怎么说，这个人物总体上是刻画得很有力的，是个令人恐惧的人物。还譬如，有个次要人物，即斯提福兹的仆人，他那种神秘、阴险的特点也写得过于可怕。在我看来，这类人物中最让人难以理解的是洛莎·达特尔。这个人物可以说是小说中的一大败笔。我发现狄更斯的本意是想让这个人物在故事中发挥更大作用的,只是他后来没能做到。他之所以没能按原意去做,我猜想(当然没有多少根据)原因是他担心那样会冒犯读者。我曾自问,要是斯提福兹不是达特尔的情人,那会怎样?要是她对他的仇恨中并没有掺杂那种饥渴的、疯狂的爱,那又会怎样?但是,如果这样的话,我又弄不明白还有什么原因可使她那么残忍地对待小爱弥丽?——顺便插一句,我认为小爱弥丽是个影子式的人物,她仅仅起到了一点她能起到的作用而已。

狄更斯曾写道:"在我所有的作品中,我最喜欢的就是这部作品。就像许多慈祥的父母一样,我也有自己偏爱的孩子,他就叫大卫·科波菲尔。"作家对自己的作品往往不能作出正确判断,但这是个例外。狄更斯的判断是正确的。马修·阿诺德和罗斯金都认为《大卫·科波菲尔》是他的最佳作品。对他们的看法,我想我们是会同意的。既然如此,这也就是作家本人、批评家和读者的一致看法。

读《呼啸山庄》

《呼啸山庄》是一本奇特的书。它既是一本混乱的书,又是一本很好的书。它是丑恶的,却又给人美的感受。它是一本可怕的、痛苦的、充满激情的书。有人认为,一个牧师的女儿是写不出这样一本书的,因为她过的是一种隐士式的单调生活,认识的人很少,对世界几乎一无所知。我觉得这是无稽之谈。《呼啸山庄》具有强烈的浪漫主义倾向。这种浪漫主义避开现实主义的耐心观察,放纵主观想象,时而兴高采烈,时而意气消沉,沉湎于神秘而恐怖的激情和狂暴行为。这是对现实的一种逃避。根据艾米莉·勃朗特的性格,以及她那种强烈的、受到压抑的感情,我们完全有理由相信《呼啸山庄》就是她写的。但是,从表面上看,这部作品更像是她那个无赖弟弟写的。有不少人确实相信,这本书即便不是全部出自她弟弟之手,至少有一部分是他写的。

她弟弟的几个朋友就是这么认为的。譬如,弗兰西斯·葛隆迪就曾写道:"帕特里克·勃朗特(即勃朗特姐妹的弟弟)对我说,《呼啸山庄》的一大部分是他写的,而且他姐姐也承认……我们一起住在卢登福特时,这位病态的天才时常说些奇思怪想来给我解闷,而那些奇思怪想后来就出现在《呼啸山庄》里。所以,我是倾向于相信这本书的故事情节是他而不是他姐姐想出来的。"有一次，帕特里克约两个朋友，即狄尔登和雷兰德，在去奇利的路上的一家旅店里碰头，互相朗诵自己的得意诗作。下面就是狄尔登大约在二十年后为《哈利法克斯监护人报》所写的一篇文章中的一段话："当时我念了《魔后》的第一幕，可是当帕特里克把手伸进自己的帽子——他通常把自己的即兴之作放在帽子里——把他的诗稿取出来时，他忽然发现不对，取出来的不是诗稿，而是他正在写的一部小说的部分手稿。他对自己放错了东西觉得很懊恼，想把那些手稿放回到帽子里去。这时我们因为觉得好奇，就要求他不妨念一念，让我们看一看他写的小说究竟如何。他犹豫了一下，便同意了。他念起来，念了将近一个小时，每念完一页就把一页手稿放回帽子里。我们听得津津有味，但故事突然中断了，因为手稿是不全的。于是他便大体说了一下故事的结局，还说到几个真人的姓名，说小说中的主要人物就是以他们为原型的。由于这几个人中间有个别人至今健在，我不便在此透露他们的姓名。帕特里克说，他还没有把书名定下来，因为他觉得，大概是永远也找不到一个有魄力的出版商来出版他这部小说的。帕特里克所念的小说片断，其中的背景和人物——就其发展而言——我觉得和后来出版的《呼啸山庄》中的背景和人物非常相像，而《呼啸山庄》现在由于夏洛蒂·勃朗特的大胆断言，却被认为是她妹妹艾米莉的作品。"很可能，这话既不真也不假。夏洛蒂·勃朗特对此不屑一辩，她虽然一向恪守基督教仁慈原则，但她非常憎恨她的弟弟。这是真的。但是，就如我们所知，即便是基督教也是允许某种善意的、诚实的憎恨的。不管夏洛蒂的话被不被人接受，反正她有权相信自己愿意相信的事情。但是，传说也往往是有点根据的，我们很难想象，有人会毫无理由地凭空杜撰出传说来。那么，怎么解释呢？没法解释。有人暗示说，帕特里克写了前面四章，后来由于酗酒、吸毒，写不下去了，就由艾米莉接着写。这种说法的根据是前面四章的文风要比后面的更为矫饰、夸张。但我一点也看不出来。在我看来，整部书都是用一种习作者的笨拙风格写成的，整部书都是矫饰而夸张的。不要忘记，艾米莉·勃朗特在此之前没有写过一本书。任何习作者，当他或者她坐下来写东西时，开始总喜欢使用华丽的词句，因为生怕使用普通词句会影响作品的效果。只有经过实际练习之后，他或者她才会写得比较自然。

《呼啸山庄》的故事主要是由约克郡的一个女仆讲述的，但是所用词句和她的身份极不相符。也许艾米莉·勃朗特自己也觉察到了，这个狄恩太太说出来的话不是她这种人说得出的，于是她就让狄恩太太说她在侍候人的同时也有机会读过不少书。但是，即便如此，狄恩太太的那种故弄风雅的言词依然令人吃惊。她从来不说"我想试试……"，而是说"我尝试着……"或者"我试图……"；不说"走出房间"，而是说"从房中离去"；不说"碰见"某人，而是说与某人"邂逅相遇"。我敢说，这部小说不管是谁写的，反正前后各部分都出自同一个人之手。如果说前几章的文风真的比后面各部分更加矫饰和夸张的话，我想那也是因为艾米莉·勃朗特想以此来表现洛克乌德是个痴心而自负的年轻人，而她的这种尝试不能说是不成功的。

我在某处曾看到有人推测说，如果小说的前面几章是帕特里克写的，那么根据他的意图，他是要让洛克乌德在故事情节中发挥更大作用的。确实，有一处暗示说，洛克乌德被小凯瑟琳吸引住了。如果他真的爱上了她，那事情显然会变得更加复杂。而现在，洛克乌德在小说中不过是个小小的捣蛋鬼而已。这部小说写得相当笨拙。但这又有什么可奇怪的？艾米莉讲的是一个涉及两代人的复杂故事，而要讲好这样一个故事并非易事，因为她必须把两套人物和两套情节统一起来，必须处处留神，不能因为对这一套人感兴趣而忽视了对另一套人的兴趣。她还必须有一种居高临下的视角，这样才能像站在某处综观一幅大壁画一样，把在漫长岁月中发生的事情压缩到读者能够接受的某一段时间内。

我并不认为艾米莉·勃朗特一开始就经过缜密构思，知道如何才能在讲一个曲折的故事的同时又给人一种完整的印象。我认为她开始并不知道怎样才能把故事讲得连贯，后来她才想到，最好的办法就是让一个人物向另一个人物讲述一连串的事件。让人物讲故事并不难，也不属艾米莉·勃朗特首创，但就如我已经说过的，这样做有一个不利之处，那就是当人物在讲故事时，他必然要讲到各种各样的事情，譬如需要对景物加以描述，等等。这就很难使他的话听上去仍是在和别人说话，因为没有一个头脑健全的人是会那样说话的。一个有经验的小说家也许会用更好的方式来讲述《呼啸山庄》里的故事，所以我始终不能相信，艾米莉·勃朗特是在别人的创作基础上完成这部作品的。我想，只要你考虑到艾米莉·勃朗特那种极端病态、羞涩和沉闷的性格，就不难想到，这正是她自己的写作方式。

那么，有没有其他方式呢？有一种方式，但需要作家拥有广泛的生活知识，例如《米德尔马契》和《包法利夫人》就是用这种方式写的。我想，如果艾米莉·勃朗特也想到了这种方式，并用它来讲述这个无法无天的故事，那就会把她倔强而不妥协的个性表现得更加惊世骇俗；但是这样做的话，她就不可避免地要讲到，希兹克利夫在离开呼啸山庄后的那些年里，是如何设法使自己受到教育并且发了财的。这是她没法做到的，因为她根本就没有这方面的生活知识。所以她只能像现在这样，要求读者接受一个既成事实。不管读者信不信，反正她没别的办法。另一种方式是用第一人称，譬如说，让狄恩太太在"我"面前讲述这个故事。但是，我很怀疑艾米莉·勃朗特敢不敢这样做，因为她生性羞涩、敏感，是很害怕直接面对读者的。现在，她先让洛克乌德讲出故事的开头部分，再由狄恩太太把故事进一步展开，她自己则像戴着双重面具似的始终隐藏在幕后。为什么她把自己隐藏了起来，却又能讲出这样一个震撼人心的故事？我想，这是因为她在故事中把她自己内心深处的东西泄露了出来。她深入到自己寂寞的内心的最底层，并在那里发现了许多不可告人的秘密，与此同时，一种创作冲动又使她不得不把这些秘密遮遮掩掩地讲出来，以此卸下心中的负担。据说，她的想象力最初来自她父亲经常讲起的那些爱尔兰神话故事，以及她自己在霍夫曼小说中读到的那些怪诞故事，尤其是后者，是她在比利时求学时经常读的，据说她回到家乡后，仍然喜欢坐在炉边地毯上，搂着爱犬的脖子继续读霍夫曼的故事。

夏洛蒂·勃朗特曾认真地说明过，尽管人们多方猜测这本书里的某个人物是对生活中的某个人的影射,其实艾米莉并不认识这些人。我相信这是真的,我也相信艾米莉·勃朗特是从那位德国小说家①的神秘、恐怖的故事中找到某种迎合她偏执性格的东西的,但我认为,她是从自己的灵魂深处找到希兹克利夫和凯瑟琳这两个人物的。某些次要人物,如林顿和他的妹妹、恩萧的妻子以及希兹克利夫的妻子等(这些人物由于性格软弱而成为她蔑视的对象),说不定是她根据自己认识的某些人为原型加以创造的。问题是人们往往不相信作家的虚构能力,当作家完全凭自己的想象力大胆创造出人物时,他们也不愿承认。我认为,艾米莉·勃朗特本人就是凯瑟琳·恩萧,因为她像她一样任性,一样充满激情;同时我还认为,她又是希兹克利夫。把自己放到两个主要人物身上,是不是有点奇怪?一点也不。我们没有一个人是完全统一的,不止一个人居住在我们内心,他们往往还是相互矛盾的。小说家的独特能力,就在于他能把自己拼凑起来的人物表现得就像一个活生生的人那样。小说家最大的不幸,就是不能赋予人物以生命,也就是说他的故事对于他的人物来说尽管非常重要,但是和他自己却毫不相干。对于一个以《呼啸山庄》这样的小说作为处女作的作家来说,不仅把自己作为小说主人公是常有的事,就是在小说主题中出现随心所欲的东西也没有什么稀奇。这样的作品往往会表现一种自由自在的梦想,一种在独自散步时或者在彻夜不眠时的梦想。他们喜欢把自己想象成圣人或者罪人,伟大的情人或者邪恶的

---

① 指霍夫曼。

政客，勇武的将军或者冷酷的凶手。而正是因为大多数人的梦想中总有许多荒诞的东西，大多数作家的处女作中也总有不少无稽之谈。我想，《呼啸山庄》就是这样一个梦中的自白。

我认为艾米莉·勃朗特把自己的梦想全放在希兹克利夫身上了。她把自己的激愤、受挫的情欲、无望的爱、妒忌、对人类的憎恨和蔑视、残忍和虐待狂，都给了他。夏洛蒂·勃朗特的朋友艾伦·纽赛曾说到过这样一件不寻常的事："她（指艾米莉·勃朗特）喜欢把夏洛蒂带到一些地方去，那里是夏洛蒂自己不敢去的。夏洛蒂生来害怕牲口，而艾米莉就是喜欢带她去看牲口，并对她说这说那，只要夏洛蒂一害怕，她就嘲笑她，以此为乐。"我认为，艾米莉·勃朗特就是以希兹克利夫的男性之爱，即一种纯粹的动物本能，来爱凯瑟琳·恩萧的。我觉得，当她作为希兹克利夫对凯瑟琳又踢又踩并按住她的头朝石板上猛撞时，她一定在笑，就像她嘲笑夏洛蒂那样；同样，当她作为希兹克利夫打小凯瑟琳的耳光并对她破口大骂时，她也一定在笑；我想，当她欺凌、辱骂和威吓自己笔下的人物时，她一定是浑身颤动，有一种透心的解脱感，因为她在现实生活中既自卑又抑郁，在人们面前总觉得受到了羞辱。此外，我还认为，她作为凯瑟琳，可以说扮演了一个双重角色，她既和希兹克利夫争吵，看不起他，知道他是个不祥之物，却又从心底里爱着他，为能压倒他感到欣喜若狂，而且觉得他们俩是真正的一对（我说"他们俩"就是指艾米莉·勃朗特本人的两面，如果我没说错的话，他们当然是天生的一对）。虐待狂往往也有受虐倾向，凯瑟琳被希兹克利夫的桀骜不驯和粗暴残忍的天性深深吸引住了。

  我已经说得够多了。《呼啸山庄》不是一本供人讨论的书，它是一本供人阅读的书。要找它的错很容易，它是很不完美的，但它具有一种只有极少几个小说家才能给你的东西，那就是力量。我不知道还有哪部小说能像它这样，把爱情的痛苦、迷恋和残酷如此执着地纠缠在一起，并以如此惊人的力量将其描绘出来。它使我想起埃尔·格列柯①的一幅油画力作：乌云下昏暗的荒野景象，天上雷声隆隆，人们拖着长长的影子在荒野里跋涉，一种不属于尘世的气氛使画面恍恍惚惚，人们似乎都要窒息了，这时铅灰色的天空又掠过一道闪电，使其显得更加神秘而令人恐惧。

---

① 埃尔·格列柯（1541—1614），16 世纪西班牙著名画家，画风神秘而冷峻。

读《威廉·麦斯特》

歌德的《威廉·麦斯特》曾由卡莱尔①非常仔细地译成英语。现在,即使在德国,歌德也被湮没在尘埃中了。他想成为世界公民而不是一国的臣民,这个观念是和德国当前的统治者格格不入的。不过,即使在他们上台之前,在德国也很少有人读《威廉·麦斯特》。有一次,我在柏林的一个知识分子聚会上表示了对这本书的推崇,引来的竟是极大的惊讶。他们中没有一个人读过这本书,原因是他们听说这本书写得非常枯燥。我请他们自己去读一读。几个月后,我再次遇到了他们中的几个人,很高兴地听他们说,他们读了这本被他们忽视的书之后,心里便不再嘲笑我了。

我认为这是一本非常有趣、而且非常有意义的书。它既是最后一部十八世纪感伤主义小说,又是第一部十九世纪浪漫主义小说,同时也是现今各种自传体小说的鼻祖。小说主人公就像大多数自传体小说中的主人公一样意气消沉、没精打采。我不知道为什么要这样。或许是因为我们写到自己时,总认为自己的实际成就和应该达到的目标之间有太大的距离,于是觉得灰心丧气,接着就开始发那种怀才不遇的牢骚,而这样一

---

① 托马斯·卡莱尔(1795—1881),19世纪英国著名批评家、历史学家。

来，呈现在读者面前的就只能是一个灰溜溜的、而不是神采奕奕的角色了。也许就像我们在一条街上走，总觉得有趣的东西都在街的那一边，我们自己这一边的东西都是平淡无奇的，所以要我们说自己的经历，我们都会说得平淡无奇，好像只有别人的经历才显得新奇，才有罗曼蒂克的动人之处。也许就是这个缘故，歌德用一个死气沉沉的主人公串起了一连串的离奇事件，他在主人公的周围设置了许多不寻常的、甚至稀奇古怪的人物，把他们作为他的代言人，表达他自己对各种问题的见解。《威廉·麦斯特的学习年代》（我不推荐《威廉·麦斯特的漫游年代》，那是一本不堪卒读的书）既有诗意又很荒诞，既有深刻之处，又有沉闷之处。读到沉闷的地方，我们可以跳过去不读。卡莱尔曾说，这本书是他六年间所读的书中最有教益的，但我得老老实实地补充一句，他又曾说："歌德是一百年来最大的天才，同时也是三百年来最大的蠢驴。"

法国文学漫谈

在各国文学中,法国文学是最丰富多彩的,美中不足的是,法国的诗人大多是冷冰冰的。不过,法国的散文艺术却硕果累累,其成就无与伦比。法国作家长期以来一直影响着我国作家,这是有目共睹的事实,即使到了最近,法国人在散文写作方面似乎仍然是我们学习的典范。当然,法国有自己的有利条件。它地处欧洲中部,人口众多、生活富裕、文化发达,这些都有利于文学的发展。法国人天生就有质朴、节制和富有理性的性格特点,这些特点较之于诗人对散文作家更加有用,因而很容易产生杰出的才智之士。法语是一种精确和讲究逻辑的语言,运用这种语言,作家能优雅而明晰地表达自己的思想感情,相比之下英语就显得相当混杂和累赘,原因就在于它还没有把几百年间吸收进来的各种外来语加以同化。法国文学是一个如此丰富的宝库,可惜我篇幅有限,显然只能挑出其中的几本书来谈谈。

首先,我要你注意一本不厚的书,它叫《克莱芙王妃》,作者是德·拉法耶特夫人。这本书出版于一六七八年,文学史家会对你说,它是最早的一部心理小说。当然,它写得很有趣,但说得更恰当一点,它是一部具有现代风格的小说。小说背景是亨利二世的宫廷,女主人公是个显要而贞洁的贵妇人,她尊敬自己的丈夫，但并不爱他。在一次宫廷舞会上，她遇到了奈莫尔公爵，两个人一见倾心。但是她不愿做出伤风败俗的事情，为了抵制那种使她心神不安的诱惑，她便求助于丈夫，向丈夫坦白了自己对奈莫尔公爵的爱慕之情。她丈夫生性善良而且相信妻子不会对他不忠，但是他的性格又很脆弱，不由自主地用妒忌折磨着自己。他于是变得多疑、烦躁而易怒。小说中对他在精神重压下性格逐渐变化的描写，我觉得是我读过的所有小说中写得最自然的。小说里的故事很有吸引力，人物都一心想安分守己，然而在环境的影响下却又无法自制，最后当然是一败涂地。小说寓意似乎是想告诉你，对人的要求不能过高，不能超过他力所能及的限度。这本书今天读来特别有意义，因为现在的人大多认为爱情是不顾法律的，好像在任何情况下情欲都要比责任来得重要似的。

我接下来要你读的一部长篇小说，其性质就完全不同了。它是普雷沃神甫写的《曼侬·莱斯戈》。此书的人物一点不像《克莱芙王妃》中的人物，没有那种敢于面对悲剧处境的崇高灵魂，他们只是些脆弱的、尽干蠢事的凡夫俗子。而我们之所以会同情他们，就是因为我们发现他们的弱点正是我们自己的弱点。这是一部富有人情味的小说。任何初读这本书的人都会觉得趣味盎然。曼侬尽管有种种过错，但她是那么活泼，那么自然，那么可爱，泰格里昂对这个不忠实的女人的坚贞不渝的爱情又是那么令人感动！他是意志薄弱？确实，他意志薄弱。她是坏女人？确实，她是个坏女人，她是淫荡的、势利的、狠毒的，同时又是殷勤的、慷慨的、温柔的，这样的人当然算不上是有德之人，但我想任何一个男人见到美丽的曼侬都不会无动于衷。

在此我还要谈到一部较短的长篇小说——伏尔泰的《老实人》，在它不长的篇幅中包含着无限的机智、幽默、揶揄、理智和趣味。能把这样丰富的内容压缩在这么短的篇幅里，真是前无古人。我们一看就知道，这本书很明显是讽刺当时流行的乐观主义哲学的，它就像把大片地区变为废墟、使成千上万的人因此而丧命的里斯本大地震，把那些一向相信世界是无比美好的大人先生一个个震塌在地。没有谁的头脑能比伏尔泰更包罗万象、更生动活泼了，就在这部小说中，他用玩世不恭的冷嘲热讽取笑了种种当时仍被认为是神圣的事物，如宗教、政治、爱情、勇气和忠诚等，而小说的寓意（其实并不邪恶）则是：宽容和忍耐才是真正的美德，你要耕耘自己的园地，也就是说，要勤奋而坚毅地做好你必须做的事情。

我下面要谈到的一部作品极其重要，那就是卢梭的《忏悔录》。我想，这本书是大多数人都会感兴趣的，虽然有一些人觉得它讨厌。如果你认为研究人性比研究其他东西更有意思的话，那你一定会觉得这本书很值得一读，因为就在这里，一个人把自己的灵魂赤裸裸地呈现在你面前。他不像其他人那样，写到自己时往往只是展示自己的一些毕竟还不失为有趣的弱点；他毫不犹豫地解剖自己，让你看到他是怎样一个忘恩负义的、无法无天的、弄虚作假的和卑鄙龌龊的小人。你不可能对他会有半点同情，因为他实在是十恶不赦；然而，就是这个人，他对自然之美却爱得如此深切，他的感情是如此温柔，他的叙述又是如此神奇，因而无论你怎么嫌恶他，你还是会被他迷住。再说，无论是谁，只要他不是自欺欺人，在听这个意志薄弱的、浮躁而自负的可怜虫做自我忏悔时都会扪心自问："我和他到底有什么两样？要是我把自己内心的真实情况也袒露出来，那些东西我自己看了也会不胜震惊，会觉得无地自容，那时我还会像现在这样煞有介事吗？"所以，我得预先告诉你，虽然在这个处处不尽如人意的世界上，自得其乐往往是我们用以应付生活的重要法宝，但是读了这本书之后，你的自得其乐心理多少是要受到一点干扰的。

整个十九世纪，法国小说真可谓琳琅满目，美不胜收。最伟大的三个小说家是巴尔扎克、司汤达和福楼拜。我认为，巴尔扎克可以说是全世界空前伟大的小说家。他和我们的狄更斯一样，擅长写异常的人而不是寻常的人，擅长写邪恶的人而不是善良的人，但他的旺盛的创造力和庞大的规模，却是狄更斯望尘莫及的。他旨在记述他那个时代的社会历史，而且做得相当成功。你读他的小说，不会觉得你所看到的仅仅是一小群人物，而是觉得你看到了整个社会，其中还蕴含着远比个人命运重要的种种意义。我认为他是第一个认识到事件本身的重要性的小说家，他的人物忙于开店或者经商，他们不是发财，就是破产，他虽然也像其他作家一样把爱情放在一个重要的位置上，但推动他所创造的那个世界运转的真正动力却是金钱。他尽管写得粗糙、过分，而且缺乏高雅的鉴赏力，但他有激情，有活力，他所创造的人物虽然有点夸大和不太正常，却一个个栩栩如生，呼之欲出。有人指责他，说他的小说就像传奇剧，然而我倒想问，既然他写的是一些奇特的人物，那又怎么可能让他们在一个循规蹈矩的平凡世界里活动呢？要表现暴风雨的壮观，必须用高山和大海来烘托。巴尔扎克的许多长篇小说都写得非常生动有趣，很难说哪一部是最好的，不过在我看来《高老头》最充分地体现了他那种富有变化的创造力，所以我想还是向你推荐它吧。

司汤达的两部长篇小说，我希望你读一读。首先，当然是读《红与黑》，然后——如果你愿意和我一样的话——读《巴马修道院》。我得承认，司汤达是我偏爱的小说家。我喜欢他那种朴质而精确的风格，以及他那种冷静细致的心理分析。他对人的心灵活动可谓独具慧眼。在人的各种品质中，他最崇尚的是精力旺盛，所以在他创造的人物中，他描写得最细腻、最用心的就是那些不怕任何障碍而执意要实现自身愿望的人，或者说那些为了达到自己的目的而不择手段的人。在我看来，《红与黑》前面三分之二部分是所有长篇小说中写得最好的，后面三分之一部分相对来说似乎差一点，不过这是有特殊原因的。司汤达原先以事实为基础构思这部小说，但是当他对自己虚构的人物于连·索黑尔已失去控制时——虚构人物常会如此——他却仍然要人物的行动和他原先设计的环境相适应，这就使你大为扫兴了，因为你根本就不会相信，那个无情无义、野心勃勃、老谋深算的于连，竟会干出那么一件无知而鲁莽的蠢事！①

我接着要谈的是福楼拜的《包法利夫人》。这是现代小说史

---

① 指于连向德·瑞那夫人开枪。

上的一座里程碑。不过，我最近重读了一遍，又不能不觉得福楼拜一心想写得客观，其结果却使这部小说读起来有点生硬和枯燥，而这多少影响了我对他的爱慕，尽管我依然认为这部小说是一部了不起的杰作。小说中的人物描写非常细腻，非常逼真。当你读完它之后，你会觉得生活对于那些平凡的人来说是那么残酷无情，因而会深切地、同时不免有点轻蔑地哀怜他们。福楼拜把那些人物展现在你面前，不仅他们本身是如此真实，就是他们忍受的痛苦也如此真实，以至于他们已不再是个别的人，而成了人类的典型代表。

由于篇幅有限，有些不太重要的书我只能约略地提一下。邦雅曼·贡斯当写过一部篇幅不长的长篇小说，名为《阿道尔夫》。大多数作家习惯写爱情的产生，贡斯当却相反，他以罕见的有力笔调描写了爱情的衰退。这部作品是对人性的一种真实记录。《三个火枪手》①是一部出色的传奇小说。或许，它算不上是真正的文学作品，人物都是粗线条的，结构又很松散，但它很有吸引力，而这一点，我必须指出，对小说家来说恰恰是最重要的。至于阿纳托尔·法朗士，他虽则没有多大才气，但风格很优美，这种风格在一本名叫《珍珠贝盒》的短篇小说集里发挥得最为出色。他一度被人过分推崇，现在却又被人过分冷落。

最后我要指出的是，就在我们这个时代，法国产生了一位堪与历代大师媲美的伟大小说家，那就是马塞尔·普鲁斯特。

---

① 大仲马的作品，他最出名的小说是《基度山伯爵》。

他的作品已有英译本而且译文非常完美，在我看过的所有翻译作品中，我觉得只有这个译本没有使原文有所减色。普鲁斯特一生只写了一部长篇小说，但这部长篇小说长达十五卷。这部洋洋巨著一出版就让人惊叹不止，对它的颂扬也到了失去理智的地步。我自己就曾说过，我宁愿读普鲁斯特读得厌烦，也不愿读其他作家的作品来解闷。但是，重读这部作品，我们大数人的态度也许会变得比较清醒：普鲁斯特其实经常重复，他的自我剖析也过于繁琐，对妒忌心理的分析冗长而乏味，即使最有耐心的读者最后也不免生厌。尽管如此，他的优点还是远远超过他的缺点。他是个具有独创精神的伟大作家。他的观察细致入微，他的创造力和心理透视力无与伦比，但我相信，他在未来将作为一个卓越的幽默作家而受人称颂。因此，我劝你在读这部大作时，虽然有许多枯燥的地方完全可以跳过去不读，但是那些描写维尔杜兰夫人和夏吕斯男爵的文字千万不能遗漏。这是两个刻画得最淋漓尽致的喜剧人物，是我们这个时代不多见的。

《堂吉诃德》和《蒙田随笔》

我先谈谈《堂吉诃德》。谢尔顿早在十七世纪初就把这部作品译成了英语,但是那个译本读起来很艰涩,而我是提倡愉快地读书的,所以我建议你去读由奥姆斯毕在一八八五年翻译的那个较新的译本。我还要提醒你一件事:塞万提斯很穷,他写东西多半是为了挣钱,他写了一些类似短篇小说的东西,就插在《堂吉诃德》里充数。我把这些东西都读了,但是就像约翰逊博士读《失乐园》一样,是觉得应该读而不是喜欢读。所以,如果我是你的话,是会跳过这些东西不读的。在奥姆斯毕的译本中,这些东西都用小字排印,大概是为了降低书的成本,因为你读《堂吉诃德》,毕竟是要看堂吉诃德本身——堂吉诃德和他那个忠实的侍从桑丘·潘沙。堂吉诃德先生忠厚老实、胸襟坦荡,尽管他的荒唐历险可能会使你忍俊不禁(其实,现代人已经不像他的同时代人那样觉得好笑了,因为我们的感情比他们脆弱,觉得对他开的玩笑有些过于残忍,使人笑不起来),你却不仅会喜爱这位"愁容骑士",而且还会对他表示尊敬。如果不是这样的话,那你也太铁石心肠了。他是人类奇想的不朽产物,任何一个心地善良的人都会被他深深地打动。

这里我还要提到一本法国书,因为它也为我们描绘了一个人的画像,但这个人和堂吉诃德截然不同,他会在不知不觉间赢得你的爱慕，而当你一熟悉他，你就成了他的莫逆之交。他就是蒙田。他用一系列的随笔给自己画了一幅完整的肖像，不仅画出了他的性情和他的癖好，同时也画出了他的缺点，使你就像了解一个朋友一样了解他，甚至比朋友还觉得亲切。而就在你了解他的同时，你对自己的内心也会有所发现。因为在冷静而幽默地描述自己的性格时，他也把探索的目光投向了普遍人性。经常有人说，蒙田是个怀疑论者。当看到事物的两面而无从肯定时，虚心地不做结论当然是最为适宜的，如果这就是怀疑论，那么我想他确实是个怀疑论者。不过，他的怀疑论使他对人对己都很宽容——一种我们今天特别需要的美德——这种宽容来自对人类的兴趣和对生活的热爱，而反过来，只要抱着宽容的态度，我们对自己的生活会更加热爱，对他人的幸福也会更加关心。

蒙田的随笔曾由弗洛里奥用华丽的文笔译出，不过对他那种伊丽莎白时代的浮华语言不太喜欢的人，会觉得后来由威廉·卡罗·赫兹利特校订过的柯登的译本读起来更加流畅一点。蒙田的随笔不管挑哪一篇来读，你都会觉得趣味盎然，但是如果你想读到他最精彩的作品，最好是把第三卷都读一遍。这一卷里的文章都比较长，他那种宜人的闲谈特点也发挥得比较充分。虽然这些文章的题目相对来说有点一本正经，但文章本身依然妙趣横生，在写这些文章时，他对随笔这种体裁已驾轻就熟，对读者的兴趣已了如指掌，所以你在那里将领略到他那种不拘一格的文章精髓。不要看到某一篇文章的题目，就认为你不会对它感兴趣，因为他的题目往往和内容并没有多大关系。

譬如，在一篇题为《论维吉尔的一些诗》的文章中，他谈得最多的却是法国语言。这是他最有趣的一篇妙文，尤其是其中的一些插话，即使是不太拘谨的人，读了也不免会脸红。

司汤达和《红与黑》

我想,要在有限的篇幅里恰当而清晰地讲述亨利·贝尔(他以笔名司汤达而出名)的一生,是不可能的。要讲述他的一生,需要写一本书,而且为了使人理解,还必须深入探究他那个时代的社会和政治状况。好在这样的书已经有人写了。如果《红与黑》的读者对司汤达本人很感兴趣,而且想要知道比我在这有限的篇幅里所能说的更多的情况,那他最好去读一下马修·约瑟夫森先生最近出版的那本材料翔实、文笔生动的传记,它的书名是《司汤达:对幸福的追求》。既然如此,我在这里只需稍微介绍一点司汤达的生平就可以了。

他于一七八三年出生在格勒诺布尔,父亲是一个颇有地位、也颇有钱财的经纪人,母亲是当地一位名医的女儿,不过司汤达七岁时,她就死了。

一七八九年,法国大革命爆发。一七九二年,路易十六和玛丽·安托内万特被送上断头台。

司汤达曾详细描述过自己的童年和少年生活,对此我们有必要予以了解,因为就在那一时期,他形成了某些影响他一生的偏见。在他所爱的母亲——用他自己的话说,他是怀着情人般的爱去爱她的——去世后,他就由父亲和姨妈照管。他的父亲是个严肃而拘谨的人,姨妈则既严厉又虔诚。他很讨厌他们。

他们属于中产阶级，却一心想成为贵族，后来大革命使他们的希望落空。司汤达说他的童年很不幸，但从他自己描述的情形来看，好像并没有多少事情值得抱怨。他聪明、好辩，是个很难管教的孩子。在格勒诺布尔实行恐怖统治时，他的父亲被列入可疑分子名单，他自己把这归咎于一个叫亚马的律师，因为他想抢走他的主顾。"但是，"他聪明伶俐的儿子却说，"就算是亚马使你列入了反对共和国的可疑分子名单，可你确实是反对共和国的。"这当然是实话，但是一个有掉脑袋危险的中年人从自己的独生儿子嘴里听到这样的话，肯定是不会高兴的。司汤达说他父亲是个叫人厌恶的小气鬼，但是当他需要的时候，似乎总能从父亲手里弄到钱。父亲禁止他读某些书，但他还是有办法读到。这大概是从世上有了书籍以后，许许多多孩子都曾遇到过的事情。他还抱怨父亲不允许他和其他孩子一起玩，但是他有两个姐姐，还有和他一起听课的其他男孩（他们都是一个耶稣会教师的学生），想来也不会像他所说的那样孤独。事实上，他的童年生活和当时许多富有的中产阶级家庭的孩子并没有什么两样。像所有的孩子一样，他把一般的家庭约束看作专制，只要有人逼他去读书，只要有人不允许他想做什么就做什么，他就认为自己受到了不寻常的虐待。

虽然他的童年和大多数孩子一样，但有一点他和大多数孩子不一样，那就是大多数孩子长大后会忘记自己曾受到的管制，司汤达却直到五十三岁还对此耿耿于怀。因为憎恨那个耶稣会教师，他成了一个激烈的反教权主义者，到死都不相信教会中会有一个人是真诚的。因为他父亲和姨妈都是保皇派，他就热烈地拥护共和派。但是，在他十一岁时，他有一天从家里溜出去参加一个革命者的集会，却意外地受到了震动。他发现无产者不仅衣衫褴褛、浑身臭气，而且粗俗不堪、满嘴脏话。"总之，我那时就像我现在一样，"他后来写道，"热爱人民，憎恶压迫他们的人，但是如果要我和人民生活在一起，那我觉得简直是一种不堪忍受的折磨……我过去——现在也依然——有许多贵族倾向，为了人民的幸福，我可以做任何事情，但我得承认，我宁愿每月在监狱里蹲两个星期，也不愿去和那些店主一起生活。"司汤达的这些话很有意思，很容易使人联想到那种经常出现在豪华客厅里的、脸色红润的年轻叛逆者。

司汤达十六岁时才首次去巴黎。在那里，他父亲把他介绍给一个亲戚——达鲁先生，他有两个儿子在国防部任职。长子皮埃尔主管一个司，他不久就让他的表弟司汤达担任他的秘书。拿破仑向意大利发动第二次战争时，达鲁兄弟便跟随他去了意大利，司汤达很快也到了米兰和他们会合。他在秘书处干了几个月后，皮埃尔要派他到一个龙骑兵团里去。可是，他喜欢米兰的欢快生活，不想到那个团里去。他趁皮埃尔不在米兰时，就去巴结一个叫米歇尔的将军，并当上了他的副官。皮埃尔回来后，下命令要他到那个团里去，但他找各种各样的借口拖延了六个月，后来当他不得不动身时，发现自己实在厌恶到那里去，就干脆以身体有病为借口，放弃了那个职位。他其实连战场也没去过，但这并不妨碍他后来在各种场合吹嘘自己在战场上如何勇敢。一八〇四年，他为了得到某个职位，还真的写了一份证明书（由米歇尔将军签字），证明他在历次战斗中曾立下过许多赫赫战功。

他回到巴黎,靠父亲提供的一小笔只够日常开销的津贴维持生活。他想达到两个目标,其一是要成为出色的戏剧诗人。为此他大量研读剧本,还几乎每天都去剧院看戏,并在日记里记下自己的观感。人们后来发现,他在日记里反复谈到的是如何把他看过的戏改写成他自己的剧本。看来,他既缺乏构思剧情的才能,也肯定不是诗人。他的另一个目标是要成为伟大的情人,但在这方面,老天爷并没有给他很好的条件,他身材矮胖,其貌不扬,上身圆鼓鼓的,两腿粗而短,一颗大脑袋上长着一头黑发;嘴唇不厚,鼻子却过于肥大;不过他的一双褐色眼睛炯炯有神,手和脚也不大,尤其是皮肤,像女人一样细嫩。为了显得有风度,他经常带着一把佩剑,摆出一副神气的样子,其实他是很怕羞的。经他的表兄马歇尔·达鲁——即皮埃尔的弟弟——介绍,他得以经常出入一些贵妇人的沙龙。这些贵妇人的丈夫都是趁大革命之机发了财的暴发户。可惜的是,他说话结结巴巴,很不善于交际。他虽然能想出不少妙语,却没有勇气说出来。这使他往往显得很尴尬,而他对自己的外省口音又觉得很恼火。也许就是为了矫正口音,他进了一所戏剧学校。在那里,他认识了一个叫美拉妮·居利贝尔的女演员。这个女演员比他大两三岁,但他经过一段时间的考虑,还是和她相爱了。之所以要考虑一段时间,一方面是因为他吃不准她是否真的爱他,另一方面是因为他怀疑她有花柳病。打消了这两方面的顾虑后,他和她一起去了马赛。她到那儿去是为了履行一份演出合同,而在这几个月的时间里,他就在一家杂货批发铺里做临时工。但是，他最后发现，她无论在气质上还是在智力上都不是他想要的那种女人，所以当她后来因为缺钱而不得不返回巴黎时，他求之不得地放她走了。

我没有篇幅来详谈他的多次恋爱事件，只能说两三件事，以期有助于你了解他的性格。他是有情欲的，但并不强烈，实际上，在他后期写给一个情妇的那些相当色情的信被发现之前，人们还一直怀疑他是个性冷淡的人。他的情欲是很理智的，也就是说他寻找女人多半是为了满足虚荣心，而非完全出于性的需要。他虽然喜欢高谈阔论，但没有迹象表明他善于向女人献殷勤。他自己就曾坦率地承认，他的大多数恋爱是不幸的。原因很简单，他太优柔寡断。为此，他在意大利时还请教过一个同僚，问他怎样才能赢得女人的欢心，并一本正经地记下了他的忠告。他刻板地去讨女人的欢心，就像他当初写剧本一样按部就班，而当她们觉得他滑稽可笑时，他感到十分沮丧。他总是弄不明白，为什么她们老是认为他没有诚意。确实，他尽管聪明过人，却偏偏就不知道女人只能理解感情的语言，任何理智的语言都会使她们退避三舍。他错误地以为，要赢得女人的欢心就要有策略和计谋，殊不知那只能靠感情才能赢得。

和美拉妮·居利贝尔分手后又过了几个月，司汤达也回到了巴黎。他靠表兄皮埃尔·达鲁的关系在军粮部谋到一个职位，并被派往布伦斯威克。这时他已放弃成为杰出剧作家的理想，决定开始仕途生涯。他以帝国的贵族和荣誉军团的骑士自居，一心想当上薪俸优厚的省长。他虽然热烈地拥护共和派，还把拿破仑称帝看作是对自由法兰西的蹂躏，却又写信给父亲，要他为自己买一个爵衔。他还在自己的名字前加上了贵族专用的"德",自称亨利·德·贝尔。他是个有头脑、有能力的官员,一八一〇年他得到提升,奉命回巴黎在残废军人宫任职。他获得两匹马和一辆双轮轻便马车,还有一个车夫和一个男仆。他随即找了歌剧院合唱队的一个女演员和他同居,但他并不满足,他觉得还应该有一个能真正为他所爱的情妇,一个有显赫身份因而会给他增添荣誉的情妇。他认定皮埃尔·达鲁的妻子亚历姗德拉·达鲁是最合适的人选,因为皮埃尔·达鲁现在已是伯爵,他的妻子就是伯爵夫人,再说,尽管她已有四个孩子,却比丈夫年轻许多,依然美貌动人。没有迹象表明他当时考虑过表兄达鲁对他的友善和长期的照顾,也没有迹象表明他考虑过勾引表兄的妻子是既不策略又不体面的,因为他只考虑自己的发迹和荣耀。他从来就没有想过,世上还有感恩这样一种美德。

于是,他拿出他在爱情方面的全套谋略发动进攻,但是他那倒霉的犹豫不决的性格始终妨碍着他。他时而活跃,时而忧伤,时而轻佻,时而冷静,时而激昂,时而淡漠,但无论怎样似乎都无济于事,他不知道女主人到底爱不爱他。他甚至怀疑她在背后嘲笑他忸怩作态,为此他觉得很羞辱。最后,他找一个老朋友诉说自己的苦恼,并请教他有何良策。他们一起商量这件事。由他的朋友提问,他回答,然后他的朋友把问答内容都记下来。下面的一问一答是马修·约瑟夫森写司汤达传记时引用过的:"勾引B太太(他们用"B太太"来称呼达鲁夫人)有什么好处?""好处如下:勾引者的欲望将能得到发泄;他还能从中获利;他能进一步从事对人类情感的研究;他将满足自身的荣誉感。"司汤达还在那份问答记录上加了一条注释:"最好的建议。进攻!进攻!进攻!"这是个好主意,但是如果没法克服自己的羞怯心理,那也是很难行之有效的。几个星期后,他应邀去柏希维勒村达鲁的乡间庄园作客。临行前一天,他彻夜未眠,第二天一早,他下定决心要实施最后的进攻计划。他穿上一条最好的条纹裤去了。达鲁夫人对他的裤子称赞了一番。他们俩在花园里散步,后面跟着达鲁夫人的一个朋友以及她的母亲和孩子们,大约离他们有二十米远。他们来回散着步,他浑身紧张,就是下不了决心。最后,他暗暗选定前面的一个地方,并把它称作 A,把自己正站着的地方称作 B,心里发誓,要是他们走到 A 的时候他还没有说出来,他就要自杀。他终于说了,一边说一边还抓住她的手臂想亲吻她的手。他对她说,他爱她已爱了整整十八个月,只是尽了最大努力没有说出来,甚至想从此不再见她,但实在忍受不了这爱的痛苦。对此,她却回答说——当然态度很友善——她对他的感情仅限于友谊,没有更进一步的感情,再说她不想对丈夫不忠。说完,她就转身招呼后面那些人来和他们一起散步。就这样,他的柏希维勒战役以失败而告终。他的感情深受伤害,但受伤害更深的却是他的虚荣心。

两个月后,依然沉浸在痛苦中的司汤达申请去米兰度假。他当初第一次去意大利时就特别喜欢米兰这座城市,因为在十年前,他就在那儿迷上过一个叫吉娜·皮特拉鲁阿的女人,他的一个同僚的情妇,但那时他是个钱袋空空的副官,她几乎没有注意到他。他想,这次到米兰一定要去拜访她。她的父亲是开店铺的，她年纪很轻时父亲就把她嫁给了一个小公务员。现在她已三十四岁，儿子也有十六岁。他见到了她，发现她依然是一个"高大而美丽的女人，眼睛、表情、眉毛和鼻子依然显露出一种高雅的气质。我觉得她（他补充说）比以前更聪明、更高贵，只是那种娇艳十足的风姿不见了"。她的丈夫薪水微薄，但她却在米兰有一套房子，在乡间有一幢别墅，有仆人，在斯卡拉剧院订有包厢，还有一辆四轮马车。她确实是够聪明的。

　　司汤达心里明白，自己长得很难看，于是就决定用时髦而漂亮的服饰来加以弥补。他本来就是胖鼓鼓的，现在由于生活优裕，变得更加肥胖了；然而，他口袋里有钱，有漂亮的服饰支撑着他。他觉得，他现在已不再是个穷巴巴的龙骑兵了，要把那高贵的夫人弄到手，理应是有把握的。于是他决定在米兰逗留期间要让她成为他的情妇，但是她并不像他预料的那样顺从。他不得不大费一番周折，直到他将离开米兰去罗马之际，她才同意让他在一天的上午到她家里去。可以想象，他那天是怎样苦苦求爱的，而就在那天的日记里，他写道："九月二十一日十一点半，我终于赢得盼望已久的胜利。"他还把那天的日期写在她的吊袜带上。和他当初向达鲁夫人求爱时一样，他那天也穿着条纹裤。

　　一八一二年，司汤达费了很大功夫才说服达鲁伯爵，把他从巴黎的那个闲职上调离，并给了他军粮部的现役军职。他随拿破仑的大军一起参加了远征俄国的灾难性战争。在从莫斯科撤退的途中，他表现得很沉着，很能干，也很勇敢。一八一四年，拿破仑退位，他的仕途生涯也就到此结束。据他自己说，他当时拒绝了好几个重要职务，说他宁愿流放也不愿为波旁王朝效劳，但事实并非如此，他不仅宣誓效忠波旁王朝，还千方百计想到政府机构任职。只是这些努力没有成功，他才不得不去了米兰。他仍然有足够的钱住一套舒适的公寓，随意去歌剧院看看歌剧，但是他已失去以前的官位、声望和大笔大笔的钱。吉娜对他冷淡了。她对他说，她丈夫得知他又到了米兰之后一直妒性大发，她的其他爱慕者也都对她疑心重重。她请求他，为了她的名誉离开米兰。他清楚地知道，她是想和他分手，但是她越是想分手，他越是热情高涨。为了重新得到她的爱，他终于想出了一个办法：他筹集了三千法郎，并把这笔钱给了她。她这才同意和他一起去威尼斯，不过要她的母亲、儿子以及一个中年银行职员和他们同行。在威尼斯，她还坚持要司汤达住到另一家旅馆里去，说是要顾全一点面子，而使他更为恼火的是，尽管他一再表示讨厌，那个银行职员却老是跟着他们。他真是不明白，那家伙有什么权利跟着他们。下面的话摘录自他当时的日记，是用英语写的："她摆出一副样子，好像她到威尼斯来是给了我天大的面子。我真是愚蠢透了，用三千法郎来做这样的旅行。"但是十天以后，他却写道："我得到了她……不过她还和我谈到了经济上的安排。那是在昨天上午，绝不可能是错觉。政治把我的情欲都搞光了，我的精液一定都被抽到脑子里去了。"

一八一五年六月十六日，拿破仑在滑铁卢战败。这年秋天，司汤达和吉娜一行回到米兰。司汤达住在偏僻的郊区，这是吉娜的安排。他若想和她幽会，就得在深夜里换几次马车，在无人跟踪的情况下到她的住所，然后由一个侍女把他带进她的房间。但是不久之后，那个侍女可能是和女主人吵了架，也可能是被司汤达收买了，反正她向司汤达说明了事实真相，使司汤达大为恼怒。原来吉娜的丈夫根本没有妒忌，吉娜之所以要搞得那么神秘兮兮，只是为了防止司汤达遇到她的其他情人，说得准确一点，是遇到她的情人中的某一个，因为她有许多情人。那个侍女还让司汤达自己去证实她说的是真话，第二天，她就把他藏在紧挨着吉娜房间的一个壁橱里，他就在那里"透过一个钥匙孔，亲眼看见了她对他的背叛行为，就在离他只有三英尺的地方。""你是不是以为，"司汤达后来说，"我会冲出壁橱，用匕首捅死那对男女？不，没有这回事……我只是像我进去时一样悄悄地溜出了壁橱，只想到这样的历险实在可笑。我嘲笑自己，鄙视那位夫人，但也为我能重新获得自由而觉得欣慰。"

一八二一年，司汤达由于和一些意大利爱国者有联系而被奥匈帝国的警察当局逐出米兰。他到了巴黎，而且在以后的九年间大部分时间都住在那里。在这期间，他又有过一两次乏味的恋爱。他时常在一些清谈家的沙龙里消磨时光。他不再笨嘴笨舌，而是变得既机敏又刻薄，特别喜欢和八个或者十个人一起高谈阔论。他像许多健谈者一样，喜欢垄断谈话，喜欢自说自话，对意见不合的人，就毫不掩饰表示轻蔑。为了语出惊人，他多少有点放肆，常说些淫秽和亵渎的话，有些不喜欢他的人说，他为了取悦和刺激听他说话的人，还常常滥用幽默。接着便发生了一八三〇年革命，查理十世流亡国外，路易·菲利普登上王位。这时，司汤达已经把父亲留给他的那点微薄的财产差不多全花光了，于是他又恢复了原先的志向，要当一个伟大的作家。然而他在文学上作出的努力既没有给他带来钱财，也没有给他带来名声。他的《论爱》一书于一八二二年出版，十一年里只卖掉十七本。他曾想到政府部门谋个职位，但没有如愿。后来，随着政治形势的变化，他获得了到意大利的里雅斯特当领事的机会，但是由于他同情自由派，奥匈帝国拒绝他为领事。于是，他又被转派到教皇治下的奇维塔韦基亚城当领事。

领事工作相当轻松，他一有时间就外出旅行。他是个不知疲倦的旅游者。他在罗马找到不少知心朋友。对奇维塔韦基亚城，他反而觉得讨厌，因为他在那里孤身一人。在他五十一岁那年，他向一个年轻姑娘求婚。那个姑娘的母亲是他的洗衣妇，父亲是受雇于领事馆的一个圣方济派的修道士。然而，使他感到意外和屈辱的是，他的求婚竟被拒绝了。一八三六年，他说服外交大臣让别人来临时代理他的领事职务，他自己则到巴黎去任职三年。这时，他已是个肥胖的老人，脸很红，留着一把染过色的大胡子，头发也全脱光了，不得不戴上一顶紫褐色的大假发。他衣着仍然很时髦，就像他年轻时一样，不过对他外套和裤子的式样，人们总是议论纷纷，常使他很难堪。他仍然到处求爱，但几乎每次都被拒绝，他仍然去参加宴会，说起话来仍然那样滔滔不绝。最后，外交部责成他返回奇维塔韦基亚城续职，两年后，他在那里中风。恢复健康后，他要求休假，到日内瓦去求教一位著名医生。他从日内瓦到了巴黎，仍然像以前那样生活。一八四二年三月的一天,他出席了外交大臣的一个大型官方宴会。那天晚上,他沿着林荫道散步回住所,在路上再次中风。被送回住所后的第二天,他便去世了。

对于上述不加掩饰的事实,我们只要稍加思考就不难发现,由于司汤达一生都很动荡,他肯定拥有比其他作家都要丰富的人生经验。确实,他生活在一个社会和个人都发生巨大变化的历史时期,因而能获取广泛的人性知识,但他也只能在其个性所容的范围内获取,因为目光再敏锐的观察者,在观察同时代人时也要受自身个性的限制。他有许多局限,这是肯定的。当然,他有他的特点:他很机敏,容易动感情,有点怯懦,但富有天资,工作勤奋,而且具有卓越的创造力。他还是个很好相处的人。但是,他的性格缺陷也很严重:他抱有荒谬的偏见,而且常常想入非非;他很多疑(因而也容易受骗),也很褊狭、苛刻,但又极不谨慎,往往很自负,甚至极度虚荣;他耽于肉欲而且趣味粗俗,行为放荡却又缺乏激情。然而,我们之所以知道他有这些缺陷,又都是他自己告诉我们的。他不是职业作家,甚至连文人都算不上,但他不停地写,而且几乎一直在写他自己。他长年记日记,因而留下了大量的生活片断,而他记日记显然不是为了出版。他在五十多岁时写了一部自传(有五百页),但只写到他十七岁就不再往下写了。这部自传尽管到他去世时仍未改定,却是准备出版的。在那里,他往往自我拔高,还编造了许多他其实并未做过的事情,但整体上说,他还算诚实。他写到了许多细节,不少地方一再重复,冗长而沉闷,读起来味同嚼蜡,但我想,无论谁读完这部自传后都应该这样自问：如果要我像他一样率直地暴露自我，我能写得更好一点吗？

他去世时只有两家巴黎的报纸做了报道，看起来他是很快就会被人彻底遗忘的。好在他生前的两个老朋友努力促使一家大出版社出版了他的主要作品，否则的话，他很可能已经被人遗忘了。然而，尽管当时有影响的批评家圣·伯夫专门为他写了两篇评论，公众却仍然对他不感兴趣。直到后来，在下一代人中间，他的作品才得到广泛阅读。他自己从不怀疑他的作品是会流芳百世的，但他预计要到一八八〇年甚至一九九〇年，人们才会对他的作品作出应有的评价。凡被同时代人忽视的作家，大多是这样来自我安慰的，都说后人会承认他们的成就。遗憾的是，如果真有这样的事，那也是极为罕见的。后人都很忙，而且粗心大意，他们即便想关心过去的文学，也往往只关心那些当初就已取得成功的作品。只有极小的可能，一个默默无闻的已故作家才会被人重新发现。对司汤达来说，他的幸运来自一位教授。那位教授其实并不出名，关于他的情形，人们除了知道他在法国高等师范学校讲课时曾热情赞扬过司汤达的作品，其他便一无所知了。凑巧的是，当初听课的学生中有一些聪明的年轻人——他们日后都出了大名——他们听那位教授如此赞扬司汤达，就去读他的作品了，结果发现他的作品中有许多东西和他们自己的想法不谋而合，于是就成了他的狂热的崇拜者，这些年轻人中最有才华的是希普里特·泰纳，多年后当他成为一个有影响的著名理论家时，他著文盛赞司汤达，称他为古今最伟大的心理学家。自那以来，人们便写了大量评论他的文章，以致到了今天，他被普遍认为是十九世纪法国三大小说家之一。

他的名声主要来自《论爱》和两部长篇小说，其中《巴马修道院》或许更有可读性，人物形象也富有魅力，尤其是对滑铁卢战役的那段描写，可谓脍炙人口。但是，《红与黑》更加激动人心，更有独创性，也更具深刻意义。正是由于这部小说，左拉称司汤达为自然主义之父，而布尔热和安德烈·纪德则（不正确地）称他为心理小说的创始人。《红与黑》确实是一本令人惊叹的书。

司汤达对自己比对别人更感兴趣，他的小说中的主人公往往就是他自己。《红与黑》中的于连，就是司汤达很想、然而又无法成为的那种人。他让于连具有吸引女性的魅力，女人一见他就会神魂颠倒，这正是他自己一直热衷于做而又做不到的事情。他让于连一次次赢得女人的爱情，所用的正是那些他为自己设计、结果却总是失败的办法。他还说于连是个口若悬河的健谈者，不过他很明智地从不具体写到他是如何健谈的，只是断定他有这种才华。他把自己的记性、勇气、羞怯、自卑、野心、敏感、心计、多疑、虚荣、易怒等性格特点，以及肆行无忌和不知感恩的行为特征，全都给了于连。我觉得，从来没有哪个作家会像司汤达这样，在把自己的性格赋予人物的同时又描绘出这样一幅可憎、可鄙、可恶的人物肖像。

有一点很奇怪，那就是除了滑铁卢战役（他其实并未参加），司汤达好像从不采用他为拿破仑效劳时的生活经验作为小说题材。人们本以为，他至少是那些历史事件的目击者，是完全可以从中提炼出某些重要主题来的。为什么他不这样做呢？我们记起来了，当初他想写剧本时也是从自己看过的戏里面去寻找题材的，看来，司汤达生来就没有虚构故事的才能。《红与黑》里的故事情节，就是他从当时引起全社会轰动的一个刑事案件的有关报道中获取的。我在评论小说时一般都不谈小说的故事来源，不过关于这部小说，我想还是有必要简单介绍一下这方面的情况。司汤达借用的是这样一个案件：一个名叫安东尼·伯尔岱的神学院学生，先是在一个叫 M. 米舒的人家里当家庭教师，后来又到另一个叫 M. 德·高尔东的人家里当牧师。在米舒家里，他企图勾引或者说确实勾引了米舒太太，而在高尔东家里，他又勾引了高尔东的女儿。为此他被主人辞退。他想回神学院，可是他名声太坏，没有一所神学院愿意接受他。他走投无路，就把怨恨发泄在米舒一家人身上，到教堂去向在那里做礼拜的米舒太太开了枪，然后自杀。但他的伤势并不致命，于是受到审判，在法庭上他还想把罪责推到不幸的米舒太太身上，以此为自己开脱，但最后还是被判处死刑。

就是这个既丑恶又卑劣的刑事犯吸引了司汤达。在他看来，伯尔岱的所作所为是一种"美好的罪恶"，是一个具有反叛个性的人对社会所作的反抗。于是，他在小说中把那些受害者的身份拔高，以此使事件具有更重要的社会意义，同时他又把主人公于连写得比现实案件中的那个恶棍伯尔岱更聪明、更有个性，也更有勇气。当然，这个故事仍然是令人厌恶的，于连也仍然是个卑劣的家伙，但是，在司汤达笔下，他显得非常生动，整部小说也富有深刻的含义。于连，一个出身于贫苦家庭的孩子，对那些出身于特权阶层的人充满嫉恨——他是个在各个时代都具有典型意义的人物。如果我们想对他有一个最初印象的话，那就只要看看司汤达对他的描写就行了："他是一个十八岁到十九岁的少年，表面看来，文弱，清秀，面貌不同寻常。他的鼻子好像鹰嘴，两眼又大又黑。在宁静的时候，眼中射出火一般的光辉，又好像熟思和探寻的样子，但是在一转瞬间，他的眼睛又流露出可怕的仇恨的表情。他的头发是深栗色的，垂得很低，只看得见一点儿额头，在他生气的时候，更显得他有的是坏性情。……他那细长匀称的身材使人感到的，与其说是活力，不如说是轻盈。"这不是一幅优美的画像，却是一幅出色的画像，因为它一开始就使读者对这个人物没有好感。小说家一般总希望读者能同情小说主人公，但司汤达由于是选择了一个恶棍作为小说主人公，就不得不从一开始起就留神，不能让读者过分同情他。另一方面，他又必须使读者对人物感兴趣，所以又不能让读者过分厌恶他。因此，他就不厌其烦地详细描写于连的漂亮的眼睛、优雅的身材和精巧的双手，以此作为对刚才那一番描写的补充。他时不时地告诉读者，于连确实长得很漂亮，但他也从不忘记提醒读者注意到于连周围的人对他的反感，注意到所有的人——除了那些从未相信过他的人——其实对他都很怀疑。

　　德·瑞那夫人，即于连教他们读书的那几个孩子的母亲，则是一幅最难描绘的优雅的性格画像。她是个好妻子、好母亲、好女人，她很迷人，有德行，为人真挚。小说中写到她对于连如何产生爱情，这爱情如何加强，她又如何感到恐惧和犹豫，以及她的爱情是如何变成炽热的激情的，所有这些描写都非常出色。她是小说中最动人的形象之一。出身高贵的玛蒂尔德·德·拉·莫勒却写得不可信。司汤达从来就没有对上流社会有过深入的了解，他并不知道受过良好教育的人会有怎样的行为举止。以为出身高贵的人总要摆出一副高贵的样子，那只是暴发户的理解。司汤达把德·拉·莫勒小姐的傲慢当作贵族气派来写，实在是粗俗不堪。她的许多行为都写得不合情理。

司汤达很讨厌那种由夏多布里昂使之风行、后来又由数以百计的次等作家拼命加以摹仿的华而不实的风格。他只是尽可能朴素、准确地写下他非说不可的话，没有虚饰，没有华丽的词藻，也没有那些形式化的赘语。他说（也许并不十分真实），他每次动笔写作前都要读一页罗马法典，以此保持用语的纯正。他从不跟随当时的流行写法，矫揉造作地描写风景和其他装饰物。他出色地运用一种冷静、明晰、节制的文体来增强故事的感染力，使之更加引人入胜。我觉得，于连在德·瑞那家里和在神学院里的那些章节写得好得不可能再好了，不过当场景改换成巴黎和德·拉·莫勒府邸时，我觉得，好像写得有点不可信。他要我接受那些不真实的描写，同时要我相信那些空洞无物的情节，而且超过了我所能容忍的程度。司汤达虽以现实主义风格著称，但不管怎样，他毕竟不可能完全不受时代潮流的影响。当时浪漫主义还方兴未艾，司汤达尽管有纯正的鉴赏力，对十八世纪的写实文学也很欣赏，但还是受到了浪漫主义的影响。他很赞赏意大利文艺复兴时期的那种无视道德的人，他们为了实现自己的野心和满足自己的欲望，或者为了荣誉和复仇，可以无所不用其极，即使为此犯罪也在所不惜。他崇尚他们所谓的坚强意志，崇尚他们对习俗的蔑视和对灵魂自由的追求，而正是这种对传统浪漫倾向的崇尚，使《红与黑》的后半部写得有点荒诞不经。

正当于连使用伪装、欺骗和自我克制等手段将要实现他蓄谋已久的野心时，司汤达却犯了一个错误，一个大大的错误（我只能这么说）。他在前面告诉我们，于连是绝顶聪明和极端狡猾的，而到了后面，他为了使德·莫勒侯爵同意于连娶他的女儿，竟然让于连到德·瑞那夫人那里去求取品行鉴定书。这可能吗？因为于连完全应该知道，德·瑞那夫人曾受到过他的伤害，很可能非常恨他，因而她除了泄恨是不会为他做任何事的；当然，也可能她仍然爱着他，但这样的话，她就更加不会帮助他去和另一个女人结婚了。我们知道，德·瑞那夫人是个诚实的女人。于连也应该想到，她完全有可能如实地揭露他的种种丑行。实际上，她正是这样做的。她写了一封信，坦率地讲出了他的真实情况。他呢，既没有否认，也没有自我辩解（比如，说那完全是一个因被弃而愤怒的女人编造的），而是拿着手枪赶到她的住地，并向她开了枪。对此，司汤达没有做任何解释，所以我们只能把它理解为是于连的一时冲动。我们知道司汤达是很赞赏感情冲动的——他认为这是激情的表现，这没错；但问题是，我们从小说一开始就看到，于连的性格力量恰恰在于他有极强的自我克制能力。各种各样的感情如妒忌、仇恨、骄傲和虚荣，尽管他都有，但从来就没有支配过他，就连情欲这种最强烈的感情也从未胜过他一心想实现野心的阴谋。

然而，在小说的紧要关头，于连却做出了一件使小说致命的事情：他的举动完全背离了他的性格。

司汤达是紧跟安东尼·伯尔岱的案情来构思《红与黑》的，毫无疑问他是一跟到底了。但是，他没有注意到：第一，他已经把于连写成了一个和原型伯尔岱完全不同的人；第二，伯尔岱是认为米舒太太毁了他的前程，这才满怀怨恨地朝她开了枪，而于连对德·瑞那夫人是不应该有这种怨恨的。如果说，德·瑞那夫人确实使他实现其勃勃野心的希望落了空，那也只能怪他自己的愚蠢举动，而按他的性格，这样愚蠢的举动原本是不可能做的，因为他完全可以用自己拿手的方法加以应付，根本就没有必要造成这样一种简直令人费解的错误后果的。然而，事实是司汤达好像没有这方面的创造才能，他没法为这部小说设计出一个能使读者比较信服的结尾。不过，话得说回来，世上毕竟没有一部小说是十全十美的，因为除小说家都有缺陷外，小说这一体裁本身也有缺陷。所以，不管怎么说，《红与黑》仍是一部非常出色的小说，你不妨一读，相信它一定会给你一种独特的享受。

巴尔扎克与《高老头》

一

在所有为世界增添精神财富的伟大小说家中，我觉得最伟大的是巴尔扎克。他是个天才。有些作家是靠一两本书出名的，这或许是因为在他们的作品中有那么几本被证明具有持久的价值，或许是因为有那么几本书表现出了他们那种来自独特经历或者乖僻性格的灵感，但是，他们很快就江郎才尽了，即便再有作品，也是重复而已。伟大作家的特点就是作品丰富，而巴尔扎克的作品真可谓丰富得惊人。他表现了整整一个时代的生活，而他描写的领域则像他的祖国一样广阔。他具有极为渊博的人性知识，只有在少数几个方面才稍有欠缺，譬如他对贵族社会、城市工人和农民的了解，就不如对中产阶级如医生、律师、职员、记者、店主和乡村牧师来得熟悉。和所有小说家一样，他与其说善于表现德行，不如说更善于表现罪恶。他有精确细致的观察力，也有非同寻常的创造力。他创造的人物，其数量之多就令人惊叹。

不过，我可以肯定，他并不是一个很有趣的人。他的性格并不复杂，既没有令人困惑的矛盾，也没有难言的微妙之处。事实上，他是个极其单纯的人。我甚至都说不上他是否聪明，他的思想是平庸而肤浅的。然而，他具有一种非凡的创造才能。

他就像一种自然力,譬如,像一场汹涌的洪水冲垮堤岸,把所有的一切统统淹没;或者,像一阵咆哮的飓风,刮过宁静的乡村,也刮过喧哗的城市。作为一个为社会绘制肖像的画家,他的与众不同就在于:他不仅像所有小说家(除了纯粹写惊险故事的小说家)那样观察人与人的相互关系,还特别注重观察人与社会的相互关系。

大多数小说家往往只取一小批人——有时只有两三个人——加以描写,好像是用放大镜把他们放大了。这样做当然会产生较强烈的效果,不幸的是,也常常会有一种人为的虚假感。一个人不仅有个人生活,同时还要和别人一起生活。在个人生活中,他总是扮演主角,但和别人相处时,他的角色可能很重要,也可能微不足道。你去理发店理发,也许是小事一桩,但也可能成为你或者理发师一生中的一个转折点。对于万花筒般的生活,对于生活中的混乱、误解和产生重大后果的种种偶然因素,巴尔扎克不仅心领神会,而且有能力把它们生动而逼真地描绘出来。我想,他是第一个注意到人们的经济情况在生活中的重要性的小说家。他并不满足于说金钱是万恶之源,因为他发现,人类行为的主要动力恰恰来自对金钱的渴望和贪婪。在他的小说中,一个个人物都迷恋于金钱,永远是金钱。他们追求的目标,就是过骄奢淫逸的生活,拥有漂亮的住宅、漂亮的马匹和漂亮的情妇,为了获取他们希求的东西,一切有用的手段都被认为是正当的。这样的生活目标当然很庸俗无聊,遗憾的是,我们这个时代和巴尔扎克的时代相比,情况也差不多。

巴尔扎克年过三十就已成名,如果你在那时碰到他,你会看到这样一个人：矮个子，微微发胖，双肩很宽，胸脯很厚，因而看上去并不显得矮小；脖子像公牛一样粗而且很白，但脸是红红的，总是带着微笑的厚嘴唇也是红红的，和白白的脖子适成对照；笔挺的鼻子上有两个大大的鼻孔，额头很高；一头浓密的黑头发就像狮子的鬃毛，不过是往后梳的；有着金色瞳孔的棕色眼睛炯炯有神，很有一点魅力，因而也掩饰掉了一点他的粗俗相貌。他的表情愉快开朗，随和乐观。他精力充沛，如果你和他在一起，会觉得精神爽快。接下去，你可能会注意到他那双好看的手。这是他很引以为自豪的。它们就像主教的手，小小的，白皙肥胖，指甲是玫瑰色的。如果你是在晚上碰到他的，那你会看到他穿着有金纽扣的蓝色上衣、白色细麻布内衣、黑裤子和白背心，脚上穿着黑色透孔丝袜和漆皮鞋，手上戴着黄手套。不过，要是你在白天碰到他，那一定会觉得很惊讶，因为他这时穿着一件皱巴巴的旧上衣，裤子上泥迹斑斑，皮鞋也没擦过，头上还戴着一顶破旧的帽子。

他的同时代人都认为，他在这一时期还十分天真稚气，招人喜爱。乔治·桑曾说，他笃实得几近羞怯，自信得几近吹牛，很豪爽，也很温厚，但有点古怪，不喝酒，工作起来毫无节制，既容易动情感又很理智，既讲究实际又时常耽于幻想，既轻信又多疑，既平易近人又令人费解。

二

巴尔扎克的祖上是农民，原姓巴尔沙，但他父亲是个颇有手段的律师，在大革命后平步青云，于是便改姓巴尔扎克。这个老巴尔扎克和一位女继承人结了婚，他们四个孩子中最大的一个、即未来的小说家奥诺雷·巴尔扎克，于一七九九年出生在图尔，当时老巴尔扎克正在那里的一家医院里当管理员。奥诺雷·巴尔扎克在学校调皮捣蛋了几年后，就被父亲送到巴黎，并在那里进了一家律师事务所；三年后，他通过了律师考试，父母建议他把律师作为终身职业，但他公然违抗。他的理想是当个作家。为此家里爆发了一场可怕的争吵。最后，虽然母亲继续反对（他后来一直不喜欢他母亲，因为她太严厉，也太讲求实际），父亲却作出了让步，答应给他一次机会。于是，他开始独自生活。父亲给他的津贴只够勉强糊口，但他决心要试试运气。

他做的第一件事是写了一部关于克伦威尔的悲剧。他把剧本念给全家人听，他们一致认为这个剧本一钱不值。他于是就把剧本寄给一位教授。教授的评语是，写这个剧本的人可以做其他任何事情，就是不要去搞创作。他又气愤又失望，但他下定决心：既然当不成悲剧诗人，就当小说家。他写了两三本小说，显然是学着瓦尔特·司各特、安·雷特克利夫和拜伦的作品写的，而这时家里却对他作出决定，认为他的写作尝试已告失败，要他马上搭乘公共马车回家。老巴尔扎克此时已经退休，全家正住在离巴黎不远的一个叫维巴利西的小镇上。

他有个朋友，一个三流作家，前来看他，并怂恿他继续写小说。于是，他又写了起来。这样，一连串粗制滥造的东西从他笔下源源而出，有的是他独自写的，有的是与人合写的，还用了各种各样的假名。没人知道他在一八二一年到一八二五年之间到底写了多少本书。有的权威人士声称有五十本之多。这些书大多是历史小说，因为在当时，司各特的名声正如日中天，巴尔扎克显然是想借此赶赶浪头。不过，尽管他写的这些东西价值甚微，对他自己却很有用处：它们使他懂得了写小说必须要迅速转换情节才能把读者吸引住，懂得了必须采用人们最关心的那些主题，即爱情、财富、荣誉和生命。也许，它们还使他懂得（他的性格也使他意识到这一点），要使读者喜欢他的作品，他自己必须要有激情，不管他的激情多么浅薄、多么轻浮、多么矫揉造作，但只要有足够强烈的激情，读者总不免会有所感动的。

当巴尔扎克和家里人一起住在维巴利西镇时，邻居柏尔妮夫人和他很熟。她四十五岁，父亲是一个曾为玛丽·安东纳特服务过的德国音乐家，丈夫多病易怒。她和丈夫生有八个孩子，还有一个私生子。她和巴尔扎克不久就成了朋友，后来又一度成为他的情妇，不过直到她十四年后去世，她始终是他的朋友。这是一种很奇怪的关系：他像爱情妇一样爱她，同时也从她那里接受他没能从母亲那里得到的抚爱。她不仅是他的情妇，也是他的忠实朋友，只要他需要，她总是无私地给他以忠告、鼓励、帮助和钟爱。

这件风流韵事在镇上引起了流言蜚语，巴尔扎克夫人当然竭力反对自己的儿子去和一个跟他母亲差不多年纪的女人纠缠不清。再说，他写的书几乎没有收益，她还为他的前途担忧。这时，有个朋友建议他去经商，他觉得这想法不错。柏尔妮夫人慷慨相助，给了他四万五千法郎（当时约合九千美元，相当于现在的三万美元），他找了两个合伙人，就搞起出版、印刷和铸字业务来了。但他毫无经商才能，只会胡乱花钱，甚至把他个人付给裁缝、鞋匠、珠宝商乃至洗衣工的钱也记在公司账上。这样不出三年，公司就停业清理了，欠下的五万法郎的债，最后也只能由他母亲来偿还。不过，这段灾难性的经历却使他掌握了不少商业上的特殊知识，也懂得了不少人情世故。这对于他往后的小说创作来说是十分重要的。

三

经商失败后，巴尔扎克去了布列塔尼的一个朋友那里。他的第一部严肃作品，也是他第一次署上真名的作品《舒昂党人》的素材，就是在那里获得的。当时他正好三十岁，就从那时起一直到他去世为止，大约在二十一年间他几乎没有停止过创作。他写出的长、中、短篇小说数量惊人。每年，他都要写一至两部长篇小说、十几个中短篇小说。此外，他还写了许多剧本，这些剧本中的有一些从未被人接受，其余的也大多是可悲的失败之作。有一个时期，他还办了一份报纸，每周出两次，而且大部分稿件都由他自己撰写。

他非常喜欢记笔记，无论到哪里，身边总带着笔记本，只要遇上可能对他有用的事情，或者他自己头脑里发生了某种想法，或者听到别人的某种有趣的看法，他就把它记下来。他在故事中若要写到某种场景，只要有可能，他都要去做实地考察，有时不惜做长途旅行去看一看他要描绘的某条街道或者某所房子。我发现，他虽然像所有的小说家一样以自己熟悉的人作为模特儿，但总要在他们身上发挥自己的想象力，所以他的人物实际上是他的想象的产物。他对人物的名字十分讲究，常常为此绞尽脑汁，因为他觉得，人物的名字是和他们的性格及外貌息息相关的。

在写作时，他的生活很有规律，而且洁身自好。晚饭后不久，他就上床睡觉，到半夜一点由仆人把他叫醒。他起床后穿上洁白的长袍（因为他相信，穿着干净的衣服对创作有利），然后就点起蜡烛，一边喝黑咖啡提神，一边用鹅毛笔疾书。到早晨七点，他放下笔去洗澡，然后躺下休息。大约在八点和九点之间，出版商把校样送来并从他那里取走部分手稿；这之后，他又开始工作，一直到中午。吃过一些煮鸡蛋、喝过一些水之后，他又喝大量的黑咖啡；接着，他继续工作到六点才吃晚饭。晚饭很简单，不过他总要喝一点武弗雷葡萄酒。若有朋友来访，大多也在这个时候，他和他们聊上一会儿后，就上床睡觉了。

他不是那种要把一切都考虑周全后才肯动笔的作家。他总是先写出粗略的草稿，然后在草稿上修改，往往增删得很多，甚至变换章节顺序，所以最后交给出版商的手稿总是涂改得难以辨认。等排出校样后，他仍然把它看作是未完成的手稿，还要在上面修改，不仅会增删词语、句子和段落，甚至会增删某些章节。经他改动过的校样再次排出后，他又要在上面修改。这之后，他才同意付印，但仍有附加条件，就是等书出版后，他还有可能要做进一步的修订。由于他一再修改校样，出版商就得增加开支，因此他和出版商之间经常发生争吵。

他长期和出版商或者编辑打交道，这方面的情况当然是很单调乏味的，不过我还是想尽量简短地谈几句，因为这和他的生活以及创作都有直接关系。他是不大讲商业信用的，经常为了预支稿费向某个出版商保证，在某某日期一定交出一部小说稿，然而当他把小说稿匆匆赶写出来之后，往往把自己做过的保证丢到一边，去找另一个出版商谈价钱了。由于他不信守合同，他经常受到起诉，结果是他必须加倍赔偿。为了筹集赔偿费，他不得不到处借债，因为预支给他的稿费早被他用得一干二净了。只要和出版商签订了出书合同（有时虽签了合同，但他根本就没动笔）并得到大笔的预支稿费，他就马上搬进宽敞的住宅，花钱装修，甚至还要买一辆轻便马车和两匹马。他很热衷于布置房间，往往把自己的住处布置得既富丽堂皇又庸俗不堪。他曾雇用了一个马夫、一个厨师和一个男仆，不仅为自己买许多衣服，还要为马夫买号衣。他曾购入大批餐具，餐具上还要有贵族纹章，尽管这纹章根本不属于他，是属于历史上一个姓巴尔扎克的贵族世家的。他不仅僭取了这个贵族姓氏，自称有贵族血统，还在自己的姓氏前加上了贵族专用的冠词"德"。

为了支付奢华生活的费用，他还向妹妹、朋友和出版商借钱，而他签署的借据总是不断地延期。他债台高筑，却仍然不停地购买瓷器、家具、绘画、雕像和珠宝；他要印刷商用昂贵的摩洛哥羊皮装订他的书；他买了许多手杖，其中有一根上面还镶有绿宝石。有一次他要举行宴会，不惜叫人把整个餐厅重新布置一下。我顺便说一下，他在独自用餐时吃得并不多，但在宴会上，胃口却大得出奇。有一个出版商说，他曾在一次宴会上亲眼看见巴尔扎克吃了一百个牡蛎、十二块炸肉排、一只鸭、一对鹧鸪、一条箬鳎、几道甜点心和十几只梨。所以，不足为怪，他很快就成了一个大腹便便的胖子。

有时，由于债主逼债逼得太紧，他就只好把许多东西抵押出去。在他的住处，不时会有估价人进进出出——他们是奉债主之命来扣押、估价和拍卖他的家具的。他真是不可救药，借了钱还不知节制地、愚不可及地不断购进各种各样没用的东西。他是个恬不知耻的借债人，然而，出于对他的天才的钦佩，他的朋友都对他非常慷慨。通常，女人是不愿借钱给人的，但巴尔扎克自有办法从她们那儿借到钱。一个男子汉去向女人借钱总有失风度，巴尔扎克却不以为然，也从不为此感到丝毫内疚。

四

我们还记得，当初他经商失败后，是他母亲用自己为数不多的积蓄为他还清债务的，后来，由于给两个女儿办了嫁妆，他母亲剩下的唯一财产就是她租下的那所房子了。最后，当她发现自己急需用钱而又一筹莫展时，就只好写信向她儿子求救。安德烈·比利在他的《巴尔扎克传》里曾引用过这封信，现在我把它翻译出来：

"我收到你的最后一封信是一八三四年十一月。信中你同意从一八三五年四月一日起每季度给我两百法郎付房租和女仆的工资。你知道，我不能过穷困的生活；你声名显赫，生活豪华，和我们的境况相比，真有天壤之别。你作出过允诺，我想这是你自愿承担的。现在已经是一八三七年四月，就是说你欠了我两年。你本应给我一千六百法郎，可你只在去年十一月给了我五百法郎，样子就像是冷冰冰的慈善施舍。奥诺雷，我这两年的生活就像一场噩梦，我的钱都用完了。我知道你会说你没有能力支援我，但我用房子做抵押所借的钱贬值了，现在我再也无法筹款，我所有值钱的东西都已典当出去，我已到了这等田地，只好对你说：'给我面包，我的儿子。'我已经几个星期只吃面包了，那也是我那好女婿送给我的；但是，奥诺雷，不能老这样下去；既然你有能力做各种费钱的长途旅行，既花了钱又丢了面子——你回来后由于没能信守协议，你在这里的名声很不好——我一想到这些，心都要碎了！我的儿子，既然你能为自己付得起……情妇、镶嵌宝石的手杖、戒指、银器、家具，你母亲要求你遵守自己的诺言也不为过。我不到最后一刻是不会这样做的，现在这个时刻到了……"

他对这封信的回答是："我想，您最好来一次巴黎，让我们谈上个把小时。"

对此，我们有什么可说呢？他的传记作家说，天才有自己的权利，巴尔扎克的道德是不能用普通标准来衡量的。这是看法问题。我认为，最好承认他是个极端自私、不讲道德、同时又不够坦率的人。对他的大肆挥霍，人们的最好辩护是：他天生乐观，深信自己的作品能赚到大钱（有一个时期他确实赚了不少）。此外，他对生活中的偶然机会充满幻想，相信自己一定会有这样的机会大发横财。然而，每当他真的去从事某种投机事业时，结果总是债上加债。说实话，他要是真的很有节制、很有心计而且很俭朴的话，也就成不了这样一个作家了。他是个爱炫耀的人，喜欢奢华，不可能不花钱。他像头牛似的苦干，拼命写作，想挣钱还清债务，不幸的是，还没等他还清旧债，他又借上了新债。

有一个有趣的事实很值得注意，那就是他只有在债务的压力下才能专心致志地写作。他一直写到脸色发白，疲惫不堪，而在这种情况下写出来的恰恰是他最好的作品；反之，如果有人能创造奇迹，使他不再身陷困境——估价人不再来打扰他，出版商也不再对他起诉——那么他的创作活力很可能就会枯竭，再也写不出什么东西来了。

五

和任何成功一样，巴尔扎克在文学上的成功也给他带来了新朋友，他充沛的精力和欢快的情绪使他在巴黎各大沙龙中成了受人欢迎的座上宾。卡斯特利侯爵夫人是为他的声望所吸引的一位贵妇人。她的父亲是公爵，她的舅舅也是公爵，而且还是英国国王的直系后裔。她用假名给他写信，他复了信，她再次写信时透露了自己的身份。他去拜访她，他们关系日益密切，不久他就每天都去看她。她肤色白皙，金发，长得花容月貌。他对她爱慕之至。他洒上香水，每天戴上新的黄手套，但这无济于事。他变得急躁不安，开始怀疑她只是在逗弄他。确实，她需要的是一个崇拜者，而不是一个情人。有一个聪明的、而且声名显赫的年轻人拜倒在她脚下，她当然万分得意，但她并不想做他的情妇。

她由她叔父费茨·詹姆斯公爵陪同前往意大利，途中在日内瓦稍作逗留，这时发生了危机。到底发生了什么，其实谁也不知道。巴尔扎克是和侯爵夫人一起去做这次短途旅行的，回来时他神情沮丧。这不难料想，他向她提出最后要求，而她断然拒绝了。他深感屈辱，既痛苦又愤慨，觉得上了大当，便独自返回巴黎。然而，他的小说家不是白当的，他的每次经历，甚至最丢脸的经历，最后都会成为他磨子里的面粉：卡斯特利侯爵夫人从此以后就出现在他的小说中，而且成了那种最轻佻、最放荡、最恶毒的贵族女子的典型。

就在巴尔扎克徒劳地追求卡斯特利侯爵夫人的同时，他收到一封从敖德萨寄来的信。信写得热情洋溢，署名却是"一个外国女人"。过了一段时间，第二封有着同样署名的信又寄来了。于是，巴尔扎克就在一份可发行到俄国去的法文报纸上登了这样一条启事："巴尔扎克先生已收到寄给他的信件，但直至今日仍不知该往何处复信，对此他深表遗憾。"写信的人是艾芙琳娜·韩斯卡夫人，一个家财万贯的波兰贵妇人。她三十二岁，已婚，丈夫的年龄比她大得多。她生过五个孩子，活下来的却只有一个女儿。她看到巴尔扎克的启事后，就着手安排，然后写信告诉他，如果他想给她写信的话，可以写给敖德萨的一个书商，由他转交给她。

这封信激发了巴尔扎克一生中最大的热情。他们开始相互通信，而且信的内容日趋亲昵。巴尔扎克用当时流行的那种夸张的笔调向她披露自己内心的情感，她则报之以同情和爱怜。她住在乌克兰一座巨大的城堡里，周围有五万公顷良田，然而她生性富于幻想，对单调的家庭生活深感厌倦。她崇拜这位作家，对他本人也产生了兴趣。他们相互通信几年后，韩斯卡夫人和她年老的丈夫一起带着女儿、家庭教师和一大群仆人前往瑞士纽夏特尔旅行，事前巴尔扎克已受到邀请，要他去纽夏特尔和她会面。他们的第一次见面很有点浪漫色彩。他到了他们约好的那个公园，只见一位夫人坐在长椅上读着一本书。她的一块手帕掉落到地上，他过去帮她捡起来，这时他发现她手里拿着的书正是他写的。他和她说话，原来她就是他要见的女人。

她是个漂亮华贵的妇人，体态丰腴，容貌娇媚，眼睛里秋波荡漾，还有一头秀发和一张可爱的小嘴；他呢，身体肥胖，脸色通红，看上去简直像个屠夫。这使她不免吃了一惊：难道那些热情洋溢而富有诗意的信就是这个男人写的？好在他炯炯有神的眼神和充沛的精力使她十分喜欢。他很快就成了她的情人。过了几个星期，他必须返回巴黎，分手时他们约定，初冬时节再到日内瓦会面。他在圣诞节前抵达日内瓦，在那里和她一起度过了六个星期，在这期间他还写了《德·朗日公爵夫人》。在这部作品中，他把卡斯特利夫人作为模特儿，大大地发泄一通心中的怨气。

回到巴黎后，他和一个叫吉多蓬妮·维斯孔蒂的伯爵夫人邂逅。她是个碧眼金发、妖娆妩媚的英国女人，丈夫懒散而无能，她对他的不忠已是出了名的。巴尔扎克一下子就被这个女人迷住了。在他眼里，她是那样的温柔可爱。不久之后，就有好事者把他们的风流韵事登上了小报的头版，所以此时正在维也纳的韩斯卡夫人很快得知巴尔扎克已另有新欢。她写信痛责他，并宣布准备回到乌克兰去，从此不再见他。这对他来说就如晴天霹雳，因为他一直算计着，等她丈夫一死，他就和她结婚，从而拥有她的百万家产。他借了两千法郎匆匆赶到维也纳去，想和她言归于好。他一路上自称是德·巴尔扎克侯爵，行李上印的是假纹章，还带了个贴身男仆，这就大大增加了旅途费用，因为他有此身份就不能讨价还价，给各种小费也得出手大方，所以他到达维也纳时，已身无分文。韩斯卡夫人见了他更是大加责备，他只好百般辩解，想方设法消除她的怀疑，平息她的怒气。三个星期后，她回乌克兰去了。此后的八年间，他们一直没有见面。

六

巴尔扎克一回到巴黎，马上又投入了吉多蓬妮·维斯孔蒂伯爵夫人的怀抱。为了她，他比先前更加奢侈无度。他因欠债而被拘捕，她付了一大笔钱才使他免于入狱。从那时起，每当他手头拮据时，她就不时地资助他。一八三六年，他的第一个情妇柏尔妮夫人去世。他悲痛欲绝，说她是他爱过的唯一的女人；而别人却说，她是唯一爱过他的女人。同年，碧眼金发的维斯孔蒂伯爵夫人告诉他，她怀孕了，孩子是他的。当这个孩子出生时，她的老好人丈夫说："嗯，我知道夫人想要个私生子，这回她总算如愿了。"

顺便说一句，这位风流成性的伟大小说家和他的几个情妇总共生过四个孩子：一个男孩和三个女孩。他对这些孩子看来都毫无兴趣。他的情妇，除了上述几个，当然还有很多，但我只想提一下其中的一个叫爱琳娜·德·弗莱特的寡妇，因为她和卡斯特利侯爵夫人以及韩斯卡夫人一样，开始也是他的崇拜者。说来有点奇怪，他的五次主要恋爱事件中有三次都是这样开始的。他的恋爱往往有始无终，原因大概也就在于此。因为当一个女人被一个男人的名气所吸引时，她更多的是想从他们的艳遇获得好处，而不大会有真正的爱情，也不会有任何无私、崇高的感情。爱琳娜就是这样一个受过挫折、却又好出风头的女人，她抓住这一机会满足了自己的虚荣心。她和巴尔扎克风流一场，不久便不欢而散了，原因好像是巴尔扎克向她借了一万法郎，为此两个人发生了争执。

巴尔扎克久久期盼着的时刻终于到了。韩斯卡先生于一八四二年去世。他的梦想终于要成真了！他终于要成为富翁了！他终于将摆脱那些还不清的债务了！艾芙琳娜通知他，她丈夫已经去世。然而，紧接着的一封信却告诉他，她不打算和他结婚，因为她不能宽恕他的不忠行为，也不能容忍他的挥霍习性和他的债务。他绝望了。他想到在维也纳时她曾对他说，她并不期望他在肉体上对她忠实，只要占有他的心。是的，她一直占有着他的心。他对她的言而无信感到愤愤不平。最后，他得出结论，只有见到她，才能重新赢得她。于是经过几次通信，尽管她仍很勉强，他还是动身到圣彼得堡去了——当时她正住在那里。那时他四十三岁，她四十二岁，都到了发福的中年。他的估计不错，和他在一起她就变得顺从多了。他们重叙旧情，又成了一对情人。她又答应和他结婚了。

但是，直到七年后她才真正履行诺言。传记作家对此都大惑不解，她为什么要犹豫那么长时间？其实，理由不难找到：

她是位贵妇人，以自己的高贵门第而自豪；她可能觉得，当初做一个名作家的情妇是一回事，现在要做一个粗俗的暴发户的妻子则是另一事。再说，她的家庭也一定会出于门户之见竭力阻止她去缔结这样一门姻缘的。她还有一个尚未出嫁的女儿，对女儿往后的社会地位和境况，她也不能不考虑。还有，巴尔扎克的挥霍无度是出了名的，她当然要担心他在婚后会把她的财产挥霍一空。她完全知道，他一直在觊觎着她的钱财，若和他结婚，他就不只是在她的钱包里掏一下，而是要把双手伸进来大把大把地抓取了。她非常富有，她自己也很奢侈，但为自己的享乐花钱和把钱给别人去挥霍，毕竟是不同的。

然而，真正使人奇怪的倒不是她拖了那么长时间才和巴尔扎克结婚，而是她最后还是和他结了婚。在这期间，他们经常会面，其结果是她怀孕了。他当然感到高兴，不是因为有了孩子，而是因为他觉得自己终于占了上风。于是他要求她马上和他结婚，但她仍下不了决心，就写信告诉他，为了节省开支，她准备回乌克兰去生孩子，结婚的事等孩子生下来之后再说。但孩子生下来就死了。这事发生在一八四五年，也可能是一八四六年。反正到一八五〇年，她终于嫁给了他。他去乌克兰和她一起度过了冬天，婚礼也是在那里举行的。

为什么她最终同意了呢？也许是这样的：巴尔扎克因长期从事艰苦的写作工作，他本来很健壮的身体渐渐垮了，后来有短短的一段时间里他的健康状况一下子恶化了。就在他去乌克兰的那年冬天，他病得非常厉害，虽然后来病情有所好转，但情况很明显，他活不长了。也许就是出于对一个垂死的人产生了怜悯之情,她才同意和他结婚的。尽管他不忠实,但他毕竟真心诚意地爱了她这么多年。再说,她是个虔诚的信徒,很可能她的忏悔神父曾劝过她,要她把这种有悖习俗的状况合法化。总之,她和他结了婚,一起返回巴黎。他用她的钱买下一幢住宅,布置得非常豪华。她把巨大家产都给了她女儿,自己只留下一笔为数不多的年金。对此,巴尔扎克或许感到很失望,但他至少没有表现出来。

说来令人痛惜,经过这么多年的等待,他终于实现了自己的梦想,然而婚姻却并不美满。艾芙琳娜没有使他得到幸福。他再次病倒,而且一病不起了。他于一八五〇年八月十七日去世。艾芙琳娜悲痛欲绝,在给朋友的信中说,她已无所留恋,只想到另一个世界去和丈夫会面。然而,她不久就有了情人,是一个叫桑·奇古的画家。此人长得丑陋,绰号叫"灰虱",而且显然不是一个好画家。

七

巴尔扎克留下了大量作品,我们很难说哪一部是最具代表性的。因为几乎在他的每一部作品中都至少有两三个人物表现出那种原始的激情,而且具有一种刻骨铭心的力量。他在塑造这类人物时特别有力,而当他不得不处理那种性格较为复杂的人物时,就有点力不从心了。几乎在他所有的作品中都有震撼人心的场面描写,在不少作品中还有引人入胜的故事情节。不过,出于几方面的原因,我还是选择了《高老头》作为他的代表作。这部小说的故事,从头到尾都趣味盎然。巴尔扎克在有些小说中常常会中断故事去发各种各样的议论，但《高老头》总的来说没有这种缺陷。人物的思想是通过人物自身的言语和行动客观地表现出来的。此外，《高老头》的构思也相当巧妙，小说中的两条线索令人信服地相互交织在一起：一条是高老头的父爱线索，表现出他对两个忘恩负义的女儿的一片痴情；另一条是拉斯蒂涅的闯荡线索，表现出他想在灯红酒绿的巴黎一显身手的勃勃野心。

《高老头》的有趣之处还在于，巴尔扎克在这里首次使用了他那种独特的方法，就是让同一个人物在几部小说中反复出现。要这样做是很困难的，因为你必须把人物塑造得足以吸引读者，使他们渴望了解那个人物往后的种种经历。在这方面，巴尔扎克异乎寻常地获得了成功。就拿我来说吧，当我读着这部小说时，就非常想了解某些人物的将来，譬如拉斯蒂涅，由于我对他的将来深感兴趣，读的时候也就特别有味。这种方法很有用，可以节省作家的创造力，不过，我觉得巴尔扎克并不是出于这样的考虑才采用这种方法的，因为他无需节省创造力，他的创造力几乎是无穷无尽的。我认为，他是觉得这样可以使他的人物显得更为真实，因为在现实生活中就是这样的，我们熟悉的人也就是我们反复见到的人。此外，更重要的是，他觉得这样有利于他把全部作品编织成一个包罗万象的整体，因为他想描写的不仅仅是一小批人或者某个阶层的人，甚至都不是一个社会，而是整整一个时代或者说一种文明。他和他的同胞们一样抱有一种错误观念，即认为不管法国遭遇到怎样的灾难，她永远是世界的中心，也许就是出于这一观念，他很自信地认为他有能力创造一个丰富多彩的世界,也有能力赋予这个世界以生命,使它活生生地展现出来。

不过,这就要涉及整个《人间喜剧》了,而我只想谈谈《高老头》。我相信,巴尔扎克是第一个用公寓作为故事背景的小说家。在他之后,人们就经常这样做了,因为这样可以使小说家很方便地把各样身世不同的人物放到一起来描写。但是我不知道,有谁曾在自己的作品中能像在《高老头》里那样成功地运用这种背景。

巴尔扎克的小说开始时总是进展得很慢。他一开始总要详细描写故事发生的那个地方。他显然偏爱这种环境描写,所以他告诉你的总比你想知道的要多,他好像从来没有学会只说必须说的话而不说不必要的话。接着,他还要把人物的外貌、脾气、出身、习惯和缺点都告诉你,在这之后,他才开始讲故事。他在人物身上置入了他自己那种活跃的个性,因此他们并不像现实生活的人那样真实;他们是用浓郁的色调描绘出来的,很显眼,但有时会显得过于花哨,而且紧张、兴奋得不同寻常;尽管如此,他们却是活生生的,很容易使人信以为真。之所以这样,我想是因为巴尔扎克自己对他们也是信以为真的。譬如,在他的好几部小说中都出现过一个叫皮尔训的聪明能干的医生,他在临终时就喊着这个人物的名字:"快把皮尔训叫来!皮尔训会救我的!"

还有一点也值得注意,那就是在《高老头》里,我们初次遇见了巴尔扎克笔下的一个最令人毛骨悚然的人物——伏脱冷。这种类型的人物虽然已成俗套,但从未有人把他写得如此生动、如此真实。伏脱冷老谋深算、精力过人,而且坚韧不拔,但值得注意的是,巴尔扎克在这部作品中一直没有泄露这个人物的秘密,只是巧妙地暗示,在他身上有某种阴险邪恶的东西。他看上去既温和又慷慨,既健壮又聪明,而且还很有耐心。你不仅会同情他,而且会佩服他,然而又不可思议地会觉得他有点可怕。像小说中那个出生于外省、却野心勃勃地想在巴黎闯荡的年轻人拉斯蒂涅一样,你会被他强烈地吸引住,同时,你也会像拉斯蒂涅一样本能地感觉到不自在。伏脱冷虽然像是个情节剧里的人物,却是巴尔扎克的一个了不起的创造。

　　一般认为,巴尔扎克的文笔并不高雅。他为人粗俗(其实粗俗也是他的天才的一部分,是不是?),文笔也很粗俗,往往写得冗长啰唆、矫揉造作,而且经常用词不当。著名批评家埃米利·吉盖曾在一本专著中用整整一章的篇幅,专门讨论巴尔扎克在趣味、文笔和语法等方面的缺陷。确实,他的有些缺陷是相当明显的,即使没有高深的法语知识的人,也能一眼看出来。这实在令人惊讶。据说,查尔斯·狄更斯的英语文笔也不太好,而有个很有语言修养的俄国人曾告诉我说,托尔斯泰和陀思妥耶夫斯基的俄语文笔也不怎么样,往往写得很随意、很粗糙。世界上迄今最伟大的四位小说家,竟然在使用各自的语言时文笔都很糟糕,真是叫人瞠目结舌。看来,文笔精美并不是小说家应有的基本素养,更为重要的是要有充沛的精力、丰富的想象力、大胆的创造力、敏锐的观察力,以及对人性的关注、认识和理解。但不管怎么说,文笔精美总比文笔糟糕要好。

福楼拜与《包法利夫人》

居斯塔夫·福楼拜是个极不寻常的人。法国人说他是天才。不过，天才一词现在常被滥用。《牛津词典》把这个词定义为一种天生的非凡能力，即有能力进行富有想象力的创造，或者具有独创性的思考、发明和发现；同时认为，和一般有才能的人相比，天才在更大程度上是靠天生的洞察力或者说直觉能力、而不是靠有意识的努力取得成就的。根据这一标准，任何时代都不大可能产生三到四个以上的天才。由于某个作曲家写出了悦耳动听的乐曲，某个剧作家写出了形象生动的喜剧，或者某个画家画出了富有魅力的图画，我们就说他是天才，那是在降低天才一词的标准。他们的作品当然很好，他们本人也可能具有不寻常的才能，但是，天才却要比他们高一层次。如果硬要我说二十世纪有没有天才，阿尔伯特·爱因斯坦大概是我唯一能想到的名字。十九世纪的天才可能要多一点，但福楼拜是否属于这样一个具有特殊才能的人，读者只要牢记《牛津词典》上的定义，等读完我这篇文章后便自会作出判断。

有一点是毫无疑问的，那就是福楼拜写出了典型的现实主义小说，并直接或者间接地影响了后来的小说创作，譬如，托马斯·曼写《布登勃洛克一家》、阿诺德·贝涅特写《老妇人的故事》以及西奥多·德莱塞写《嘉莉妹妹》，其实都是在步福楼拜的后尘。福楼拜以几近狂热的勤奋献身于文学创作，像他这样的作家可谓绝无仅有。他不仅像大多数作家一样把文学当作头等大事，还把它看作是一件无所不包的事情，既可以修养身心，又可以充实阅历，对他来说，生命的目的不是活着，而是写作。他为了实现自己的创作抱负，不惜牺牲各方面的生活，和他相比，那些把自己关在小屋里侍奉上帝的修道士也算不上全心全意。

一个作家写出怎样的作品，取决于他是怎样一个人。我们之所以希望了解优秀作家的生平，原因也就在于此。就福楼拜而言，这一点尤为重要。他的父亲是一家医院的院长，和妻子一起住在里昂，福楼拜于一八二一年出生在那里。这是个幸福的、受人尊敬的富裕家庭。福楼拜像他那种家庭的法国孩子一样长大；他进了学校，和其他孩子交朋友；他做得少，读得却很多。他感情丰富，耽于幻想，而且像其他孩子一样常常感到孤独，这种孤独感在有些敏感的人身上甚至会保持终生。

"我十岁就进了中学，"他后来写道，"而且很快就对所有的人都感到深深的厌恶。"这不是随便说说的，他确实有这样的感觉。他从年轻的时候起就是个厌世者。那时，正是浪漫主义鼎盛时期，厌世情绪十分流行，他有一个同学开枪射穿了自己的头，另一个同学则用领带上吊自杀。但是，福楼拜有一个舒适的家庭，有慈爱而宽容的父母，有非常喜欢他的姐姐，还有许多亲密朋友，我们不明白他为什么会觉得生活无法忍受，还那么厌恶他周围的人。他发育良好，身体健康而且强壮。他少年时代就写了一些故事，这些故事就像是一个浪漫主义的大杂烩，其中的厌世情绪当然只能看作是当时流行的一种文学装饰。但是,福楼拜自己的厌世情绪肯定不是装出来的,也不是因为受了外界的影响。他生来就是个悲观厌世的人,如果要问为什么,那就得深入研究他整个精神世界的变化情况。

在他十五岁时,发生了一件后来影响他一生的事。他们全家到特鲁维尔去度夏,那时特鲁维尔还是一个偏僻的海边小镇,只有一家旅馆。在那里,他们遇到了一个叫莫里斯·施莱辛格的音乐出版商(他有时也做一点投机生意)和他的妻子。关于后者,福楼拜后来对她做了这样的描绘:"她是个高高的浅黑皮肤的女人,一头漂亮的黑发一缕缕地垂到肩头;鼻子是希腊式的,两眼燃烧着炽热的光;眉毛细长,美妙地弯成弓形;皮肤油亮,好像有一层金色的薄雾;身材苗条而优雅,在她浅黑而带紫色的脖子上曲折地分布着一条条浅蓝色的静脉血管。她的嘴唇上有一层细微难察的汗毛,给她脸带来一种刚毅的男性活力,从而使那些皮肤白皙的美人相形见绌。她说话很慢,声调抑扬顿挫,柔和而富有音乐感。"我在把其中的 pourpre 一词译成"紫色"时,觉得颇费踌躇,因为这颜色似乎并不好看。但也只能这么翻译,我估计福楼拜想到的大概是龙沙①曾在那首最著名的诗里用了这个词,而没有想到用这个词来形容一位夫人的脖子到底会给人怎样的印象。

他发疯似的爱上这位夫人。她当时二十六岁,正在喂养一个婴儿。但他很羞怯,要不是她丈夫热情好客,喜欢交朋友,

---

① 彼埃尔·龙沙(1524—1585),法国文艺复兴时期著名诗人。

他甚至都不敢主动去和她说话。莫里斯·施莱辛格邀请十五岁的福楼拜一起去骑马。有一次福楼拜还和施莱辛格夫妇俩一起乘船游玩。福楼拜和艾莉莎（这是她的名字）并排而坐，肩膀相触，她的裙摆还盖住了他的手，她用低沉悦耳的声音和他说话，而他却处在一片迷乱之中，根本就没听清她说了些什么。夏天过去了，施莱辛格夫妇离开了特鲁维尔，福楼拜一家也回到里昂，他继续去学校上学。他陷入了他一生中最重要、也最持久的一场恋爱。两年后，他再访特鲁维尔，得知她也去了那里，但已经走了。这时他十七岁。他似乎觉得，他过去是因为太幼稚，所以不能真正爱她，现在则不同了，他正怀着一个男人的渴求在爱着她。由于她不在眼前，他的爱欲变得更加强烈。他回到家里，继续写那本他已经开了头的书——《对一位夫人的回忆》，其中讲述的就是他在那年夏天是如何爱上艾莉莎·施莱辛格的。

在他十九岁从学校毕业时，父亲为了奖励他，让他和一个叫克洛盖尔的医生一起到比利牛斯山和科西嘉岛去旅行。他那时已完全成熟了。据他的同时代人的描述，他是个大个子，但他其实只有五英尺高，若在加利福尼亚或者得克萨斯，这样身高的男人可能还会被认为是小个子。他身材瘦削，体形优美，黑睫毛下有一对像海水一样蓝的大眼睛，一头漂亮的长发披到肩膀。一个当时认识他的女人四十年后说，他那时英俊得就像一尊希腊神像。从科西嘉岛回来后，两个旅行者在马赛停留。一天早上，福楼拜外出洗澡回来，看见旅馆的院子里坐着一个年轻的夫人，其神情慵懒性感，很吸引人。福楼拜便主动去和她交谈。她叫厄拉莉·福柯,丈夫是法属圭亚那的一个官员,她在马赛是等她丈夫来接她。她和福楼拜一起度过了那个夜晚,按福楼拜后来对这次风流艳遇的描绘,那个夜晚就像雪原上的日落一样妙不可言。他离开马赛后,便再也没有看见过她。这是他的初次性爱经验,他一生都铭记在心。

在这段插曲之后不久,他就去巴黎学习法律,这不是因为他想当律师,而是因为他不得不选择某种职业。但是他讨厌巴黎,讨厌法律教科书,讨厌大学生活。他对同学们的平庸、装模作样和市侩气嗤之以鼻。就在这段时间里,他写了一部名为《十一月》的中篇小说,描述他和厄拉莉·福柯的那次艳遇,但他的女主人公有点像艾莉莎·施莱辛格,有一双闪亮的眼睛和高高扬起的弯眉毛,嘴唇上也有一层淡淡的汗毛,只有脖子不一样,是雪白滚圆的。

他去了施莱辛格的办公处,又和他们夫妇俩联系上了。那个出版商还请他去参加每星期三在他家里举行的聚会。艾莉莎还是像以前一样迷人。她当初看见福楼拜时,他还是个笨拙的大孩子,现在他已是一个男子汉,殷勤、漂亮而且充满热情。不久,她就发现他在爱她。他呢,很快就成了他们夫妇俩的亲密朋友,每星期三都要和他们一起用餐。他们还一起去做短途旅行。但是,福楼拜还是像以前一样羞怯,久久没有勇气向艾莉莎表白他的爱情。当他终于向她表白时,她虽然没有像他担心的那样生气,却拒绝做他的情妇。她的经历真是有点古怪,人人都以为她是莫里斯·施莱辛格的妻子,其实不然,她的丈夫是一个叫爱弥尔·朱岱的人,几年前他在经济上陷入困境，面临别人的起诉，于是他们的朋友施莱辛格提出，他愿意出钱帮助他摆脱困境，条件是他必须离开法国并放弃妻子。他同意了，施莱辛格便开始和艾莉莎同居。当时法国还没有离婚法，所以在朱岱于一八四〇年去世之前，他们一直没有结婚。据说，尽管朱岱远在异国他乡，后来又死了，艾莉莎却始终爱着他。也许，正是这种昔日的夫妻感情，再加上她对那个不仅和她同居、还和她一起生儿育女的男人的忠诚感，才使她犹犹豫豫，不敢接受福楼拜的爱慕之情。然而，福楼拜却爱得很执着，他想方设法要她去他的寓所和他幽会。最后她总算答应了，还和他约好了时间。那天，他焦躁不安地在寓所等着她，等待着自己长期的爱慕之情最终得到报偿。但是，她没有来。

一八四四年，发生了一件后果严重的事情。那天晚上，他和哥哥一起离开他们的母亲拥有的一幢房子（他们已在那里住了一段时间），坐马车返回里昂。他哥哥比他年长九岁，选择了父亲的职业。忽然，没有任何预兆，福楼拜"只觉得眼前一片亮光，然后一阵晕眩，像一块石头一样滚到了马车的底板上"，等他恢复知觉时，发现自己浑身是血，原来他哥哥已把他搬进附近一幢房子，正在给他放血。他被送回里昂后，父亲又给他放了一次血。他开始服用缬草和槐蓝，脖子上还系着一根泄液线。他不能抽烟和喝酒，也不能吃肉。有一段时间，他经常会浑身痉挛。他的视觉和听觉出现异常，往往会在一阵惊厥后失去知觉。他身体虚弱不堪，神经却处于极度紧张的状态。他的病好像非常怪，不同的医生有不同的看法。有人直截了当地说他有癫痫病，他的朋友们也都这么认为。但是，他的侄女后来在她的《回忆录》中却对此避而不谈。勒内·杜麦斯尼尔先生——他是个医生,曾写过一本关于福楼拜的重要著作——则认为,他得的不是癫痫病,而是一种他称之为"癔症性痉挛"的病。我想,他之所以这么说,大概是因为他觉得,如果承认一个杰出作家是癫痫病人,他的作品价值多少是要受到影响的。

他家里人对他的病也许并不感到意外。据说,他自己就曾对莫泊桑说,他在十二岁时就出现过视听上的幻觉。他十九岁那年外出旅行,就由一个医生陪同;此外,他父亲曾为他制定过一个特别治疗方案,其中有一条就是要经常改变环境,所以很可能他在十九岁时就已经患有某种精神疾病。从少年时代起,他就对自己周围的人感到厌恶,他这种让人难以理解的厌世情绪,会不会就是他的怪病引起的呢?尽管在那时他的神经系统可能还没有受到明显影响,但会不会是一种预兆呢?不管怎样,他现在必须面对的事实是,他患上了一种可怕的疾病,这种病反复无常,何时发作根本不可预料。为此,他必须改变生活方式。于是,他决定放弃法律学习——我想,这是他求之不得的——同时决定,永远不结婚。

一八四五年,他父亲去世。两个月后,他亲爱的姐姐卡罗琳生下一个女儿后也不幸去世。他们俩小时候一直形影不离,她在婚前是他最亲密的伙伴。他父亲在去世前不久曾在塞纳河畔购置了房产,那是一幢有两百年历史的名叫"克瓦塞"的石头房子,前面有一个露天平台,还有一个面朝塞纳河的凉亭。他守寡的母亲和他弟弟古斯塔夫带着卡罗琳留下的小婴儿住在那里。他哥哥阿谢尔已经成家,他和父亲一样是个外科医生,而且就在里昂的那家医院里接替了父亲的职务。后来，他也住进了"克瓦塞"，而且一直把它当作自己的家。他很早就开始断断续续地从事写作，现在他既然有病在身，不能像大多数男人那样生活，便决心把自己的一生献给文学事业。他在底楼有一间很大的工作室，窗子外面是一个花园，再往前就是塞纳河。他养成了一种井井有条的生活习惯：十点起床，读信，看报，十一点吃午饭，然后到平台上散步或者坐在凉亭里读书，一点开始工作，直到七点钟，接着到花园里散步，回来后继续工作到深夜。除了一两个朋友，他不和任何人交往。他时而邀请朋友到"克瓦塞"来住上几天，一起讨论自己的作品。他没有任何娱乐活动。

但是，他也意识到，写作是需要有生活体验的，不能过十足的隐士生活。因此，他决定每年到巴黎去住上三四个月。他在那里不仅渐渐地出了名，同时还结识许多才学之士。在我的印象中，人们好像更多的是佩服他，而不是喜欢他。朋友们发现他非常敏感，容易发怒，受不了别人的批评，所以他们都很注意，尽量不去冒犯他，因为无论谁这样做，他都会大光其火。但是，对别人的作品，他却是个苛刻的批评家，而且有一种作家的通病，那就是凡是他自己做不到的事情，都被认为是不值得做的。而在另一方面，别人对他的作品所作的任何批评，他都愤怒地把它们归结为嫉妒、恶意或者愚蠢。在这一方面，他和许多杰出作家差不多。对于靠卖文为生的文人和花钱买名声的文人，他都无法容忍。他认为，钱对于艺术来说是无用的，艺术家一谈到钱就降低了自己的身份。当然，他是很容易长期保持这种非功利的高雅姿态的,因为他生来就有一大笔财产,从来不缺钱花。

下面这件事或许是预料之中的。一八四六年,他在巴黎逗留期间,在雕塑家普拉迪耶的工作室里遇见了一个名叫露易丝·高莱特的女诗人,她丈夫伊普里特·高莱特是音乐教授,她的情人是著名哲学家维克多·古赞。她属于文人圈子里常见的那种人,以为和名人拉拉扯扯足以代替自己的才能。实际上,她借助自己的美貌已经在文学界捞到了不少好处。她家里的沙龙经常有一些著名人物光临,而她则以缪斯自居。她有一头秀丽的鬈发,披在她的圆脸蛋两边,她说起话来富有表情,声音清脆而甜蜜。不到一个月,福楼拜就成了她的情人,当然并没有取代那位哲学家(那是她的正式情人)。此外,我说福楼拜成了她的情人,也是指精神上的情人,因为福楼拜长期禁欲,加上他容易激动或者说羞怯,他那时已丧失了性爱能力。他回到"克瓦塞"后就给露易丝·高莱特写了一封情书。这样的情书他后来又写了许多,都写得非常奇怪,我看没有一个情人是会这样写情书的。尽管如此,那个"缪斯"倒是爱福楼拜的,但她既苛刻又忌妒。他呢,正好相反,既不苛刻也不忌妒。我想,我不说你也猜得出,他之所以要成为这个公众瞩目的漂亮女人的情人,只是为了满足自己的虚荣心而已。但是,就像许多做着白日梦的人一样,他是生活在自己的幻想中的。他很快就觉得事情并不像他想象的那样,便不由得感到悲哀。他发现自己在"克瓦塞"比在巴黎更爱那个"缪斯",而且在情书中对她这么说了。她要他住到巴黎去,他说他离不开母亲。她要求他经常去巴黎，或者去芒特，因为他们难得见面，但他说，他要有充足的理由才能离开"克瓦塞"。她于是愤怒地问："难道你受到的监护比一个姑娘还要多？"她想到"克瓦塞"来和他相会，而这样的建议是他无论如何也不会同意的。

"你的爱不是爱，"她在信中对他这么说，"总之，爱在你的生活中没有什么地位。"对此，他回答说："你想知道我是否爱你？好吧，我说，我爱你就像我能爱的那样多；这也就是说，爱情对我而言不是第一位的，而是第二位的。"他确实有点傻乎乎，竟要求露易丝·高莱特通过一个住在卡耶纳的朋友帮他查明厄拉莉·福柯（即那个在马赛和他一夜风流的女人）的情况，甚至还要求她把一封信转交给厄拉莉。她对他的这种要求表示愤怒，而他对她的愤怒觉得惊讶。他后来越来越离谱了，竟在情书中向她描述自己怎么和妓女来往，还说他对她们有一种嗜好，而且经常能在她们身上满足这种嗜好，等等。这毫不足怪，对于自己的性能力，男人总喜欢自吹，甚至不惜为此撒下弥天大谎。于是我就问自己：他这样夸耀自己的性能力，是不是正好说明他在这方面有欠缺？我们虽然不知道他那种使身体虚弱、使精神沮丧的怪病究竟发作过几次，但我们知道他一直在服用镇静药物，所以我想，他之所以这样犹犹豫豫地不愿和露易丝·高莱特见面，很可能就是因为他觉得自己毫无性欲——请想想，他当时还不到三十岁！

这样的所谓恋爱持续了九个月。一八四九年，福楼拜和马克西姆·杜·冈一起去近东旅行，两个人游历了埃及、巴勒斯坦、叙利亚和希腊，于一八五一年春天回到法国。福楼拜仍和露易丝·高莱特有联系，和以前一样忙于写情书，但他们的语言却变得越来越尖刻。她继续施加压力，要他去巴黎或者让她来"克瓦塞"；他继续找各种各样的理由，既不去巴黎，也不让她来"克瓦塞"。最后，到一八五四年，他写信告诉她，他们最好还是分手算了。她性急，慌忙地擅自赶到"克瓦塞"，又被他粗暴地赶了回去。这是福楼拜一生中的最后一次恋爱，其中文学多于生活，戏剧性的表演多于真正的男女激情。福楼拜唯一真心实意爱过的女人是艾莉莎·施莱辛格，不过由于她丈夫做投机生意失败，她后来随丈夫和孩子一起迁出了巴黎。福楼拜有二十年没和她见面。现在，两个人都今非昔比了：她瘦了许多，皮肤枯黑，头发花白了；他则胖了许多，留起了胡子，为了掩饰秃顶，还戴着一顶黑帽子。他们见了一次面，然后又各奔东西。一八七一年，莫里斯·施莱辛格去世。福楼拜——在爱了三十五年之后——给艾莉莎写了第一封情书。他没有像通常那样称呼她"亲爱的夫人"，而是称她为"我过去和将来永远爱的人"。她有事不得不去巴黎，他们在那里相会过一次，后来在"克瓦塞"又见过一次面。那以后，据人们现在所知，他们再也没有见过面。

就在去东方旅行的途中，福楼拜开始构思一部小说，而且要将这部小说作为一个新的起点。那就是《包法利夫人》。他是怎么会想到写这部小说的，也有一个有趣的故事。当初他到意大利旅行，在热那亚买到一幅画，即布律盖勒的《圣安东尼的诱惑》，这幅画使他深受感动。回到法国后，他又买了一幅由卡洛制作的同一题材的版画，还读了许多有关圣安东尼的材料。

然后，他便根据那两幅画给他的启发，开始写一部小说，题目也叫《圣安东尼的诱惑》。手稿完成后，他把两个亲密朋友请到"克瓦塞"，把小说读给他们听。他读了四天，每天下午读四小时，晚上读四小时。他们预先约好，在整部小说读完之前谁也不发表意见。到第四天深夜，福楼拜读完结尾后，用拳头猛敲一下书桌，问："怎么样？"一个朋友回答说："我想你最好还是把它扔到火炉里去，从此不再提它。"真是个毁灭性的打击！第二天，那个朋友想缓和一下自己的批评方式，便对福楼拜说："你为什么不写德拉马尔的故事呢？"福楼拜一听，跳了起来，满脸红光地大声说："是啊，为什么不呢？"德拉马尔是里昂他父亲那家医院里的一个实习医生，关于他的故事，在当地可谓尽人皆知。德拉马尔在里昂附近的一个小镇上开了个私人诊所，后来他的妻子——一个比他大好多岁的寡妇——死了，他便娶了邻近一个农夫的女儿。那女人既年轻又漂亮，既奢侈又淫荡。她很快就对乏味的丈夫感到烦腻了，便接二连三地找男人通奸。由于爱打扮、乱花钱，她债台高筑而又毫无希望偿还，最后只好服毒自杀。福楼拜几乎全盘采用了这个不光彩的小故事。

  他开始写《包法利夫人》时已三十岁，但还没有出版过一部真正的作品。因为除了《圣安东尼的诱惑》，他早先写的东西严格地说都属于自传性质的，实际上它们是他自己的恋爱经历的小说化表现。但是，他现在的目标不仅是真实，而且要客观。他决心讲述真实的东西，不带任何倾向性或者偏见，也就是他自己不以任何方式介入叙述。他决心阐明他必须阐明的事实，揭示他必须揭示的人物性格，而在这过程中，他不发表任何个人意见，对人物不褒也不贬。即使他同情某个人物，他也不直接表露出来；即使某个人物的愚蠢使他恼怒，或者某个人物的卑劣使他愤慨，他也绝不让读者看出他的恼怒或者愤慨。他正是这样做的，而我想，有许多读者之所以会觉得这部小说有点冷冰冰，原因大概就在于此。因为他刻意追求客观，小说中没有任何让人觉得温馨的东西。想得到温馨也许是人性的一种弱点，但我总觉得，小说家在让读者产生某种感情的同时，若能让读者知道他本人也在和他们一起分享这种感情，这对于读者来说是一种莫大的安慰。

实际上，和任何小说家一样，福楼拜追求客观的努力也不是完全成功的，因为要使小说绝对客观是不可能的。小说家应该让人物自己解释自己，而且要尽可能地把人物的行为描写成人物性格的自然结果，这当然没错；如果小说家出面来指点你如何赞美主人公的魅力或者如何憎恨反面人物的恶行，如果他一味地说教或者不着边际地东拉西扯，如果他一面对你说故事一面又在故事中充当某种角色，那你很可能会觉得讨厌。但是，不管怎样，这仍然不失为小说的一种叙述方式，而且是许多非常杰出的小说家都加以使用的方式。我们可以说这种方式有时会不合时宜，却不能说它是绝对行不通的。那些想避免这样做的小说家，其实也只能在表面上把自己的个性排除在小说之外，因为不管他是否愿意，他在选择主题、选择人物性格和选择叙述角度时，都不可避免地要显露出自己的个性。我们知道，福楼拜是个悲观主义者，他不能容忍愚蠢；他对市侩气、凡夫俗子和日常琐事恨之入骨；他没有怜悯心，也没有慈爱心；他成年以后一直过着病人的生活，同时又为自己的疾病觉得羞耻；他神经质，总是处于烦躁不安的状态中；他极端褊狭；他是个害怕成为浪漫主义者的浪漫主义者；他因为没有自己理想中的那种性爱能力，就着迷于包法利夫人的肮脏故事，就如有些人受了委屈便干脆到阴沟里去打滚一样。他其实并没有把他的个性完全排除在小说之外，当他决定写德拉马尔的故事而不是别的故事时，他已经显露了自己的个性，当他把故事中的那些人物设计成现在这个样子时，他又显露了自己的个性。在这部长达五百页的小说中，随着情节发展，他向我们描述了许多人物，除主要人物之一拉里耶尔博外，其余的全都不可救药。他们不是卑劣就是平庸，不是愚蠢就是粗暴。这样的人世上确实很多，但并非所有人都会如此。我们很难想象，在一个市镇上（尽管它很小）竟会找不到一个明智、善良而乐于助人的人。

　　福楼拜经过反复琢磨，决定在小说中描写一群庸俗不堪的人物，决定根据他们的庸俗本性和庸俗环境设计出一连串相应的事件。但是，他这样做势必会产生这样的后果，那就是读者很可能会对这样乏味的人物不感兴趣，因为他不得不讲述的那些事件，其本身都很沉闷。他是如何解决这个问题的，我放到后面再谈。现在，我先来判断一下，他在哪些方面成功地实现了自己的意图。

　　我首先要指出的是，他以一种完美的技巧刻画了人物性格。他们的真实性令人信服。我们一见到他们就会接受他们，好像他们是这个世界上的活生生的人，就用自己的双脚站在我们面前。我们会觉得有关他们的一切都是理所当然的，就像我们在生活中遇到的管道修理工、杂货铺老板和医生一样。我们好像不会想到，他们其实是小说里的人物。譬如，郝麦就是一个和密考伯先生①类似的幽默形象。法国人熟悉他，就像英国人熟悉密考伯先生一样。他们信任他，就像我们不太信任密考伯先生一样。因为他和密考伯先生截然不同，始终表现得那样真挚，那样纯朴。

但是，我却怎么也没法使自己相信，爱玛·包法利是一个农夫的女儿。确实，她身上有某种世上的男男女女都会有的东西。有人曾问福楼拜，爱玛的模特儿是谁？他回答说："包法利夫人就是我。"确实，我们每个人都有可笑的幻想，幻想自己是富裕的、漂亮的、成功的，就像浪漫传奇中的男女主人公。但是，我们大多数人也许是因为太明智、太胆小或者说太不善于冒险的缘故吧，总是幻想归幻想，行为却不会受太大的影响。包法利夫人则是个例外，她不仅生活在自己的幻想中，就连她的美貌也不是人间所能寻见的。发生在她身上的事情，其实并不具有福楼拜所追求的那种必然性。当她对第一个情人感到失望后，她得了脑膜炎，这场病持续了四十三天，差一点把她带到死神面前。尽管长期以来小说家都喜欢用某种疾病把某个人物暂时搁置起来，但据我所知，脑膜炎在福楼拜那个时代却是一种连医生们都不太熟悉的疾病。所以我想，福楼拜用这种疾病来折磨包法利夫人，如果是想让她生一场既痛苦又费钱的病以示训诫的话，那么他实际上并没有达到多少训诫效果。还有

---

① 狄更斯著名小说《大卫·科波菲尔》中的人物。

包法利医生的死，就其本身而言也没有做到这一点。他的死仅仅表明，福楼拜想结束这本书了。

我们都知道，福楼拜和出版商曾受到过指控，因为《包法利夫人》被认为是一部不道德的作品。我读过当时的检察官和辩护律师在法庭上的发言记录。检察官还当众读了小说中的一些他认为是色情的章节。这些章节在今天只会让人一笑置之，因为和当代小说中的那些习以为常的性爱描写相比，它们似乎是太规矩了。然而在当时（一八五七年），检察官竟然会如此震惊，这实在让人难以相信。对此，辩护律师则辩解说，这些章节是小说所必需的，再说这部小说总的道德倾向也是好的，因为包法利夫人尽管行为放荡，但她最后还是受到了惩罚。法官接受了辩护律师的看法，便宣判被告无罪。当时好像没有人想到，包法利夫人之所以倒霉，其实并不是因为她通奸，而是因为她无法偿还债务。当然，关于她的债务也是有问题的。法国农民天生具有经济头脑，福楼拜既然告诉我们说她是农民的女儿，那就没有理由不让她顺顺当当地在她的情人之间周旋，从而设法还清债务。

我希望你不要因为我说了上面这些话，就认为我在对一部不朽的杰作吹毛求疵。我只是想说，福楼拜没有完全做到他想做的事情，原因是他想做的事情本来就是不可能完全做到的。一部小说就是一连串事件的叙述，小说家通过叙述事件塑造出活生生的人物，以此吸引读者。小说不是现实生活的拷贝。譬如，小说中的人物对话就不能完全照搬现实生活中人们的交谈，它必须加以概括，或者说提炼出某些基本要素，从而使它具有现实生活中所没有的明晰性和扼要性。也就是说，为了适应小说家的计划和吸引读者的注意，现实生活中的事物到了小说中必须加以变形。在现实生活中，有许多事情是毫不相干的，有许多事情是重复的，然而在小说中，不相干的事情必须舍去，重复的事情必须避免。还有那些在现实生活中是被时间隔开的、彼此没有直接联系的事情，那些兼有偶然性和必然性的事情，在小说中也必须重新加以组合。所以，没有一部小说能完全避免那种在现实生活中似乎不可能发生的事情，即使是那些比较平常的事情，读者以为它们是和现实生活中的平常事情一样的，便理所当然地接受了，其实它们也是小说家有意安排的。小说家从来就不可能提供现实生活的文学摹本，即便是现实主义小说家，也只能为你勾画一幅尽可能和现实生活相像的图画。你一旦相信了他，他就成功了。

在这方面，福楼拜确实成功了。《包法利夫人》给人极其真实的印象，而之所以如此，我想不仅是因为其中的人物极其逼真，同时也因为福楼拜凭借其特别敏锐的观察力，以一种罕见的准确性使每一个细节都符合他的基本意图，而且使其显得必不可少。这部小说的结构也非常出色。小说的主人公是爱玛·包法利，但小说一开始却是写她丈夫包法利医生的早年生活和第一次结婚，最后又以他的精神崩溃和死亡作为结尾。有些批评家认为这是缺点，我倒是认为这是福楼拜有意设计的，也就是把爱玛的故事镶嵌在她丈夫的故事里，就像把一幅画镶嵌在画框里一样。我相信，他一定觉得这样做不仅能使故事变得圆满，同时也能使作品具有艺术上的完整性。如果这真是他有意设计的，那么，要不是小说的结尾写得有点匆忙和武断的话，这种设计意图本会表现得更为明显。

小说中有一个地方，我发现批评家至今还未谈到过，现在我提请你注意一下，因为这是福楼拜写作技巧的一个极好例证。爱玛结婚后的最初几个月是在一个叫道特的村子里度过的，她非常讨厌那里的一切，但为了小说的平衡，福楼拜又必须以相当的篇幅和细节来描写她在那里的生活。这样的描写是很难的，因为你既要描写出使主人公觉得厌烦的事情，同时又不能使读者觉得厌烦。然而，福楼拜却做得非常成功，当你读那一大段描述时，你不但不会觉得厌烦，而且还会觉得兴味盎然。我曾好奇地想，他究竟是如何做到这一点的？于是就把那一大段描写重读了一遍。我发现，福楼拜在那里描写了一连串非常琐细的事情，但每一件事情都是新鲜的，没有一件重复。由于你读到的始终都是新鲜的描写，你当然不会觉得讨厌；与此同时，由于每件事情又是那样琐细，描写得又是那样平淡，毫无令人激动的东西，你也确实会直观地、甚至是不无震惊地体会到爱玛的厌烦情绪。包法利夫妇离开道特后，就住到了永镇。小说中对永镇的那段描写就有点游离于情节，不过也就这么一段，其他关于乡村或市镇的描写都写得既优美又和情节紧密相关。它们都服从于、也应该服从于情节发展。福楼拜善于在人物活动过程中介绍人物，因而我们是逐渐地了解他们的真实面目、生活方式和家庭背景的，就像我们在现实生活中了解人一样。

我在前面说过，福楼拜自己也知道，要写一部关于庸人的小说，很可能写出来之后会使人觉得枯燥乏味。但他决心要写一部艺术作品来。他觉得，只有用优美的文体才能克服由于题材的卑琐和人物的粗鄙而造成的种种困难。我不知道世上是否有天生的文体家，至少福楼拜不是。他那些在他去世后才出版的早期作品显然都写得啰里啰唆，在他写的那些信件中，不仅没有任何迹象表明他天生就有非凡的语言能力，倒有不少语法错误。然而，就是通过《包法利夫人》的写作，他使自己成了法国最伟大的文体家之一。当然，像我这样的一个外国人，即使精通法语，充其量也只能对此作出一种不太精确的判断，如果想翻译这部作品，那十有八九要疏忽许多细微的地方，因为很明显，原作的音乐性、精妙贴切的用语和韵味从根本上说是翻译不出来的。尽管如此，我觉得仍有必要把福楼拜所努力的目标以及他用以达到目标的方法告诉读者，因为从他的理论和实践中，任何国家的小说家都可以学到许多东西。

　　布封有一句格言：要想写得好，就得感觉得好、思考得好、叙述得好。福楼拜以此自勉。他认为，要形容一样东西，只有一个词最贴切，不可能有两个同样贴切的词，所以用词就必须像手套一样要正正好好适合对象。他立志写出一种既畅达又精确、既简洁又多变的散文。他要把散文写得像诗歌一样有韵律、有节奏、有乐感，同时又不失散文的本色。只要能有助于达到上述效果，他不仅随时准备使用日常用语，如有必要，甚至还使用粗俗的俚语。

　　所有这一切，他当然做得非常出色，有人甚至认为他做得太过分了。他曾说："当我在一个句子里发现有地方读上去不上口或者有地方重复时，我就知道这个句子一定写错了。"他在同一页上避免使用同一个词。这未免有点可笑，如果一个词在两个地方都很贴切，那就应该用，另找同义词或者婉转说法未必就好。他尽量不使自己（像乔治·穆尔在其后期著作中那样）被韵律束缚住，而是尽量使韵律多样化。他有一种特殊的才能，能在用词的同时考虑到语音效果，能使他写出来的句子给人以快速或者缓慢、倦怠或者紧张的感觉，事实上，他可以通过这种方法表达出任何情绪状态。不过，即便我有足够的知识，也没有足够篇幅来详细谈论福楼拜文体的特殊性。我接着想要说的是，他是如何成为文体大师的。

这主要是靠勤奋。每当他想写一部小说时，他总是先阅读可能找到的所有相关材料，并做大量札记。在开始写作前，他要大略地概括出小说的主要内容，然后拟出提纲，再照着提纲一边推敲一边写，写完一部分后就加以修改、删减，甚至重写，直到取得他预想的效果为止。这些做完后，他就走到外面的露天平台上，大声诵读他写定的那些词句，因为他确信，如果词句听上去不顺耳，或者句子读上去有点拗口，那一定是什么地方出了毛病。如果有这种情况，他就回到房间里重写，直到他自己觉得满意。他曾在一封给朋友的信里说："整个星期一和星期二，我都在推敲两行文字。"这当然不是说他在两天里只写了两行字，很可能写了十几页；他的意思是，他用了两天时间，终于写出了两行他自己觉得很完美的文字。无怪乎，他用了四年又七个月的时间才完成《包法利夫人》。

好了，该说的我都说了。继《包法利夫人》之后，福楼拜写了《萨朗波》，但一般认为这是一部失败之作。然后，他把他多年前写的另一部小说即《情感教育》改写了一遍，因为他对这部作品一直觉得不满意。在这部作品中，他再次描写了他和艾莉莎·施莱辛格的爱情。这部作品尽管在法国被许多著名批评家认为是他的杰作，但外国人若去读它的话，肯定会觉得乏味，因为其中写到的许多事情都是外国人不感兴趣的，尤其是在今天。这之后，他又第三次重写《圣安东尼的诱惑》。说来也真有点奇怪，像他这样一个才华出众的小说家，有那么高超的写作技巧，却那么缺少构思新作品的冲动。他总是一次次地重新捡起那些从他年轻时起就一直困扰着他的旧主题，好像只有当他用最明确的方式把它们表达出来之后，他的灵魂才能最终得到解脱似的。

随着时光的流逝，他的外甥女卡罗琳出嫁了。他仍和母亲一起住在"克瓦塞"。后来，他母亲也去世了。一八七〇年，法国战败后，卡罗琳的丈夫在经济上陷入困境。为了使这对年轻夫妇免于破产，福楼拜拿出了自己的全部财产，只留下那幢他无法舍弃的旧房子。当初在他富有之时，他对金钱总是抱着蔑视的态度，现在由于他的无私，他已使自己落到了贫困的边缘。他不能不为此担忧，于是已有十年未发的旧病又开始经常发作。他现在无论是去巴黎还是出去吃饭，都要莫泊桑陪他去，然后再把他送回来。在他的一生中，虽然在情场上总是失意，但在社交场上，他总有几个忠实而热心的知交，而随着这些知交一个一个地去世，他的晚年也就变得越来越孤独了。他很少离开"克瓦塞"，但烟抽得很多，酒也喝得很多。

他生前最后出版的是一部包括三个短篇小说的短篇集。与此同时，他正在写一部名叫《布瓦尔与佩库歇》的长篇小说，打算最后再嘲笑一下人类的愚蠢。为写这部作品，他以他惯有的谨慎和勤奋翻阅了一千五百本书，从中获取他认为必要的材料。他计划写两部，而且第一部已行将完成。但是，到一八八〇年五月八日，那天上午十一点钟，女仆把午餐送到他书房里去，发现他躺在沙发上，嘴里正说着胡话。她赶紧去把医生叫来，但医生也帮不了什么忙了。不到一小时，他便溘然去世了。

他去世后又过了一年，他的老朋友马克西姆·杜·冈独自到巴登去度夏。一天，他外出打猎，不知不觉走到了一家叫伊累诺的疯人院门口。这时大门正开着，病人们在做每天的例行散步。他们排成两行，两个两个地并排从大门口走出来。其中有个女病人忽然走到杜·冈面前向他鞠躬。杜·冈这才发现，那女病人原来就是福楼拜生前爱得那么热烈、那么持久而又那么徒劳的女人——艾莉莎·施莱辛格。

读莫泊桑

有位目光敏锐的评论家，他不但博览群书、富有见地，而且世故之深在同行中实属罕见——就是这位批评家，发现我的小说中有莫泊桑的影响。这并不奇怪。在我少年时代，莫泊桑是一致公认的法国最佳短篇小说家，我曾拼命读他的作品。从十五岁起，我每次去巴黎都要花半天时间钻在奥泰昂廊的书堆里。那是最使我心醉神迷的时光。穿着黑色长袍的书店伙计对那些兜来兜去翻着书的人已视若无睹，任凭他们一连翻上几个小时。有个架子上放的全是莫泊桑的作品，但它们每本要卖三法郎五十生丁，我嫌太贵，就不得不站在那里，尽力想从那些未裁开的纸页间偷看到几行字。等伙计一走开，我就匆忙裁开一页，痛快地看起来，幸喜那里有时会有几本普及版的莫泊桑作品，每本只卖七十五生丁，我每次看到几乎总会买一两本回来。就这样，我不到十八岁就把莫泊桑最好的小说全都读了。那时，我自己也正好开始写起小说来，所以很自然地就把他的短篇小说当作自己的范本。除了莫泊桑，我再也找不到更好的老师了。

他的声誉现在已不如从前那么高了。显然，他的作品现在看来确实有不少使人讨厌的东西。他是法国人，又生活在一个激烈反对浪漫主义的时期，当时的浪漫主义已随着（马修·阿诺德很赞赏的）奥克塔夫·富叶的多愁善感和乔治·桑的偏激狂热一起走上了穷途末路。他是个自然主义者，一味追求真实，而他那种真实，今天看来却不免有点肤浅。他不喜欢分析人物，对于他们为什么这样、为什么那样之类的问题，他不感兴趣。他们只是行动着，至于他们为什么这样行动，他是从不深究的。"我认为，"他说，"长篇小说或者短篇小说中的心理学，就是用一个人的外部生活来显示他的内心活动。"这话当然不错，我们大家其实也都想这样做，可惜的是外部生活并不总是能显示内心活动的。对莫泊桑来说，其结果就是人物的简单化，这在一个短篇小说里还不成问题，但是反复出现的话，你就会觉得不可信了。你会说，人并不是这样简单的。

另外，还有一种叫人讨厌的想法也一直纠缠着莫泊桑，这种想法在当时法国人的头脑中十分普遍，就是认为一个男人若碰到一个四十岁以下的女人，就得和她上床，好像这是一个男人应尽的义务似的。莫泊桑的人物都沉湎于肉欲并以此为荣。他们就像有些人那样，饱着肚子还吃鱼子酱，原因就是鱼子酱价格昂贵。在他的人物身上，唯一强烈的人类情感也许就是贪婪。对于人心的贪婪，他能理解；他虽对它表示厌恶，但心底里却是暗暗同情的。他有点庸俗。然而，如果谁想就此否认他的卓越成就，那也是愚蠢的。一个作家有权要求别人用他最好的作品来对他作出恰如其分的评价。十全十美的作家是没有的。作家的缺点，你只能接受，别无他法，他们的缺点往往是和他们的优点相伴而来的。值得庆幸的是，后来者对前辈作家的缺点大都比较宽容，他们往往着眼于前辈作家的优点，而不太注意他的缺点。有时候，他们甚至会把明显的错误也说成是含有深刻意义的，把一些态度公正的读者弄得莫名其妙。譬如，你会看到有些评论家把莎士比亚剧本里的有些地方解释得头头是道，并对此赞叹不已，其实任何一个头脑清醒的剧作家都能看出，这些地方是由于莎士比亚的疏忽或者草率所致，根本用不到再作别的解释。

莫泊桑的小说都是好小说。撇开叙述技巧不谈，故事本身就趣味十足，在餐桌上讲讲是很吸引人的，这一点我认为是他的最大优点。不管你用的词句多么别扭，讲法多么平淡，你只要把《羊脂球》里的故事讲出来，人家照样听得津津有味。他的小说总是有头有尾的。它们有固定的线索，从不随意发展，不会让你看不清它们究竟要把你带往何处，而总是让你稳稳当当地随着故事的展开，顺着一条曲折、生动的线索一步步走向高潮。也许，它们没有多大的思想意义，但莫泊桑的目的本来就不在于此。他只把自己看作一个普通人，事实上，在众多优秀作家中，也只有莫泊桑一人把自己仅仅看作一个卖文为生的文人。他并不以哲学家自居，这是他聪明的地方，因为他发的议论大多庸俗不堪。

尽管莫泊桑有种种缺点，他仍是个杰出的小说家。他有塑造活生生人物的惊人才能。不管篇幅多短，即使在寥寥几页中，他也照样能写出六七个人物，而且个个栩栩如生。你想知道的，他全给你描绘出来。这些人物往往轮廓分明，各有各的性格特征，而且全都富有生气。只是，他们缺少复杂性，尤其缺少我们在人身上常看到的那些不确定的神秘因素；事实上，他们是出于短篇小说的需要而被简化了。莫泊桑并非有意要把人物简单化，他那双目光敏锐的眼睛看什么都很清楚，就是看得不深，好在凡是小说所需要的东西他全都看到了。他的环境描写也一样，非常准确、简洁，给人的印象很深刻。他无论是描写诺曼底的暮色，还是描写十九世纪八十年代那种放满家具、令人窒息的客厅，其目的都很简单，那就是为了故事的需要。在这方面，我觉得没有人能和他相比。

谈俄罗斯三大长篇小说

在此,我想提一下十九世纪俄罗斯的三部长篇小说,即屠格涅夫的《父与子》、托尔斯泰的《战争与和平》和陀思妥耶夫斯基的《卡拉马佐夫兄弟》。在这三位作家中,屠格涅夫较不重要。但他是个艺术家,能敏锐地感受到生活中的诗意,而且他很有魅力、同情心和博爱精神。他虽不使人强烈地受到感动,却也不会令人厌烦。《父与子》是他最好的作品,在这部作品中,他首次塑造了一个现今共产党人的先行者——虚无主义者的形象。说来奇怪,根据不同的政治观点,人们在他的主人公巴扎洛夫身上看出了许多不同特点,有人说他在我们这个世界制造了极大的混乱,有人却说他为我们开拓了新的生活前景。巴扎洛夫是个粗暴的人,但他给人的印象却特别深刻,再说他也不是毫无人情味的;他很有能力,只是由于没有行动的机会,所以只能用言论来表现自己,如果给他合适的机会,他是肯定会把自己的大胆设想付诸行动的。他有一种阴暗、可悲的崇高品质。

关于托尔斯泰,我原先想劝你读他的《安娜·卡列尼娜》而不是《战争与和平》,因为在我的记忆中前者好像比后者更好一点;但是,为慎重起见,我又把这两本书都重读了一遍,现在我可以毫无疑问地对你说,还是《战争与和平》更为出色。

托尔斯泰在《安娜·卡列尼娜》中虽然描绘了十九世纪后半期俄罗斯社会生活的丰富而生动的图画，但他在故事中掺入了太多的道德说教，读起来很难让人觉得轻松愉快。安娜爱上了渥伦斯基，托尔斯泰对此大不以为然，为了让读者懂得罪恶的报应就是死亡，他便把一个悲惨的结局强加到安娜身上。安娜的死，除了托尔斯泰有意要把她引向死路，没有其他理由可以解释。既然安娜从未爱过她丈夫，她丈夫也从不把她放在心上，她为什么就不可以跟丈夫离婚，改嫁渥伦斯基，从此快快活活地过日子呢？为了把故事引向悲惨结局，托尔斯泰不得不把他的女主人公写得既愚蠢又令人讨厌，既苛刻又不讲情理。虽然我毫不否认，像这样的女人世上确实很多，但是我对她们因愚蠢而自找的麻烦，实在难以表示由衷的同情。

我原先之所以对推荐《战争与和平》有所迟疑，原因就是我觉得它有不少地方写得过于沉闷。战争写得太多，对许多战役的叙述太琐细，关于彼埃尔在秘密宗教团体共济会里的经历，读起来也令人乏味。不过，即使把这些东西统统省略掉，这部小说仍不失为一部伟大的作品。它以史诗般的大手笔描绘了整整一代人的成长和发展。故事发生的地点是从伏尔加河到奥斯特里茨的整个欧洲大陆，众多栩栩如生的人物在这广阔的舞台上亮相，数量惊人的素材被处理得尽善尽美。在有些地方，笔触就像荷兰画派那样细致入微，而在有些地方，却又像西斯廷教堂里米开朗琪罗的天顶壁画那样气势磅礴，令人屏息凝神。它写出了人生的纷扰，以及在与决定各国命运的黑暗力量的对照下，个人的卑微和渺小，给你一种简直无法抵御的深刻印象。

《战争与和平》确实是一部天才的惊人之作。这部作品中还有一个成功之处对于小说家来说是最难能可贵的,那就是托尔斯泰塑造了一个自然纯朴、活泼可爱的少女形象,她也许是所有小说中最迷人的女主人公,但是托尔斯泰最后又写出了一种只有最伟大的小说家才能构想出来的奇妙结局:他让你看到,她在幸福的婚姻生活中变成了一个贤妻良母。那个欢快活跃的姑娘变得既琐屑又平庸,而且身体也发胖了。你觉得惊讶,但只要稍稍想一想,马上就会意识到,这种结局是再自然不过了。它最后给这部惊人的小说加上了一个平淡而真实的注释。

你一定还记得,我在谈英国文学的时候曾说过,凡是你觉得没有趣味的书,你就没必要读。现在,当我要谈到《卡拉马佐夫兄弟》时,我对自己说过的话又感到犹豫了,因为我不知道这部冗长而深沉的悲剧性作品会不会让你觉得有趣味。这要看你的趣味如何。如果你觉得像海上风暴、森林大火和江河泛滥这类令人惊心动魄的景象很有吸引力的话,那么《卡拉马佐夫兄弟》对你来说一定会很有趣味。不过我又曾说过,你要读那些不读会觉得可惜的书,或者说读那些会使你的生活变得更充实的书,依此标准的话,我想《卡拉马佐夫兄弟》就理应在我们的书单上占有一席之地,也许还应占据最重要的位置。在所有小说中,除了我们的艾米莉·勃朗特写的《呼啸山庄》和美国作家麦尔维尔写的《白鲸》,没有哪部作品和陀思妥耶夫斯基的作品相近,而在陀思妥耶夫斯基的所有作品中,《卡拉马佐夫兄弟》又是最震撼人心的。你绝不能像读那些描写你所熟悉的平常人的小说那样去读它。我刚才说到的海上风暴或者森林大火，并非信手拈来的比喻。陀思妥耶夫斯基笔下的人物是和大自然的黑暗势力息息相通的。他们不是平常人，他们充满激情，精神极度紧张，神经极度敏感，而且往往忍受着极度的痛苦。他们在经受上帝的折磨。他们的行为就如疯人院里的疯子，然而就在他们疯狂的语言和疯狂的举止里，却蕴含着极其深刻的意义。你会深深地意识到，他们不仅在极度痛苦地向你做自我表白，同时也在向你揭示人类灵魂的深不可测和神秘可怕。

《卡拉马佐夫兄弟》篇幅很长，结构很不匀称，有些部分写得冗长而且松散。不过，除了后面几章，其他部分是很有吸引力的。虽说有些场面写得可怖可憎，但也有极美的画面。我从未见过这样的小说，它把人性的崇高和卑劣都写得那么出神入化，把个人灵魂的历险及厄运写得那么生动有力。陀思妥耶夫斯基对人类苦难深怀哀怜之心，这种哀怜之心只有自己也经受过苦难的人才有。"不要做别人的裁判官，"他说，"要爱怜人；不要害怕人的罪恶，要爱怜有罪的人。"当你合上这本书时，你不会感到绝望，只会感到欢欣鼓舞，因为善之美最终透过恶之丑而闪闪发光。

托尔斯泰和《战争与和平》

我觉得,世界上最伟大的小说家是巴尔扎克,但最伟大的小说则是托尔斯泰的《战争与和平》。这部小说的场面如此恢宏,所涉及的历史时期如此重要,人物又如此众多,不仅过去从未有人写过这样的小说,我想以后也不会再有人写得出来。人们称它为史诗是理所当然的。我不知道还有哪部小说比它更配得上"史诗"一词。托尔斯泰的朋友、才华出众的批评家斯特拉霍夫,曾以这样有力的语言评价这部作品:"一幅描绘人类生活的完美图画。一幅描绘当时俄罗斯生活的完美图画。一幅描绘所有人都能感悟的关于欢乐与悲哀、荣誉与耻辱的完美图画。这就是《战争与和平》。"

托尔斯泰三十六岁时开始写这部作品,一般说来,作家在这样的年龄正处于创作鼎盛期,但他仍花了六年时间才完成。他选择了拿破仑战争时期,以拿破仑入侵俄国、莫斯科大火和法军的溃败作为小说的高潮。刚开始写这部小说时,托尔斯泰只是想写一个贵族家庭的故事,那些历史事件仅用来作为故事背景;按原设想,男女主人公将经历一系列使他们在精神上深受影响的事件并经受诸多不幸,最后他们的灵魂得到净化,开始过宁静的生活。但是到了后来,托尔斯泰不仅慢慢地把小说重点移到了两个大国间的军事冲突上,而且还根据他读过的多方面材料构想出了一种历史哲学。关于这种历史哲学，我将在后面予以简述。

据说，这部作品中大约有五百个人物。作者赋予人物以鲜明个性，把他们一一地呈现读者面前。这真是很了不起。读这部小说和读其他大多数小说不同，读者不能只注意两三个主要人物，而要同时注意四个贵族家庭，即罗斯托夫家族、保尔康斯基家族、库拉金家族和别素号夫家族。当小说主题要求小说家描写不止一组人物时，他必须克服一大困难，那就是要使他的描写从一组人物过渡到另一组人物时显得十分自然，从而使读者顺从地跟随他的描写；此外，他在告诉读者某组人物的情况时，还要使读者做好准备，以便把另一组人物的情况告诉读者。在这些方面，托尔斯泰都安排得非常巧妙，你简直觉察不到他在过渡，感觉上好像只有一条故事线索。

和大多数小说家一样，托尔斯泰也是根据自己熟悉的或者认识的人来塑造小说人物的。当然，他只是把他们当作模特儿而已，他运用丰富的想象力把这些模特儿变成了具有独创性的艺术形象。据说，小说中挥霍成性的老罗斯托夫伯爵就是以他的祖父为原型的，尼古拉·罗斯托夫的原型是他的父亲，而哀婉动人的玛丽公爵小姐则来自于他的母亲。一般认为，在这部小说中的两个男主人公即彼埃尔·别素号夫和安德烈公爵身上，同时有托尔斯泰自己的影子。我想，这样猜测大概也不算太离奇，那就是托尔斯泰可能意识到自己性格中的矛盾，于是就以自己为模特儿塑造了两个相互对照的人物，想通过他们来呈现和探究自己的内心世界。彼埃尔和安德烈公爵有一个相同之处：

他们都像托尔斯泰一样，想寻求精神上的宁静和生死之谜的答案，但最终也像托尔斯泰一样没有找到。在其他方面，他们相互之间就大不相同了。安德烈公爵是个颇有骑士风度和浪漫色彩的人物，他以自己的血统和门第为荣，气质高贵，但不免有些傲慢和专横，甚至有点褊狭、不通情理。然而，正因为他有这些缺陷，他才成为一个引人注目的人物。彼埃尔则和他不同，他很善良，性情温和、宽宏大量、谦虚、文雅，而且富有自我牺牲精神。但他同时又是那样软弱，那样优柔寡断，那样轻信而容易受骗，简直会让你觉得难以忍受。他一心想做好事、做好人，这固然令人感动，但是为此而把他写得像个白痴，这有必要吗？他一直被那些谜一样的疑团所困扰，为了寻找答案，他成了一个共济会会员，于是托尔斯泰便使用了大量篇幅来写他在共济会里的活动。遗憾的是，这些章节都写得极其沉闷。

这两个男主人公都爱上了罗斯托夫伯爵的小女儿娜塔莎。她是托尔斯泰在这部小说中塑造得最可爱的少女形象。要塑造一个既秀色迷人、又生动有趣的少女形象是难而又难的。在许多小说中，年轻女子不是写得太苍白（如《名利场》中的爱米莉），就是写得太古板（如《曼斯菲尔德庄园》中的芬妮），要不就是写得太伶俐（如《利己主义者》中的康丝坦迪亚·杜兰姆），或者太愚蠢（如《大卫·科波菲尔》中的朵拉），她们不是不知羞耻地卖弄风情，就是天真无知得让人难以置信。少女最使小说家觉得头痛。这不难理解，因为她们年纪太轻，尚未形成自己的个性。只有当一个人经历过世态炎凉，当思虑、爱情和苦难在他脸上留下了印记之后，画家才能把他的这张脸画得富有深意。若是画一个少女，那充其量也只能画出一点青春的活力或者美丽的容貌。然而，娜塔莎却塑造得极其自然。她温柔、敏感、富有同情心、满怀希望；她仍有孩子气，但已微露女性气；她充满理想，但性情急躁；她热心助人，却既任性又固执，而不管哪一方面，她都有迷人的魅力。托尔斯泰塑造过许多女性形象，全都塑造得异常真实，但唯有娜塔莎才这么令读者倾心。

《战争与和平》篇幅浩大，需花多年时间才能完成，在这过程中作家的创作热情难免会有所减弱。我已经说过，小说中关于彼埃尔在共济会的种种经历就写得冗长而乏味。现在到了小说行将结束时，我觉得托尔斯泰似乎对他的人物不感兴趣了。他开始阐述他的历史哲学。他的观点大体是这样的：他认为，影响历史进程的并不像一般人所认为的，是那些伟大人物，而是一种神秘的力量。这种力量穿行于各个民族之间，在不知不觉中把它们引向胜利或者推向失败。亚历山大也好，恺撒也好，拿破仑也好，都不过是些傀儡，而且就如傀儡一词所示，他们总是为一种既不可抗拒又无法驾驭的力量所支配。拿破仑打了胜仗，这不是因为他足智多谋，也不是因为他有雄兵百万，实际情况是连他发出的许多命令也没能及时送到，有些命令虽然送到了，却根本没有被执行。他打胜仗是因为他的敌人作茧自缚，他们总是莫名其妙地认定自己败了，于是便主动放弃阵地。托尔斯泰认为，俄军总司令库图佐夫才是这场战争中真正的英雄，因为他唯一所做的事情就是什么都不做，等待法军的自我毁灭。也许，就像他在《什么是艺术》一书中表述的艺术哲学一样，托尔斯泰的历史哲学也是鱼龙混杂的，它既有许多真知灼见，也有不少偏见和谬误。虽然我没有足够的学问来详论他的历史哲学，但我相信，他正是为了阐明自己的历史观点，才会用那样多篇幅去详细描述莫斯科大撤退。这样的描述也许是出色的历史文献，却不是出色的小说。

托尔斯泰的创作激情在这部巨著的最后部分虽然有所减弱，但到了结尾处，他却再次显示出自己充沛的创作活力。他的结尾富有新意，精彩之极。过去的小说家在讲完他们应讲的故事情节后，总要交代主人公的结局如何，大凡都是说男女主人公过着幸福而富裕的生活，还有一群可爱的孩子，等等；至于小说中的坏蛋，如果在故事结束前还没有受惩罚的话，那么小说家也会作出交代，说他最后还是得到了应有的报应，变得一贫如洗，还娶了个整天唠唠叨叨的丑老婆，等等。而且，这样的交代往往只是三言两语，给人的感觉是小说家随便扔下一点残羹剩饭就草草收场了。但是，托尔斯泰却使小说结尾具有了真正重要的意义。他在小说结尾处再次把我们领进老伯爵的儿子尼古拉·罗斯托夫的庄园，那已是七年以后了，这时尼古拉已娶了个有钱的妻子，有了孩子；彼埃尔和娜塔莎正住在他们家里。他们也结了婚，也有了孩子。但是，他们过去的种种激情和理想，对生活的种种追求和向往，现在全都消失得无影无踪了。他们彼此相爱，幸福美满，但是，天哪！他们却变得多么愚钝，多么平庸啊！经历了生活的种种艰辛、忧愁和痛苦之后，现在他们平静下来了，进入了中年人的自满自得状态。过去的娜塔莎是那么甜美，那么活泼，那么招人喜爱，现在她成了一个婆婆妈妈的家庭主妇。尼古拉·罗斯托夫曾是那样英俊潇洒，那样神采飞扬，现在他成了一个地地道道的乡村地主。彼埃尔过去就很胖，现在变得更胖了，他还是那副好脾气，也一点不比以前聪明。这样的结局也许太平常了，却蕴含着深刻的悲剧意味。我想，托尔斯泰之所以没有给我们一个慷慨激昂的结尾，是因为他知道人生的结局大凡就是如此。他只能说真话。

托尔斯泰出身于乡村贵族家庭，这样的家庭很少产生杰出作家。他是尼古拉·托尔斯泰伯爵和玛丽亚·伏尔康斯基伯爵夫人的五个孩子中最小的一个。他生于母亲的祖宅——雅斯纳雅·波良纳，当他还是个孩子时，父母就去世了。他先是由家庭教师给予教育，后来进喀山大学读书，不久又转入圣彼得堡大学。他是个劣等学生，什么文凭也没拿到。他的贵族亲友把他带入社交界，先是在喀山，然后在圣彼得堡和莫斯科。他到舞厅跳舞，去剧院看戏，还时常参加贵族家宴。他到高加索山区服兵役，并参加了克里米亚战争。

就在这一时期，他开始狂饮滥赌，为了付赌债，他曾不得不卖掉他从父亲那儿继承来的部分家产——雅斯纳雅·波良纳庄园里的房子。他是个性欲旺盛的人，在高加索时还染上了梅毒。按他在日记上所记，那是在一个狂欢之夜，一个赌牌、玩女人、和吉卜赛人一起狂饮的夜晚——如果可以根据俄国小说来判断的话，这种狂饮看来是（或者过去是）俄国人寻欢作乐的一种普通的传统方式。对此，他曾有过强烈的悔恨，但是，只要一有机会，他又会重蹈覆辙。尽管他身体很强壮，可以整天走路，骑马十到十二小时也不觉得累，但他的身材并不高，而且相貌平平。"我知道得很清楚，我不是个漂亮的人，"他曾写道，"我常常陷入绝望；我想，对于一个像我这样宽鼻梁、厚嘴唇、有一对小小的灰眼睛的人来说，世界上是不会有什么幸福在等待他的。我恳求上帝创造奇迹，让我变得漂亮些。为了一张漂亮的脸，我宁愿放弃我现在所有的一切，放弃我将来可能得到的一切。"殊不知，他那张朴实的脸其实很有精神，因而很吸引人，还有他的眼睛和他的谈吐，也颇有魅力。在那段时间里，他衣着讲究（就像可怜的司汤达一样，想用时髦的衣饰来弥补相貌的丑陋），而且炫耀自己的门第。他在喀山大学的一个同学曾这样描述他："我回避这位伯爵。从我们第一次见面起，我就讨厌他那种傲慢和冷淡的态度，那头短而硬的头发，那种眯缝着眼睛的样子，以及眼睛里的锐利目光。我还从来没有见过一个年轻人，像他那样奇怪地摆出一副傲慢的样子，我很难理解这一点……他几乎总不回答我的问候，好像是要表明，由于某种原因我和他不是完全平等的……"托尔斯泰后来在军队时，又似乎对那些军官同僚抱着一种轻蔑态度。"起先，"他写道，"这里的许多事情都使我吃惊，但我使自己在和那些先生们保持距离的情况下适应了这里的环境。我找到一种恰当的中间姿态，对他们既不太疏远，也不太亲近。"

在高加索，以及后来在塞瓦斯托波尔，他写了一些随笔和短篇小说，还写了一篇关于自己童年生活的富于浪漫色彩的中篇小说。这些作品在一家杂志上发表后，赢得了好评，所以当托尔斯泰离开战场回到圣彼得堡时，那里的作家文人很欢迎他。但是，他却不喜欢他们。他们后来也不喜欢他了。他自认为很坦诚，容不得当时的流行观念。他动辄发火，粗暴地反驳别人的意见，至于别人会怎么想，他根本不加考虑。屠格涅夫曾说，托尔斯泰总是喜欢用审判官似的目光看人，使人不胜困窘。这种目光，再加上刻薄的挖苦话，足以叫人恼羞成怒。他苛刻地非难别人，要是偶然读到一封用不太尊重的态度提及他的信，他就立刻会向写信人提出挑战。有一次，他的朋友费了很大的劲才使他放弃一场可笑的决斗。

那时，自由主义风潮席卷俄国，解放农奴成了当时压倒一切的大事。托尔斯泰在首都过了几个月的放荡生活后回到雅斯纳雅·波良纳，他向自己庄园里的农奴提出一项计划，要给他们自由。但是他们拒绝了，因为他们根本不相信他。他于是就为农奴的孩子开了一所学校。他的教育方法颇为新颖别致：学生可以不上学，即使在学校里也可以不听教师讲课，完全不讲纪律，没有人会受到惩罚。他还亲自教这些学生读书，整天和他们在一起，晚上又和他们一起玩耍、给他们讲故事、教他们唱歌，往往忙到深夜。

也就在这时，他和一个农奴的妻子生下了一个私生子。这个名叫提摩西的私生子后来就成了托尔斯泰几个小孩子的马车夫。他的传记作家感到很有意思，因为托尔斯泰的父亲也有过一个私生子，后来也成了家里的马车夫。在我看来，这说明托尔斯泰在道德上是有过失的。我本以为，既然托尔斯泰有那么一种自我谴责的道德良心，那么真诚地想把农奴从贫困和卑贱中解救出来，想让他们受到教育，想使他们变得干干净净、知书识礼、自尊自重，那么他至少是会为他自己的私生子做些什么的。屠格涅夫也有一个私生女儿，他就很照顾她，不仅让她受教育，还始终关心她的生活。我想，托尔斯泰在看到他的私生子（他至少和他有血缘关系）在为他的小孩子们（他们只不过是合法婚姻的产物）赶马车时，难道就不觉得羞愧？

　　托尔斯泰有个很突出的性格特点：他对新鲜的事情总是非常热衷，但迟早总会厌倦。他似乎缺乏坚韧和沉稳的品质。因此，他办了两年学校后，就对自己努力的结果感到失望了，就关闭了学校。他感到疲倦，感到不满，身体也变坏了。后来他回忆说，要是当时没有另一件他从未尝试的新鲜事在吸引他的话，他很可能要绝望了。那件新鲜事就是结婚。

　　他决定尝试一下。那时他三十四岁，娶了贝尔斯博士的小女儿、十八岁的索尼娅为妻。贝尔斯博士是内科医生，在莫斯科上流社会颇有声望，也是托尔斯泰家的老朋友。婚后，他们住在雅斯纳雅·波良纳。索尼娅在最初的十一年间就生了八个孩子，后来在十五年间又生了五个孩子。托尔斯泰喜欢骑马，骑术也不错，他还喜欢打猎。婚后他的经济状况大有改善，在伏尔加河东面买下了一座新的庄园，这样，他已拥有大约相当于一万六千英亩的土地。他的生活也变得按部就班，就像大多数俄国乡村贵族一样。在当时，俄国有许多这样的贵族，他们年轻时赌博、酗酒、玩女人，然后结婚、在庄园里定居、生一大群孩子、骑马、打猎、照管自己的土地和农奴。他们中间也有不少人和托尔斯泰一样具有自由主义倾向，和他一样为农奴的无知、可怕的贫困和恶劣的生活状况感到忧虑，也和他一样想改变农奴的命运。然而，有一点托尔斯泰却和他们不一样，那就是他在过着和他们一样的生活的同时，却写出了两部世界上最伟大的小说——《战争与和平》和《安娜·卡列尼娜》。至于他是怎么写出来的，却是一个无法解释的谜，就像苏塞克斯郡一个老派绅士的儿子①居然会写出《西风颂》来一样。

据说，索尼娅年轻时很有魅力，她身材优美，有一双漂亮的眼睛，鼻子很性感，头发乌黑发亮；她精力充沛，神情动人，嗓音清脆悦耳。托尔斯泰婚前有一段时间一直记日记，他不但记下自己的希望和思考、祈求和自责，同时也记下自己的过错，包括酗酒、嫖妓和其他一些事情。和索尼娅订婚后，他出于不向未来的妻子隐瞒任何事情的愿望，便把自己的日记给她看了。她大为惊恐，一边看一边流泪，整整一夜没睡。第二天，她把日记还给他，同时也宽恕了他。不过，宽恕是宽恕了，她却绝不会忘记。他们俩都是容易激动的人，都很有个性，像这样的人一般说来也往往会有一些令人难堪的脾气。索尼娅很苛求，占有欲很强，嫉妒心也很重，托尔斯泰则既严厉又固执。孩子出生后，托尔斯泰总是要求索尼娅亲自给孩子喂奶。这她愿意，只是有一次孩子刚刚生下不久，她觉得乳房痛得厉害，便不得不把婴儿交给奶妈。没想到，托尔斯泰竟对她大发脾气。他们时常吵架，但每次都会和解。他们彼此相爱，所以他们的婚姻总体上说是很美满的。托尔斯泰既要管理庄园，又要从事写作。他的字迹很潦草，每张手稿都要索尼娅誊抄一遍，因为她善于辨认他的笔迹，有时她还要猜着整理出他仓促记下的笔记和写

---

① 指英国大诗人雪莱。

得不完整的字句。据说,单是《战争与和平》的手稿,她就整整抄了七遍。

西蒙教授曾这样描述过托尔斯泰的一天:"全家在吃早饭时聚在一起,男主人的妙语和笑话使餐桌上的闲谈既活跃又风趣。最后,他总是站起来说,现在该工作了,于是消失在书房里,通常还随身端着一杯浓茶。他要到下午再露面,去做锻炼,通常是散步和骑马。到五点钟他回来吃晚饭,吃得狼吞虎咽。吃饱以后,他就会生动地讲述自己散步时的种种见闻,常常逗得所有人都哈哈大笑。然后,他回书房去读书,到晚上八点再和家人及来访者一起喝茶,这时总是听音乐、朗读,或者和孩子们玩游戏。"

这是一种忙碌的、有益的、心满意足的生活,在往后的许多年里,这样的生活一直继续着:索尼娅生养孩子,照料家务,帮助丈夫抄稿;托尔斯泰则骑马打猎,管理庄园,写他的小说。然而,他正一天天向五十岁靠近,这对任何男人来说都是个危机时期。现在已不再年轻,当回首往事时他很自然地要问,自己在生活中究竟得到了什么;而往前看,暮年已近在眼前,他又难免要为暗淡的前景感到沮丧。在托尔斯泰的一生中,有一种恐惧始终伴随着他——那就是对死亡的恐惧。人都不免一死,好在绝大多数人都很理智,除了遇到危险或者身患重病,平时是不去想它的。但是,对于托尔斯泰来说,死亡却永远是一种近在眼前的凶兆。在他的《忏悔录》一书里,他曾这样描述当时的心境:

"五年以前,某种非常奇怪的事情开始在我身上发生了。起先，我有时候感到困惑，感到生活的压抑，简直像不知道该怎么生活、该做些什么似的，我感到空虚而不知所措，变得气馁起来。但这种情况过去了，我又像以前那样生活。然后，那种困惑的时刻重新出现，越来越频繁，总是以同样的方式出现。它们总是表现为这样一些疑问：生活是为了什么？它意味着什么？我觉得我一直赖以立足其上的地基坍塌了，在我脚下什么都没有了。我赖以生存的东西不再存在了，我没有任何东西可以立身。我的生命停止了。我能够呼吸、吃喝、睡觉，而且我不能不做这些事情，但没有生命，因为没有希望，没有那种我认为有理由去实现的希望。

"所有这一切落到我头上，正是我被那种所谓十全十美的好运气包围住的时候。我还不到五十岁；有一个爱我的好妻子，而我也爱她；有可爱的孩子们，有一个很大的庄园，我没费多少精力就使它得到了改善和扩展……人们称赞我，而如果说我很出名，那也不是太大的自欺……我享受着精神和肉体上的强壮，这在我的同类中还很少见到：就体力说，我能够和农民们同步刈割；在脑力上，我能够一口气工作八到十个小时而不会生病。

"我的精神状态以这样一种方式向我显示出来：我的生命是别人对我开的一个愚蠢而恶毒的玩笑。"

托尔斯泰从少年时代起就不相信上帝了。但是，信仰的丧失使他觉得愁闷和空虚，因为他时常有一种想法，想解答生命之谜。他曾这样自问："我为什么活着？应该怎样活着？"他找不到答案。于是，他恢复了对上帝的信仰。不过，这种信仰是通过一种推理达到的，而这种推理竟会由像他这样一种亢奋型的人作出，确实非常奇怪。"如果我存在，"他写道，"那就必定有某种原因，而所有一切的最后原因就是人们叫作上帝的那个东西。"这是一种有关上帝的最古老推论。当时，他仍不相信具有人格的上帝，也不相信人死后生命还会继续，只是到了后来，当他开始认为自我也属于上帝的一部分时，他才觉得生命会随着肉体的死亡而停止似乎有点不可思议了。他一度曾坚信俄国东正教会，但是很快对教会反感了，因为他发现那些神职人员的生活和他们所宣扬的教义是不相符的。他觉得没必要再去相信他们要他相信的那些东西了，只准备接受可以用浅显和实际的道理来加以证实的东西。他开始接近那些穷困、低贱和没有文化的信徒，而对他们的生活观察得越深入，他就越相信，他们尽管带有迷信色彩，却拥有一种真正的信仰；对他们来说，有这样的信仰是必然的，因为它使他们的生活有了意义，他们只有靠它才能生活下去。

　　经过了好几年充满痛苦的反省和沉思，托尔斯泰最后确定了自己的看法。要把他的看法简明扼要地概括出来并不容易，我只能勉强试一试。他拒绝教会的那套宗教仪式，因为在基督的教诲中找不到根据，而且施行那样的仪式只会给真理抹黑。他也拒绝教会对基督原则所做的解释，认为它们是荒谬的，是对人类理性的侮辱。他只相信那些仅仅在耶稣的言论中才能找到的真理，同时认为耶稣言论的精髓就包含在"勿抗恶"这一箴言中。它体现为"不要发誓"这一命令——托尔斯泰认定，"不要发誓"不仅仅指一般的赌咒，而是指任何形式的誓言，包括证人席上的宣誓和士兵们入伍时的宣誓。它还体现在"爱你的敌人，祝福那些诅咒你的人吧"这一训诫中，根据这一训诫，人们不仅不能向自己的敌人宣战，即使在遭到敌人攻击时也不能以武力反击。托尔斯泰认为，采纳一种主张就意味着采取行动，既然他得出了这样的结论，即基督教的原则就是爱、谦卑、自我否定和以善报恶，那么他就得义不容辞地放弃一切享受，就得不辞劳作、经受困苦，就得贬低自己、宽恕他人。

然而，作为虔诚的东正教徒，索尼娅却坚持要让孩子们接受宗教教育，坚持要顺从上帝的旨意，在自己所属的地位上尽其责任。她并不是那种很有灵性的女人，实际上她要养育那么多孩子，要让他们受到良好教育，还要参与管理这么大一个庄园，也没有多少时间来培养自己的灵性了。她既不理解、也不赞同丈夫改变信仰，好在她还有足够的耐心予以容忍。但是，当丈夫要把自己的信仰付诸行动时，她却无法容忍了，而且毫不犹豫地表示了自己的态度。托尔斯泰由于觉得自己不该靠别人生活，就决定自己生炉子、打水和料理衣物。出于自食其力的想法，他还请来一个鞋匠教自己制作靴子。他在庄园里和农奴们一起干活：耕地、运干草、伐木。对此，索尼娅大为不满，她认为托尔斯泰从早到晚地干体力活对他并无益处，因为即使在农奴中间，这些活也是年轻人干的。

"当然你会说，"她曾在一张给他的纸条上这样写道，"这样的生活符合你的信念，你喜欢这样。但那是另外一回事。我要说的只是：希望你过得快活！但我还是生气，因为你把精力全用到劈木头、烧茶炊和做靴子上去了。当然，这些事作为休息或者用来调剂一下头脑是很好的,但总不能把它们当作一件正经事来做吧。"她说得不错。托尔斯泰认为体力劳动似乎在任何方面都要比脑力劳动高尚,这是很愚蠢的。他觉得自己不应该写小说给那些有闲者看,但就算这样,我们也不能相信他就找不到比做靴子更有意义的事情来做了。他做的靴子质量之差,可以说任何人都不能穿。他还开始穿农民们穿的衣服,不修边幅到了邋里邋遢的地步。据说,他有一次装完粪就走进房间吃晚饭,身上散发着难闻的臭气,弄得一家人只好开着窗子吃饭。他过去喜欢打猎,现在已彻底放弃,还成了素食者,因为他觉得不应该杀生,更不应该把动物的肉放在餐桌上。他多年前就开始节制自己的酒量,现在又彻底戒了酒。最后,他还非常痛苦地戒了烟。

这时,他们的孩子长大了,尤其是大女儿达尼亚,她快到参加社交活动的年龄了。为了孩子们的教育,索尼娅坚持要全家到莫斯科去过冬。托尔斯泰虽不喜欢城市生活,但他还是同意了妻子的决定。他在莫斯科看到了惊人的贫富差距。"我过去感觉到,现在感觉到,将来还会继续感觉到,"他曾这样写道,"只要我有多余的食物而别人没有,我有两件外套而别人没有,我就会觉得是陷入了一种不断重复的罪恶。"无论谁想告诉他,世上从来就有富人和穷人,而且将来也一定会有,那都是无济于事的。反正他觉得这不对。他曾访问过一个为赤贫者准备的夜间留宿处,当他目睹了那里的可怕情形后,想到自己回家后将由两名身穿制服、戴着白领结和白手套的男仆伺候着享用有五道大菜的晚餐,便觉得无比羞愧。他把自己身边的钱分给那些穷困不堪、可怜巴巴的人，但结果是，那些人用他的钱不是去赌博就是去喝酒，总之他的钱起的坏作用比好作用多。"金钱是罪恶的，"他愤恨地说，"因此给别人钱的人，也是在作恶。"从这里往前跨一小步，他就产生了这样的信念：财产是不道德的，占有财产就是犯罪。

对托尔斯泰来说，接下来的一步是明摆着的：他必须放弃自己所有的一切。为此，他和妻子发生了激烈的冲突。索尼娅既不想让自己沦为乞丐，也不想让孩子们一文不名。她威胁说，要到法院起诉，并要求法院宣布托尔斯泰已丧失管理家庭财产的能力。经过天知道有多么刻毒的争吵，托尔斯泰提出要把自己的财产划归给她，但她又拒绝了。到最后，她同意和孩子们一起分占了他的财产。在持续不断发生争吵的几年间，托尔斯泰曾不止一次离家出走，但每次没走多远就返回了，原因是他想到这样会伤害妻子，心情便特别沉重。他继续住在雅斯纳雅·波良纳，尽管家里的生活已相当有节制，但他仍觉得太奢侈，并为此感到羞愧。家庭关系依然很紧张。他不赞成当时所谓的正规教育，但他妻子却安排孩子们去接受这样的教育；他要按自己的愿望处理自己的财产，他妻子却加以阻挠；对此，他不能原谅她。

托尔斯泰改变信仰后又活了三十年，但由于篇幅有限，我不能详细谈论他在这三十年间的生活。我不得不把许多并非不重要的事情也省略掉。反正，他后来成了一个受公众崇拜的偶像，不仅被誉为俄国最伟大的作家，而且在世界各地都赢得了巨大声誉，被看作是集小说家、民众导师和道德家于一身的杰出人物。那些信奉他的学说并想遵循他的原则来生活的人，还建立了自己的聚居地。然而，当他们试图实行他的不抗恶原则时，却遇到了极大的困难。关于他们的种种遭遇，当时有诸多传说，听起来既滑稽可笑，又发人深省。幸亏托尔斯泰生性多疑，又很好辩，所以他固执己见并毫不犹豫地断言，那些传说都出自某些人的卑劣动机，为此他还得罪了许多朋友。尽管如此，他的名声却越来越大，大批的学生、朝拜圣地的香客、旅游者、崇拜者和信徒、富人和穷人、贵族和平民都纷纷拥向雅斯纳雅·波良纳。

我在前面已经说了，索尼娅的妒忌心和占有欲是很强的，她一直想独占她的丈夫，因此她对陌生人前来骚扰她的家庭生活觉得厌烦。她在抱怨和痛苦之余，甚至不惜贬低她的丈夫。她曾在日记里这样写道："就在他向人们讲述他那些美妙的想法并一谈到自己就变得多愁善感的同时，他却依然过着和以前一样的生活，他贪吃美味的食物，兴致勃勃地骑自行车、骑马，还有淫欲。"在另一篇日记里她又写道："我不能不抱怨，因为他为所谓的人民幸福所做的一切把家里的生活弄得一团糟，对我来说，生活越来越困难了。他的素食主义意味着我要准备双份晚餐，这就要花费更多的钱和精力。他那些关于爱的喋喋不休的说教，在家里引不起兴趣，却把各种各样的下等人搅到我们的生活里来了。"

在最初接受托尔斯泰思想的人中间，有个叫切尔特科夫的年轻人。他很富有，还是近卫军上尉，不过当他开始信仰不抗恶原则后，他便辞去了军队里的职务。他是个诚实的人，一个理想主义者和热心肠的人，但生性专横，喜欢把自己的意志强加给别人。爱尔蒙·莫德曾说，凡是和他接触过的人，不是变成他手中的工具，便是和他发生冲突，或者就逃之夭夭。他和托尔斯泰之间有一种相互依赖的关系，这种关系一直延续到托尔斯泰去世为止。他有一种能力，甚至能影响托尔斯泰，而这无疑使托尔斯泰夫人大为恼火。

托尔斯泰的大多数朋友都把他的学说看作偏激之论，唯有切尔特科夫，却不断鼓励托尔斯泰走得更远，使他更加执着地想去实践自己的学说。道德的自我完善是当时托尔斯泰考虑得最多的，因此他已无心管理庄园。他本来每年可以从庄园获得相当于三万美元的收入，现在的实际收入却不超过两千五百美元。这显然不够用来维持家用和支付孩子们的教育费。于是，托尔斯泰夫人就说服丈夫，把他一八八一年以前所写的全部作品的版权交给她，由她去借钱开办一家出版社，出版这些作品。她把这件事办得很成功，至少家里有钱支付各种开销了。但是，作家拥有版权却显然有悖托尔斯泰的信念，因为他认为个人拥有任何财产都是不道德的。当时，切尔特科夫其实已经在劝托尔斯泰把自己在一八八一年以后写的全部作品都宣布为是公共财产，任何人都有权出版。这已经使托尔斯泰夫人够恼火的了，而托尔斯泰要做的还不止于此。他要求她交出他的早期作品的版权，其中当然包括那些著名小说的版权，因为他想和后期作品的版权一起放弃。她断然拒绝，因为一家人的生活现在就依赖于出版这些作品所得的收入。于是，家里又开始了刻毒而无休止的争吵。索尼娅和切尔特科夫之间的矛盾，使托尔斯泰不得安宁。他们各有各的道理，托尔斯泰就夹在两者的冲突中间，而对两方面提出的理由，他都很难予以否定。

一八九六年，托尔斯泰六十八岁。他结婚已有三十四年，大多数孩子都已长大，第二个女儿也快要出嫁了。这时，已经五十二岁的托尔斯泰夫人却极不光彩地爱上了一个年轻男子，一个叫塔纳耶夫的作曲家。托尔斯泰深感震惊、羞愧和愤怒。下面是他写给她的一封信："你和塔纳耶夫的过分亲密的关系使我作呕，我不能无动于衷地容忍你们的这种关系。如果我在这样的情形下继续和你生活在一起，我将不久于人世，而且名誉也要受到玷污。我已经苦恼了整整一年，这你也知道。我曾经在激动时把这告诉过你，而且请求你不要那样做。后来我试图保持平静，我做了各种各样的努力，但都不行。你们的关系在继续发展，而且我能想象，它将这样一直发展到头。我无法再容忍下去了。很明显，你不肯放弃这种关系，那剩下的唯一办法就是——分离。我已下了决心，只能这么办。只是我必须考虑一个最合适的方式。对我来说，最合适的方式就是出国。我想，我们总会想出一个最好的办法的。但有一点是肯定的——我们不能像现在这样继续下去。"

然而，他们并没有分离，而是使生活变得更加难以忍受。托尔斯泰夫人仍以一个多情的老年女人的那种狂热纠缠着那个作曲家，后者虽然开始时可能很高兴，不久之后却厌倦了这种他无以回报、同时又使他显得可笑的热情。后来，她终于意识到他是在躲避她，最后他更是当众羞辱了她。这使她深受伤害，而且很快就认为他只是个"厚颜无耻的、在精神和身体上都粗俗不堪的"家伙。于是，这桩不体面的风流逸事也就到此结束了。

这时，托尔斯泰夫妇之间的不和已尽人皆知。使托尔斯泰夫人深感痛苦的是，托尔斯泰的信徒们——也就是他现在仅有的朋友——都站在托尔斯泰一边，而且公开对她表示敌意，因为她阻碍托尔斯泰实现自己的理想，而他的理想也就是他们的理想。不过，对托尔斯泰来说，信仰的转变却几乎没有给他带来幸福。他不仅失去了往日的朋友，还在家庭中造成矛盾，和妻子争吵不休。与此同时，他的追随者又责备他继续过那种舒适的生活，对此他羞愧万分。他在日记中写道："在我开始第七十个年头的生活时，我一心希望的就是能得到安宁，这虽然并不十分符合我的本意，但总比现在这种情况要好，现在我是生活在实际需要和良心的明显的矛盾之中。"

他的健康每况愈下。这之后的十年间他多次生病，有一次还病得差一点死去。就在这一时期认识他的高尔基曾这样描绘他："瘦小，头发灰白，眼睛却比以前更加有神，看人时的眼光也比从前更加锐利，脸上皱纹很深，蓄着一把长长的白胡子。"他已经是个古稀老人，八十岁了。一年过去，又过了一年，他八十二岁了。他衰老得非常快，显然只有几个月可以活了，但他们夫妇俩仍为那些无聊的争吵所苦。切尔特科夫显然不像托尔斯泰那样把任何财产看成罪恶，他在雅斯纳雅·波良纳附近买下一座庄园，这样自然就方便了他和托尔斯泰之间的来往。他开始催促托尔斯泰实施自己的计划，就是在他死后把所有的著作权统统划归社会所有。托尔斯泰夫人被激怒了，因为这样一来，托尔斯泰在二十五年前划归给她的那些小说的版权将不再受她支配。她和切尔特科夫之间长期积存的敌意终于爆发成一场公开的争论。除了小女儿亚历姗德拉——她受切尔特科夫的影响甚大——其他孩子都站在母亲一边。尽管托尔斯泰已把庄园分给他们，他们仍然不愿按他所希望的那样生活，更弄不明白为什么非要他们同意他放弃版权，从而失去一大笔收入。然而，不管家里人施加怎样的压力，托尔斯泰还是立了一份遗嘱。根据这份遗嘱，他去世后所有作品的版权都遗赠给公众，尚存的手稿交切尔特科夫保管并由他全权处理。由于这份遗嘱尚不具备法律效力，切尔特科夫劝托尔斯泰再立一份遗嘱。为了不让托尔斯泰夫人知道，公证人被偷偷带进家，书房的门被紧紧锁上，托尔斯泰就在书房里亲手把遗嘱抄了一遍。在这份遗嘱里，托尔斯泰决定让小女儿亚历姗德拉作为他所有作品的版权管理人。这是切尔特科夫的主意，其原因就如他后来所说："我觉得，托尔斯泰夫人及其子女肯定是不愿让一个非家庭成员作为版权管理人的。"他的话是可信的，因为这份遗嘱使他们失去了最主要的收入来源。然而，切尔特科夫仍未觉得十分满意，他自己又起草了一份遗嘱，并让托尔斯泰坐在他庄园附近树林里的一个树桩上抄了一遍。根据这份遗嘱，切尔特科夫对托尔斯泰的手稿拥有绝对控制权。

　　手稿中最重要的是托尔斯泰晚年的日记。他早期的日记一直在托尔斯泰夫人手里，但他把自己最近十年的日记交给了切尔特科夫。托尔斯泰夫人得知后一心想把它弄回来。有人认为这是因为日记发表后可给她带来丰厚的收入，其实她是不愿让这些日记公之于众，因为托尔斯泰在日记里非常坦率地说到了他们夫妻间的不和。她派人到切尔特科夫那里去要求他归还日记。他拒绝了。她威胁说，如果切尔特科夫不归还日记，她就服毒或者自缢。托尔斯泰受不了她的狂怒，就从切尔特科夫那里把日记取了回来，但他没有给她，而是存入了银行的保险箱。切尔特科夫给他写了一封信，对此他在日记中这样写道："我收到切尔特科夫一封充满埋怨和责备的信。他们撕碎了我的心。我有时真想走得远远的，离开所有这些人。"

从年轻的时候起，托尔斯泰就一直希望远离尘世，隐居在某个地方，在孤寂中求得自我完善。像许多作家一样，他也把自己的这种愿望体现在两个小说人物——即《战争与和平》里的彼埃尔和《安娜·卡列尼娜》里的列文——身上，这两个人物在很大程度上就是他自己的写照。现在，他的生活状况更使他想尽快地实现这一愿望。妻子和孩子们使他烦心。那些认为他应该完全实践自己理想的朋友又责备他，使他觉得苦恼。他们中有许多人还因为他没能言行一致而备感痛苦，他们几乎每天写信给他，责备他，甚至说他虚伪，这无疑使他万分伤心。譬如，有个虔诚的信徒在信中请求他放弃自己的庄园，把所有的财产都分给亲戚和穷人，不留一个戈比，然后像乞丐一样去过流浪生活。他在回信中做了这样的回答："你的信深深打动了我，你建议我做的事正是我神圣的梦想，但直到现在我还不能那样做，有许多原因……主要的原因是我必须不影响其他人。"导致人们采取某种行动的真实原因往往是深藏在他们的下意识里的，就托尔斯泰的情况而言，我认为他之所以没有像他的朋友和他的良心所要求的那样去做，其真实原因就是他下意识里并不十分想那样做。作家往往有一种心理特点，这种心理特点虽然对每个研究作家生平的人来说都是显而易见的，但我至今还没有听人正式谈起过，那就是：凡具有独创性的作家，他们的作品至少在某种程度上是他们内心因某种原因而遭压制的本能、欲望、白日梦（随你叫什么都可以）的升华，而当他们以文学的形式表现了这些东西之后，他们既然已经摆脱自己的内心压力，往往也就不会再进一步采取实际行动了。但是，不管怎么说，这样毕竟不能使他们完全满意，他们心里总会有某种欠缺感。这就是为什么作家往往会赞美体力劳动者、往往会怀着一种不自觉的妒意羡慕体力劳动的原因。很可能，托尔斯泰热衷于体力劳动，就是为了发泄自己内心的某种欲望，摆脱某种压力。也就是说，他作为作家还没能通过写作发泄掉内心的全部欲望，因此还想以其他形式表现自己，而这种无意识的自我表现，却在他的意识中被真诚地认为自己正在做着正确的事情。

当然，他天生是个作家，本能地要以最动人、最富于戏剧性和最有趣味的方式表现自己。我认为，在他那些带有说教性质的论著中，他是为了让自己的观点显得更加鲜明才失去控制的，要是他停下来想想这些观点究竟会得出怎样的结论，那么他可能就不会把它们发挥到如此绝对的地步了。有一次他确实承认过，在理论上虽然不能作出妥协，在实践中却是不可避免的。如果这样的话，那他就必须放弃他的整个立场，因为妥协既然在实践中是不可避免的，也就是说要彻底实行他的理论是不可能的，那就意味着他的理论一定有问题。然而，托尔斯泰的不幸却在于，即便他本人想作出某种妥协，他的那些怀着崇拜心情成群结队来到雅斯纳雅·波良纳的信徒也不会同意。他们催逼这位老人，要他做出某种具有戏剧性的行动来满足他们那种确实有点残忍的愿望。托尔斯泰被自己的学说禁锢住了。他的那些著作、由那些著作引起的强烈反响（当然并不全是灾难性的）以及人们对他的尊敬、爱戴和崇拜，这一切都把他推到了一条绝路上，而他又不想走那条路。

这是因为，尽管他最后离家出走并在旅途中离开了人世，但他做出这一决定并不是由于受到了良心和信徒们的催逼，而只是为了暂时逃离他的妻子。导致他这样做的直接原因是很偶然的。那天他上床睡觉，不一会儿听到妻子在他书房里的纸堆中翻找什么。他心里一直在想着不久前瞒着妻子立下的那份遗嘱，所以随即就想到，一定是妻子听说了遗嘱的事，现在正在偷偷地寻找。等她离开书房后，他就起床，拿了几份手稿，包了一些衣服，然后叫醒那时正住在他庄园里的私人医生并对他说，他打算离家出走。这时亚历姗德拉也醒了。他们把车夫从床上叫起来，套好马车后，托尔斯泰便在私人医生陪伴下登上马车驶向火车站。这时正好是早上五点。火车很拥挤，他们不得不站在车厢末端的露天小平台上，而这时正好下着雨，寒风凄凄。他们在沙玛丁下了车，因为托尔斯泰有个妹妹在那里的修道院里当修女。在那里，他们和稍后赶到的亚历姗德拉会合。她带来消息说，她母亲已发现他们出走，而且想自杀。这事她以前不止做过一次，只是每次都下不了决心，结果总是在家里引起了一阵忙乱而已。亚历姗德拉要父亲继续赶路，因为母亲一旦知道他在哪儿，肯定会匆匆赶来。于是他们又登上了去罗斯托夫的火车。托尔斯泰原先就患了感冒，尚未痊愈，在火车上一折腾就病得更加严重了。与他同行的私人医生只好让他在中途的一个小车站下车。这是一个叫阿斯塔波夫的小车站。站长听说病人是谁后，马上就把自己的房间让了出来。

第二天，托尔斯泰叫私人医生打电报给切尔特科夫。亚历姗德拉写信给她的哥哥，要他从莫斯科带一个医生来。但是，托尔斯泰实在太出名了，他的一举一动都很难保密，因此不到二十四小时，就有新闻记者把他所在的地方告诉了托尔斯泰夫人。她随即带着孩子们赶到阿斯塔波夫，但是托尔斯泰已病得非常严重，医生觉得最好还是别让她去打扰他，所以没有让她走进房间。不久，托尔斯泰生病的消息便传到了各地。于是，在短短的一个星期里，阿斯塔波夫车站上挤满了政府代表、警察、官员、新闻记者、摄影师和其他各种各样的人。停在侧线上的火车车厢成了他们的临时住处，当地的电报局忙得不可开交。更多的医生赶到了，最后有五个医生在他床边。他经常昏迷，但清醒的时候仍想到妻子，他不知道她就在房间外面，也不知道自己在哪里。他只知道自己就要死了。过去他一直害怕死亡，现在他不再害怕了。他在清醒的时候不断叫喊："逃吧！逃吧！"最后，托尔斯泰夫人被允许到房间里来看他。但他已经失去知觉。她跪在地上吻他的手；他叹了一口气，没有迹象表明他意识到妻子就在他身边。一九一〇年十一月七日，星期天，早上六点过几分，他去世了。

我为了写这篇文章，曾把爱尔默·莫德写的《托尔斯泰传》读了好几遍，还读了由他翻译的托尔斯泰的《忏悔录》。莫德对托尔斯泰生平的描述特别有趣，因为他和托尔斯泰及其家人都很熟，这是他的有利条件。遗憾的是，他很少谈到自己的看法，而这却是大多数人想知道的。我也读了西蒙教授写的那部内容充实、详尽而可信的托尔斯泰传记，他为我提供了许多有关托尔斯泰的事实。这些事实很有意义，但爱尔默·莫德大概是出于谨慎，在他的《托尔斯泰传》里没有提及。我觉得，西蒙教授的这部托尔斯泰的传记具有传世价值，是英语传记文学中的经典之作。

陀思妥耶夫斯基和《卡拉马佐夫兄弟》

费多尔·陀思妥耶夫斯基出生于一八二一年,父亲是贵族,当时在莫斯科圣·玛丽医院当外科医生。这位小说家似乎一向把自己的贵族身份看得非常重要。他曾为自己在服刑期间被剥夺贵族身份而深感苦恼,一获释便竭力要求几个颇有影响的朋友为他恢复身份。不过,俄国贵族制度和其他欧洲国家不同,贵族头衔可以通过不同的途径取得,譬如在政府部门谋到适当的职位或者比农民和商人更加富有,都可能成为贵族,甚至你自己也可以自封为贵族。陀思妥耶夫斯基的家庭实际上属于一般的白领阶层。他父亲是个严厉的人,为了使七个孩子受到良好教育,他把自己的一切享受、甚至闲暇都放弃了。他从孩子们年幼时就开始教育他们如何适应艰苦和不幸,如何承担生活的职责和义务。孩子们一起挤在医院里的两三间医生宿舍里,父亲从来不许他们单独外出,也不给他们零花钱。他们没有任何朋友。父亲除了去医院外,还靠私人开业增加收入,后来便在距莫斯科几百英里的地方买下了一座小小的庄园。从那时起,母亲就带孩子们去那儿度夏,孩子们才尝到自由的滋味。

费多尔十六岁时,他们的母亲就去世了。父亲把两个年纪较大的儿子,即米哈依尔和费多尔,送到彼得堡军事工程学校就读。哥哥米哈依尔因身体太虚弱被校方拒绝,费多尔就只能和他心爱的哥哥分手。他感到孤独和忧郁，父亲不愿、也没法给他钱，所以他连一些必需品，如书籍和靴子等也买不起，甚至都没钱交付学校规定的费用。他父亲安置了两个年长的儿子后，又把另外三个孩子寄放到莫斯科的姨妈处，然后关闭了私人诊所，带着两个年幼的女儿住到乡下的庄园里去了。他开始酗酒，对孩子们万分严厉，对家里的农奴更是异常凶残。终于有一天，几个农奴把他杀了。

那是一八三九年。费多尔虽然对工作缺乏热情，但还算得心应手。那时他已经从学校毕业，并在工程局绘图处找到了一份工作。由于得到了父亲的部分家产，再加上自己的薪水，他一年有五千卢布的收入。他租下一套房间，沉迷于打台球、赌博，往往把口袋里的钱挥霍一空。到了年底，他觉得绘图处的工作像削马铃薯一样单调乏味，就辞职不干了。这时他已经债台高筑。此后，直到他去世为止，他一直负债累累。他是个挥金如土的人，而且积习难改。无度的挥霍常使他陷入绝境，但他从不知道自我克制，性情反复无常。有个对他颇有研究的传记作家后来说，就连他自己都认为，他对金钱的需求已到了无以复加的程度。他只要一觉得自己有了钱，就会不惜一切地去满足自己的虚荣心。后面我们就会看到，他的这种积习将使他一次又一次地陷入难以自拔的困境。

陀思妥耶夫斯基在学校读书期间就开始写一个中篇小说，后来当他决定成为一名作家时，刚好把小说写完，那就是《穷人》。他在文学界只认识一位叫格里戈罗维奇的人，还认识一位叫涅克拉索夫的人。后者曾要他写一篇评论，他却把自己的小说交给了他。那天,陀思妥耶夫斯基很晚回家,因为他整个晚上都在和几个朋友一起朗读小说,讨论小说创作,直到凌晨四点才步行回到住处。他毫无睡意,就坐在敞开的窗前凝望夜色。突然,一阵门铃声把他惊起,"是格里戈罗维奇和涅克拉索夫!他们兴奋地冲进屋子,眼睛里满是泪水,还一次又一次地拥抱我"。原来,他们就在那天晚上读了他的小说,还轮流着大声朗读,读完后已是深夜,但他们还是决定立刻去找他。"要是他在睡觉也没关系,"他们说,"我们一定要叫醒他,这事比睡觉要重要得多。"第二天,涅克拉索夫就把小说手稿送到了当时最著名的批评家别林斯基那里。别林斯基读完那篇小说,也像那两个人一样兴奋不已。小说发表了,陀思妥耶夫斯基一举成名。

他对自己的成功感到颇为得意。有个叫巴纳耶娃·戈罗夫耶娃的夫人后来这样描述她对他的印象,当时他应邀到她的公寓去作客:"一眼就能看出,新来的客人是个特别羞怯和敏感的年轻人。他长得很瘦小,一头金发,脸色有点病态,小小的灰眼珠不安地从这里转到那里,苍白的嘴唇不停地抽搐。在场的每个客人他几乎都认识,但他怯生生地不跟任何人交谈。有几个常客甚至想把他赶出去,想以此来提醒他,既然来了,就应该和大家说说话。从那天晚上起,他便常来拜访我们。他的羞怯心理也开始减少,后来,他甚至……热衷于那种完全自相矛盾的辩论,因为在辩论时他可以放纵自己,满口胡言乱语。事实上,即使当他失去自制力、甚至忘乎所以地标榜自己的作家身份、傲慢而自负地自我炫耀时,他仍然带着年轻人的羞怯。换句话说,由于他是从一个灯光耀眼的入口突然登上文学舞台的，加上许多世界一流文学家的大声喝彩，他觉得恍恍惚惚、头晕目眩了。就像一个最为敏感的人，他在那些二流的年轻作家面前无法掩饰自己的得意感……他用夸夸其谈的、过分自豪的口气，在同行面前显示自己不可估量的才能。……特别是，陀思妥耶夫斯基还怀疑所有的人都想藐视他的天才。他倾听别人的每一句话，每当他认为别人正在狡猾地想贬低他、甚至别人用的某一个词被他认为是在侮辱他时，便会怒不可遏地马上挑起一场争吵，向他想象中的那个想侮辱他的人发泄自己心头的全部怒火。就这样，他成了我家的常客。"

他既不是一个平常的客人，也不是一个人人尊敬的贵客。他正踌躇满志，签了合同准备写一部长篇小说和几个中篇小说。他任意挥霍预支的稿费，过起放荡的生活来。朋友们的劝告他不但不听，还和他们争吵不休，甚至对给过他极大帮助的别林斯基也不例外。他不相信人们是"真心诚意地赞美他"，他只能自己说服自己，认为自己是天才，是俄国最伟大的作家。与此同时，他的债务却越来越重，不得不快速写作。他长期以来一直被一种神经性疾病缠绕着，每当发作时，总是担心自己会变疯或者患上肺病。在这种情况下，他写的短篇小说均是失败之作，长篇小说也让人难以卒读。那些曾经对他大为赞赏的人，都开始转而攻击他，并一致认为他的创作生涯已经完结。

果然，他的创作生涯突然中止了。原因是他加入了一个年轻人的秘密小组。这批年轻人由于受当时西欧的社会主义思想的影响，试图进行社会改革，尤其是想改革俄国的农奴制和书报检查制度。他们每星期聚会一次，讨论种种社会问题，但除了讨论，他们根本就没有采取过任何反对当局的行动。尽管如此，他们还是被警察发现了。就在某一天，他们全部被捕，不久又被判处死刑。正当士兵举枪准备执行死刑时，信使送来了把死刑改为流放西伯利亚的命令。陀思妥耶夫斯基被判在鄂木斯克监狱服苦役，为期四年。刑满后，又勒令他去服兵役。就在他被押往彼得堡要塞执行枪决的那天，他曾给哥哥米哈依尔写过这样一封信：

> 今天是十二月二十二日，我们全体被押往谢米洛夫斯基广场，准备执行死刑。十字架送来让我们亲吻，匕首在我们头上折断，丧服（白衬衫）也已准备停当，随即命令我们中间的三个站到木栅前去处死。我是这一排的第六个，我们被分成三个组，所以我就在第二组，没几分钟可活了。我想念你，哥哥，想念你的一切！在这最后时刻，唯有你占据在我的心中。我头一次意识到，我是多么爱你，我最亲爱的哥哥！我还有拥抱帕来斯契耶夫和杜洛夫的时间，他们就站在我的身边，在向我道别。最后，传来了另一个命令，那几个准备到木栅跟前去的人又被带了回来。向我们宣读了文件，说是皇上准许我们活命，又一一宣读了最后判决。只有巴姆一人被完全赦免，他被带到与他的判决相同的那一排人中间去了。

陀思妥耶夫斯基后来在他的一部成功之作里描写了自己在服刑期间的可怕生活。根据他的描述，我们注意到，他作为新囚徒不用两个小时就和那些老囚犯相处得像家里人一样亲密无间了。他说，如果和贵族老爷们在一起，情况就大不一样，不管他如何谦卑、如何忍耐，或者如何聪明，他们始终会鄙视他、痛恨他，永远不会理解他、信任他，更不会把他看作朋友或者同伴。不过，虽然他在服刑的几年间不再成为众矢之的，却仍然觉得很痛苦，总有一种无法摆脱的孤独感，一种陌生人的感觉。他曾有过短暂的荣耀，现在却连一个像样的绅士都不是了。他的生活就像他的出身一样卑微，既穷困又潦倒。他早先的朋友、现在的难友杜洛夫深受同伴们的爱戴，这使他更觉得孤独和痛苦。之所以会这样，至少部分原因在于他性格上有弱点，因为他向来就很自负、多疑而且急躁。他在众多同伴中仍觉得孤独，而正是出于孤独，他开始自我反省。"这种精神上的游离，"他写道，"使我有机会回顾过去的生活，剖析自己每一个细小的动机，严肃地、无情地审判自己。"那时他唯一可读的书是《新约》，所以他读了一遍又一遍，其中的每字每句都对他产生了深刻影响。而就是从那时起，他开始宣扬基督教义，他自己（在其性格所能承受的程度上）也开始变得既谦卑又虔诚，甚至对自己身上的普通的人性需求也加以压制。他写道："不管遇到什么事，你要始终保持谦卑，要想到你过去的生活，想到你将来的生活，想到你自己的灵魂深处是多么的卑鄙、低劣和邪恶。"监狱生活治愈了他的自负和傲慢，他出狱时已不再是一个革命者，而成了一个教权和法律的维护者，同时也成了一个癫痫病人。

苦役期满后，他被送往西伯利亚的另一小镇继续服刑，在那里的驻防部队里服兵役。那里的生活极其艰苦，但是在他看来，这种艰苦生活是对他自身罪孽的应有惩罚。他已得出结论，认定自己曾谋求的社会改革是一大罪孽。他在写给哥哥的信里说："我不抱怨，这是我自己的十字架，我应该背着它。"一八五六年，他靠一个老同学为他说情，离开原先的部队，生活稍稍有了改善。他开始交友，还陷入了恋爱，女的叫玛丽亚·德米特里耶芙娜·伊沙耶娃，是一个政治流放犯的妻子，一个已有孩子的母亲。她的丈夫后来死于酗酒和肺病。据说，她是个美貌的金发女人，中等个儿，身材苗条，既高雅又多情。此外，人们对她就几乎一无所知了，只知道她和陀思妥耶夫斯基有着类似的性格：多疑、嫉妒、自怜。他成了她的情人。但不久，她就随丈夫一起迁到四百英里以外的另一个边境驿站去了。她丈夫不久便死在那里。陀思妥耶夫斯基得知她丈夫的死讯后，便立即写信给她，向她求婚。但是，那寡妇却犹豫不决。这一方面是因为他们两个人都一贫如洗，另一方面是因为她这时正倾心于一个"心灵高尚、富有同情心"的牧师——他叫瓦格诺夫，她已成了他的情妇。依然热恋着她的陀思妥耶夫斯基尽管为此而嫉妒得发狂，但是他又怀着一种自我贬抑的强烈冲动，也可能是怀着小说家那种把自己当作小说人物看待的幻想，作出了一个非同寻常的反应。他郑重宣布，瓦格诺夫是他情同手足的亲密朋友，他要恳求另一个朋友资助瓦格诺夫，使他能和玛丽亚·伊沙耶娃结婚。

不管怎么说，他想扮演的就是一个为挚友的幸福而敢于牺牲自己、即便自己痛苦得心碎也在所不惜的角色，因为相形之下那寡妇就显得更加自私自利了。瓦格诺夫虽然"心灵高尚、富有同情心",却身无分文。由于陀思妥耶夫斯基当时已升为军官,加上他这种宽宏大量的表现,他竟成功地使玛丽亚决定嫁给他,而不是瓦格诺夫。他们于一八五七年结婚。他们没有钱,陀思妥耶夫斯基便到处借钱,直到他再也借不到一文钱为止。他想重新开始文学创作,但他是个流放的囚犯,必须得到特别许可才能发表作品,而这并非易事。更何况,婚后生活也很不如意。陀思妥耶夫斯基将此归咎于妻子的多疑、抑郁和想入非非,而忘了他自己也是急躁、易怒和神经质的。他开始写一些小说片断,写完就搁到一边,又开始写别的。最后,他只发表了一点点很不重要的东西。

一八五九年,由于他不断地上诉,再加上朋友相助,他终于获准回到了圣彼得堡。关于这件事,欧内斯特·西蒙在他《论陀思妥耶夫斯基》一书中曾公正地指出,陀思妥耶夫斯基为了恢复自由,所用的手段是很卑劣的。"他写了几首'爱国诗歌':一首庆贺亚历山德鲁皇后生日;一首颂扬新沙皇亚历山大二世加冕;还有一首哀悼老沙皇尼古拉一世去世。他还写信给一些有权势的人,甚至直接写信给新沙皇,请求赦免。在这些信中,他信誓旦旦地表达了自己对年轻君王的深切爱戴,将其喻为'永放光芒的太阳',他还发誓说,不管这位君王有何旨意,他都准备为他献身。对他自己的那些'罪行'他说他随时都准备认罪,还特别强调自己的痛悔之意,说他现在正在为过去的所作所为感到痛苦万分,等等。"

他和妻子以及妻子与前夫所生的儿子一起住在京城圣彼得

堡，和哥哥米哈依尔一起办了一份刊名为《当代》的文学杂志。他在《当代》上发表了《死屋手记》和《被侮辱与被损害的》，两部小说均获成功。此后两年里，他在经济上逐渐宽裕起来。一八六二年，他把杂志留给哥哥主办，自己则去西欧旅游。但西欧给他的印象并不好。他觉得巴黎是"最令人厌烦的城市"，那里的人心胸狭窄，爱钱如命；伦敦穷人的惨状和富人虚伪的体面使他感到震惊；他去了意大利，但对意大利艺术毫无兴趣，在佛罗伦萨的一周时间里只是埋头读维克多·雨果的四卷本长篇小说《悲惨世界》，所以罗马和威尼斯他都没去，就返回俄国了。这期间，他的妻子染上了慢性肺结核。

在去国外旅游前的几个月，当时正好四十岁的陀思妥耶夫斯基认识了一个在他的杂志上发表过一篇短篇小说的年轻女子。这个年轻女子叫波琳娜·沙斯洛娃，二十岁，还是处女，长得相当漂亮，但她剪短了头发，还戴着一副黑眼镜，大概是为了让人觉得她有学问吧。陀思妥耶夫斯基从国外回到彼得堡后，他们就成了情人。后来，由于投稿人的一篇文章惹了麻烦，《当代》杂志不得不停刊，陀思妥耶夫斯基便决定再次出国。出国的理由是治疗癫痫病，这病确实时而发作，但治病只是借口，真正的目的是他想到威斯巴登去赌博，因为他认为这是个赚钱的好办法。此外，他也已经和波琳娜·沙斯洛娃约好在巴黎会面。他从杂志的作者基金中借了一笔钱，就离开了俄国。

他在威斯巴登赌得离不开赌台，唯一可使他离开赌台的，是他对波琳娜·沙斯洛娃的炽热的情欲。他们本计划好一起去罗马的，不料这个行为轻佻的年轻女子在巴黎等他时，却和一个西班牙医科大学生发生了风流逸事,而当那个大学生弃她而去后,她又觉得心烦意乱。一个风流成性的女人是不大会有稳定情绪的,她突然提出要和陀思妥耶夫斯基分手。对此,陀思妥耶夫斯基毫无办法,就提出两个人"以兄妹身份"同往意大利。她觉得无事可干,也就同意了他的建议。可是,他们因为缺钱而无法成行,那时他们已经在靠典当衣服度日了。度过"受尽折磨"的几个星期后,他们终于分道扬镳。陀思妥耶夫斯基回到俄国,这时他的妻子已病入膏肓。六个月后,她死了。他在给朋友的一封信中这样写道:

> 我的妻子,那深爱我的人,也是我无比爱恋的人,在莫斯科我们只住了一年的寓所里与世长辞了。整个冬天我一直守在她床边,从未离开过她……我的朋友,她对我的爱是无限的,我对她的爱也难以用言语表达,然而我们的结合却并不幸福。以后等我和你见面时,我会把一切都告诉你的。只是现在,让我抛开这些,抛开我和她之间种种不愉快的事情。我和她从来就没有失去过相互间的爱恋,我们彼此一向爱得很深,直到我们遭此不幸。我的话你听了也许会觉得奇怪,她是我见过的最善良、最高尚的女人……

陀思妥耶夫斯基这种爱的表白多少是有点夸大的。那年冬天他曾两次去圣彼得堡,为的是联系有关杂志的事务,因为他和哥哥一起又创办了一份杂志。从这份杂志的情况看,它比

《当代》更带偏见，所以注定是要失败的。他哥哥米哈依尔患病不久便去世了，留下两万五千卢布的债务等着陀思妥耶夫斯基去还。此外，他还要赡养哥哥的遗孀和一群孩子，还有哥哥的情妇和私生子也要靠他接济。他虽然从一个有钱的姨妈那里借到了一万卢布，但到一八六五年，他只能宣布破产。此时，他手里拿着一张一万五千卢布的债据，还有五千卢布的口头债务。他的债主都不是好对付的。为了躲债，他又从杂志的作者基金中借了一笔钱，加上一部长篇小说的预支稿费（他在合同上已定下交稿日期），便打算再到威斯巴登的赌台上去碰碰运气，同时也可以和波琳娜·沙斯洛娃见见面。他向她求婚，但她对他的爱恋早已变成了憎恨。人们曾一度猜测她会嫁给他的，因为他是个名作家，又是杂志编辑，这些都是她看得上眼的。然而，现在杂志已不复存在，他的外貌也让人难以恭维，头发全秃了，还患有癫痫病，至于他强烈的性欲，更使她觉得难以忍受，甚至厌恶之极。要知道，对于女人来说，最不堪忍受的就是没有肉体吸引力的男人向她提出性要求。于是，她逃离他，回巴黎去了。他在赌台上输光了所有的钱，甚至把自己的表也典当了。他没有钱买足够的面包，就只好一个人静坐在房间里，以此抑止食欲。这时，他开始写另一本书。他后来说，那本书是在饥饿的鞭笞下和时间的催促中赶写出来的，当时他身无分文，又常常病倒在床，几乎陷于绝境。那本书就是《罪与罚》。

他走投无路，不得不到处求助，甚至只好跑到和他争吵过的、他心底里极其厌恶的特杰涅夫那里去求助，向他借了钱才回到俄国。他仍埋头写《罪与罚》。这时他猛然想起，自己曾立过合同，已定下一本书的交稿日期，而根据那份极不公平的合同，要是他到期交不出稿，出版商就有权不付一文钱稿费出版他往后九年间的全部作品。为了赶写书稿，他听从几个乐观的朋友向他提出的建议，雇用了一个速记员。他和那个速记员一起，只用了二十六天时间就写出了一部名为《赌徒》的长篇小说。那速记员是个二十岁的年轻女子，长得一般，但非常能干，又有耐心和献身精神，所以深得他的赞赏。一八六七年初，他们结了婚。他的亲戚们担心他婚后会减少对他们的接济，所以对这桩婚事大为不满，对他年轻的妻子百般挑剔。为此，同时也为了躲债，她劝他离开俄国。

这次他们在国外足足住了四年。从一开始起，安娜·格利高里耶芙娜（这是他妻子的名字）就觉得要和这位著名作家一起生活颇不容易。他的癫痫病越发越严重，平时脾气暴躁，遇事态度草率，却又非常自负。他还和旧情人波琳娜·沙斯洛娃恢复了书信往来。对此，可怜的安娜虽然很难坦然处之，但她却是个品格极不平凡的年轻女子，竟然把所有的苦果都咽下去了。他们一起前往巴登，在那里他又陷入狂赌而不可自拔。他又输光了一切，又和过去一样写信给每一个可以求助的人，向他们借钱。然而，只要钱一寄到，便又立刻消失在赌台上。他们典当了所有值钱的物品，还不断地搬家，搬进租费更便宜的公寓，有时甚至连吃饭的钱也没有。安娜·格利高里耶芙娜怀孕了。下面是陀思妥耶夫斯基在一封信里写的一段话（当时他刚赢了四千法郎）：

安娜·格利高里耶芙娜恳求我满足于这四千法郎,并求我立即离开此地。可是还有补救一切的机会,这机会来得容易,可能性很大。难道不是吗?一个人除了他自己赢钱,又每天看到别人赢了两万或者三万法郎(他是不会看到那些输家的)。谁是圣人?钱对于我来说比什么都重要,而我下的注不仅仅是我输掉的钱,我也输掉了我最后的一点理智,我简直激怒到了顶点。我输了,我当掉了自己的衣服,安娜·格利高里耶芙娜也当掉了她所有的东西,甚至她的最后一件小首饰(她是怎样的一个天使啊)!她给予了我多大的安慰啊!在这可诅咒的巴登,我们不得不栖息在铁匠铺上面的两间陋室里。她是多么疲倦啊!最后,什么都输光了(哦,那些德国佬真是卑鄙!他们毫无例外全是放高利贷的,全是些无赖和恶棍。房东知道我们没钱,无处可去,就提高房租)。我们只好逃离巴登了。

他们的第一个孩子出生在日内瓦,陀思妥耶夫斯基为此欣喜若狂。但是他还在赌。他输了钱又后悔莫及,后悔自己简直不可救药,把妻子和孩子急需用的钱也全给赌光了。然而,只要口袋里还有几个法郎,他便忍不住要往赌场跑。他们的孩子出生后三个月便不幸夭折,他悲痛欲绝。安娜·格利高里耶芙娜再次怀孕,但陀思妥耶夫斯基觉得自己再也不可能像爱第一个孩子那样去爱另一个孩子了。

《罪与罚》出版后大获成功,陀思妥耶夫斯基又开始写另一部小说——《白痴》。出版商在一个月里给他寄了两百卢布,但仍然未能帮他摆脱困境。他不断地要求预支稿费。《白痴》出版后不尽如人意，他便开始写一部中篇小说——《永久的丈夫》。后来又开始写一部长篇小说（就是在英国被称为《群魔》的那部长篇）。

据我所知，这时他们已花完所有的贷款。陀思妥耶夫斯基带着妻子和孩子从一个住所搬到另一个住所，他开始思念故乡了。他从未停止过对西欧的厌恶，巴黎的文化和荣耀、舒适的生活、德国的音乐、巍峨的阿尔卑斯山、明媚的瑞士湖、优雅的多斯加尼，还有佛罗伦萨的艺术珍品，这一切他都觉得讨厌。西欧的资产阶级文明在他看来是颓废的、腐败的，而他自己却不知不觉地陷了进去。"我在这里越来越变得迟钝而褊狭，"他在米兰时这样写道，"我和俄国中断了联系，我缺少俄国的空气和俄国的人民。"他觉得自己若不回俄国，将永远无法完成《群魔》的写作。安娜也渴望回国。就是没有回国的旅费，出版商已经把可以预支的稿费全预支给他们了。出于无奈，陀思妥耶夫斯基只得再向出版商求援。由于《群魔》的前两章已在杂志上发表，出版商担心连载中断，就只好答应陀思妥耶夫斯基，为他寄来了回国的旅费。这样，陀思妥耶夫斯基夫妇总算回到了圣彼得堡。

那是一八七一年，陀思妥耶夫斯基已经五十岁，再过十年他便去世了。他成了一名热忱的斯拉夫派成员，一心希望俄国能拯救世界。《群魔》出版后获得了成功，这是由于陀思妥耶夫斯基在小说中大肆攻击了当时的激进派，他的斯拉夫派朋友们为他大声喝彩。他们觉得在政治斗争中可以利用陀思妥耶夫斯基来反对激进派的改革主张，于是便以优厚报酬委任他主编一份叫《公民》的杂志。他只编了一年就辞职了，原因是他和上司在某个问题上有意见分歧。虽然他和他的上司一样都反对改革，但在某些具体问题上他仍不能接受上司的看法。这时，具有实干能力的安娜开始参与丈夫的出版事务，她自己筹资出版陀思妥耶夫斯基的作品，竟赚了不少钱。因此，陀思妥耶夫斯基到了晚年，经济上相对比较宽裕，而他最后几年的生活也过得比较简朴。他以《作家日记》为题写了一系列随笔，由于这些随笔引起了很大的反响，他便扮演起了很少有作家愿意扮演的导师和先知角色。与此同时，他又写了长篇小说《少年》和他的最后一部长篇《卡拉马佐夫兄弟》。一八八一年，在他去世之际，他突然声名鹊起，许多同时代的伟大作家都对他深表敬意，他的葬礼被认为是"圣彼得堡人将永远为此感到痛苦的一个最不寻常的事件"。

以上我大致叙述了陀思妥耶夫斯基一生中的主要事件，而且尽量不加评论。但是，你仍会得到这样的印象：他是个具有异常古怪性格的人。自负是艺术家的职业病，无论作家、画家、音乐家、还是演员，都是有点自负的，但是，陀思妥耶夫斯基的自负是空前的。他好像从不愿意认真谈论自己或者他人的作品，这也许是因为他太自负，也可能是因为他缺乏自信，就像人们现在所说的"有自卑感"，他生前那么公开地蔑视他的同时代作家，可能也是出自这一原因。一个很自信的人，当然是不会像陀思妥耶夫斯基那样把自己的狱中经历化为忍耐与服从的，但是如果我们认为陀思妥耶夫斯基既接受当局对他的"合理"

定罪，同时又竭力想自我辩解，那也并非不合逻辑。我在前面已经说过，他在试图赢得人们对他的注意和尊敬时，却把自己贬低到了何等程度！他完全没有自控能力，原因也许就在于他一直受着癫痫病的折磨，因为此病一发他就完全没法控制自己。只要他一激动，不管是理智还是礼仪，都会被他置之度外。所以，他会不顾妻子病重，到巴黎去和波琳娜·沙斯洛娃会面；而当这个行为轻佻的年轻女子抛弃他时，他还会执意想和她结婚。至于他的狂赌，那更加明显地显示出了他的性格弱点。赌博使他越来越陷入贫困。在日内瓦时，他为了给自己和妻子糊口，甚至不惜向人开口借五法郎或者十法郎。

你可能还记得，他为了履行合同而赶写《赌徒》。这部小说虽算不上成功之作，但女主人公波琳娜·阿历克山德罗芙娜却很值得注意，她显然是以波琳娜·沙斯洛娃为原型的。这部小说属于他的早期素描，表现的是一种爱与恨相交织的典型形象。这一形象在他的后期作品中得到了更为详尽的描写。小说中另一个使人感兴趣的地方是，陀思妥耶夫斯基很敏感地写到了他自己内心深处的一种激情，同时也写到了赌徒因受这种激情驱使而遭遇到的种种不幸。你一旦读完此书，也就了解了这样一个人，他尽管感到羞耻，但还是做出了那些使他蒙受不幸的事情：他去追求他不可能得到的女人；他擅自从杂志的作者基金里借钱，不是为了写作，而是为了赌钱；他不断伸手向朋友要钱，尽管他们对此已厌烦透了，但他仍死乞白赖，因为他抵挡不住任何诱惑。他又是个爱出风头的人。实际上，所有的人物，无论是比较重要的或者比较不重要的，无论是想干这事或者想干那事，他们都喜欢标新立异。陀思妥耶夫斯基生动地描绘出，怀有卑劣欲望的人也会时来运转的。人们围拢过来，望着这个幸运的赌徒，仿佛他是个卓越人物。他们惊叹、赞美，他成了众人注目的中心。他赢了，他为自己的成功所陶醉。他觉得自己是命运的主人，因为他相信他的直觉是绝对正确的：他能够把握住自己的运气。

"我只要一显示出我的直觉能力，便能在一小时内改变自己的命运，"他发出赌徒的叫喊，"最伟大的莫过于直觉能力。请记住七个月前我在轮盘赌台上最后一次输钱时的情形。啊，那是一个多么不寻常的有力证明啊！我输光了一切，一切……我走到赌场外，发现外衣口袋里还有一个盾（荷兰货币）。'我得吃点饭。'我想。可是走了不到一百步，我改变了主意，决定返回。我把那个盾当作最后的赌注……那时，确实有一种奇特的感觉：我独自一人在异国他乡，远离祖国，远离朋友，连有没有饭吃也不知道——我押上了那个盾，仅有的一个盾。我赢了。二十分钟后我从赌场走了出来，衣袋里装着一百七十个盾。这是事实。这就是最后一个盾有时能起的作用。要是我那时灰心丧气，那会怎样？要是我不敢孤注一掷，又会怎样？"

陀思妥耶夫斯基的传记是由他生前的老朋友斯特拉霍夫撰写的。在撰写期间，他曾给托尔斯泰写过一封信，谈到他对陀思妥耶夫斯基的感受。这封信我做了些删节，翻译如下：

> 我一边写，一边得不断地克制自己的厌恶、甚至憎恶情绪……我怎么也不能把陀思妥耶夫斯基看作一个善良的

或者愉快的人。他是个行为放纵而且充满嫉妒心的坏人。他整个一生都像一头猛兽似的乱冲乱撞,既可笑又可悲。他很聪明,也很邪恶。在瑞士,他曾当着我的面以恶劣透顶的态度对待仆人,最后那仆人实在受不了,大声对他说:"可我也是个人呀!"我现在还记得,当时我听了这句话是多么震惊不已!它表明当时在自由瑞士到处有人权思想。我于是写信给一个经常宣扬人性论的朋友,谈了这一情况。对陀思妥耶夫斯基来说,这种情况经常发生,他就是无法控制自己的脾气……最糟糕的是他还从不忏悔自己的卑劣行为,反而以此吹嘘。维斯卡费托夫(一位教授)告诉过我,陀思妥耶夫斯基有一次带着吹嘘口吻说,他曾在澡堂里强奸过一个小女孩,那小女孩是一个家庭女教师带到澡堂来的……但他说这些话时,又表现出一种愚昧的感伤情调,似乎想以此强调他那种夸夸其谈的人道主义梦想。正是这些梦想,是他作品中的基调和主要倾向,也是使人们喜爱这些作品的原因。总而言之,他的所有小说都在竭力为它们的作者开脱,它们表明,即便是最可怕的邪恶也可能和最高尚的感情同时存在……

确实,他的感伤情调是愚昧的,他的人道主义是夸夸其谈的。他和"人民"有所交往,但那样的"人民"是和进步的知识阶层相对立的。他期望俄国有所改变,同时对"人民"的苦难寄予同情。他猛烈攻击激进派,尽管后者一直试图和他改善关系。对于穷人的惨状,他提出的补救办法是"把他们的苦难理想化，并将此理解为生活的一种方式。他建议他们用宗教的象征性安慰来取代实际的改革"。

至于那件强奸小女孩的事，当然使陀思妥耶夫斯基的崇拜者大为尴尬，所以他们一直表示怀疑。斯特拉霍夫在信中提到的显然只是道听途说。为了证明这是谣言，他们说那是陀思妥耶夫斯基有一次和一个老朋友谈到自己的悔悟之心，那老朋友建议他到自己最憎恨的人面前去自我忏悔，于是他就向特杰涅夫说了那件事。但是，他所说的一切很可能都是虚构的。诚然，他在作品中使用过许多罪恶主题，还有《群魔》中隐隐约约的描写，这些都是颇难处理的。但不管怎么说，人们却无法证明，他所承认的这些丑恶行为都是生活中的事实。我觉得，这很可能和癫痫症引起的幻觉有关，由于这种幻觉非常强烈，他心里往往充满了罪恶感。也可能，他和许多小说家一样，喜欢杜撰一些事情来说明自己有可怕的欲念，但事实上并非如此。

陀思妥耶夫斯基自负、多疑、急躁、自私、轻率，他过分谦卑而不可信赖、心胸狭窄却喜欢自我吹嘘。但是，这并不是他性格的全部。他在服刑期间，当有必要时，他会承认自己犯有谋杀罪而且还有偷窃的企图；他知道，对待难友要有勇气，要慷慨大度、慈悲为怀。他还知道，人不是单一的或好或坏，每个人都是高尚与平凡、善良与邪恶的混合物。他是个最不固执的人，富有同情心。当乞丐或者朋友向他伸手要钱时，他从来不会拒绝。即使在他穷极潦倒之时，他仍想方设法积攒一些钱，以便接济他守寡的嫂嫂和哥哥的旧情人，接济他前妻留下的那个酗酒的儿子（他们俩其实已毫无关系），接济他的弟弟安德鲁。他们在生活上依赖他，他则是在感情上依赖他们。当他们有求于他而他一时又无法为他们效劳时，他从不抱怨，只是感到抱歉。他深爱他的妻子安娜，始终对她抱着倾慕和敬重的态度，认为她在各方面都胜过他自己。在国外的四年间，他一直很担忧，生怕妻子会对他失去耐心，不愿再和他一起生活。他有爱人之心，也渴望得到他人之爱。他一直不敢相信，他自己有那么多缺点，竟然还会有人如此忠贞不渝地爱恋他。在他一生中的最后几年，安娜又给了他安宁、欢愉的生活。

他就是这样一个人。这个人和作家的崇高地位似乎是矛盾的，但我敢说，世上再没有比陀思妥耶夫斯基更伟大的作家了。虽然在所有具有创造性的艺术家身上都有这样的矛盾，相比之下这种矛盾在作家身上显得最为突出。由于作家的表现手段是语言文字，在他们所说的和他们所做的之间不仅容易产生矛盾，而且这种矛盾还显得特别可怕。譬如，雪莱的情况就是这样。他在诗歌中表达了崇高的理想主义，表达了他对自由的酷爱和对一切丑恶现象的憎恨，然而在生活中，他的行为却是那么自我中心，对他人是那么冷漠无情，连他自己也为此感到痛苦。我毫不怀疑有许多作曲家和画家也和雪莱一样自我中心，一样冷漠无情，但当我为他们的乐曲和绘画所倾倒的同时，却不会因为他们的卑劣行为和他们的美妙作品有矛盾而感到不快。我会把这种矛盾看作是天才的独特情况，因为一般说来，自我中心虽是每个人在幼儿时期都有的品性，但只有天才到了青春期之后才会保持这种品性，也就是人们所说的"病态"。正因为有这种"病态"，他们才比普通人更具旺盛的精力，就像用不加水的肥料种出的瓜比普通的瓜更甜，因为那些有毒的成分反而会使瓜的茎叶长得更为茂盛。

就陀思妥耶夫斯基而言，他的自负、急躁和浮夸性格其实远甚于传记作者的描述。他就是这样一个人，而就是这个人，创造了像阿辽沙这样一个也许是所有小说中最有魅力、最优雅、最善良的人物。也就是这个人，创造了像佐西玛神父这样具有神性的形象。按小说设计，阿辽沙理应是《卡拉马佐夫兄弟》的主人公，他平淡无奇地出现在小说的第一句话里："阿历克赛·费道罗维奇·卡拉马佐夫是费道尔·巴夫罗维奇·卡拉马佐夫的第三个儿子。费道尔是当时我们这一带远近闻名的地主，由于他在十三年前死于非命，我们至今还记得他。关于这事我将在适当地方再作叙述。"陀思妥耶夫斯基是个技艺熟练的小说家，他在小说的一开头，似乎在无意中就对阿辽沙这个人物做了明确交代。但是，当我们捧读这本书时却发现，较之于他的弟弟德米特里和伊凡，阿辽沙扮演的倒像是个次要角色，他时而出现，时而消失，似乎对其他人物没有多大影响。他的主要活动是和一群男学生在一起，而这群学生除了衬托阿辽沙可敬可爱的仁慈性格，对小说主题的发展不起任何作用。

需要说明的是，《卡拉马佐夫兄弟》（据说加涅特的英译本有八百三十八页）是陀思妥耶夫斯基仅有的一部由一些断片组成的长篇小说。他本打算在小说的后几卷里着重写阿辽沙这个人物，计划让他犯下一系列骇人听闻的罪行，后来经过种种波折，最终得到拯救。然而，死亡使陀思妥耶夫斯基未能如愿。《卡拉马佐夫兄弟》虽是一些断片，却是一部前所未有的旷世之作，雄踞于为数不多的小说杰作之巅，即便像《呼啸山庄》和《白鲸》这样的伟大作品也无法与之比肩。这是一部内容极其丰富的书，我在这里只是简略地谈到它，其实是不公平的。陀思妥耶夫斯基为这本书构思了很长时间，经受了无数痛苦，这是他整个小说创作生涯中写得最痛苦的一部小说，这种痛苦远远超过因生活穷困而带来的种种愁苦。他在这本书里倾注了自己全部的苦闷和疑惑，急切地寻求人类被上帝抛弃的原因，同时一心想找回生活的真谛。但是，我得奉劝读者，不要期待他会给你找到答案，因为一个作家没有这样的权利，也没有这样的义务。《卡拉马佐夫兄弟》也不是一部写实的作品。陀思妥耶夫斯基既没有高超的观察才能，也没有逼真地再现事物的天赋。这部小说中的人物行为是不能用日常生活中的一般尺度来衡量的。他们的行为疯狂得令人难以置信，他们的动机疯狂得不合逻辑。你所看见的这些人物和简·奥斯汀或者福楼拜笔下的那些人物截然不同，他们不是现实生活的写照，不是作家取自生活并加以精心雕琢的典型人物，而是激情、欲望、淫荡和邪恶的集中表现，是作家本人痛苦而扭曲的病态心理的自然流露。他们既不真实，也不生动，但是一个个都带着生命的节奏在不断地狂舞。

　　《卡拉马佐夫兄弟》的不足之处是过分冗长，这是陀思妥耶夫斯基小说的通病，也是他难以克服的缺点。在翻译这部小说时，译者往往会把握不住它那种漫无头绪的文体。陀思妥耶夫斯基是个伟大的小说家，却是个糟糕的文体家。他也没有什么幽默感。那个制造滑稽场面的霍拉科夫夫人写得令人生厌。三个年轻女性——丽丝、卡德琳娜·伊万诺娃和格鲁申卡——几乎毫无个性,三个人同样歇斯底里,同样心怀叵测。她们既想支配和折磨各自所爱的男人,却又一味地屈从于对方,甘愿在他们手下受罪。她们的行为简直令人费解。我在前面简述陀思妥耶夫斯基生平时,没有提及另外两个多少和他有点暧昧关系的女人,这两个女人虽然在他生活中是无足轻重的,但在这部小说中,她们却为他提供了素材。陀思妥耶夫斯基生性好色,性欲强烈,但我并不认为他很了解女人。在他眼里,女人似乎很简单地只有两种:一种是温顺的、富于自我牺牲精神的,但往往受到恐吓、虐待和欺骗;另一种是骄傲的、专横的,她们既多情又残忍,往往心怀恶意。很可能,波琳娜·沙斯洛娃在他心目中就属于后一种女人。然而,她越是轻视他甚至折磨他,他却越是爱恋她,因为他喜欢这样的刺激,喜欢以此来满足自己的受虐心理。

至于小说的男性人物,倒是经过有力刻画的。老卡拉马佐夫是个头脑糊涂的小丑,他的出场写得很出色;他的私生子斯米尔加科夫是魔鬼的杰作,邪恶的化身;至于阿辽沙,我在前面已经费过一点笔墨了。老恶棍还有两个儿子。德米特里确实属于那种人,可以很明智地把他描写得就像他最最恶毒的敌人一样恶毒。他是个粗俗的、酗酒的、喜欢吹牛的恶棍,不顾一切地肆意挥霍,特别是他一点也不明白自己的钱是怎么得来的,只是愚蠢地胡乱花钱。他那种狂饮暴食的思想像穷学生一样无聊,而他和格鲁申卡的寻欢作乐简直幼稚可笑。他关于荣誉的那些胡言乱语也令人作呕。从某种意义上说,他是小说的主人公，但我觉得这个人物写得并不好。因为他太不值得关注。就像大多数小说里的男主人公一样，他被写成是一个对女人很有吸引力的男人，但是陀思妥耶夫斯基并没有写出他到底有怎样的吸引力。在他所做的许多事情中，只有一件事使我觉得有点意思，那就是他偷钱给他倾心爱慕的格鲁申卡，让格鲁申卡去和别的男人结婚。因为这使我回想起，陀思妥耶夫斯基自己就曾想为他热恋着的玛丽亚·伊沙耶娃去借钱，好让她和她的情人即那个"心灵高尚，富有同情心"的牧师结婚。陀思妥耶夫斯基还把他那种利己主义者的冷酷心理和色情受虐狂的昏热情绪也赋予了德米特里。我不知道，色情受虐狂是不是他用来维护其自身的一种最好的特殊方式。

我大概有点吹毛求疵了，你或许会问，为什么我提出了那么多异议，却还要宣称《卡拉马佐夫兄弟》是世界上最伟大的小说。是的，它是最伟大的小说，首先它非常引人入胜。陀思妥耶夫斯基不仅是杰出的小说家，同时还具有独到的戏剧才能。这两种才能同时出现在一个人身上是很罕见的，而陀思妥耶夫斯基恰恰是这样一个天才，他善于用戏剧表演的方式讲述小说中的故事。尤其是当他想触动读者内心深处最敏锐的感情时，这样的才能就显得特别难能可贵。他先把小说中的主要人物聚合到一起，让他们讨论一些简直令人不可思议的问题，然后又设法让你逐渐理解这些问题，最后又用加博利奥[①]式的技巧向你揭示其神秘性。小说中的那些对话虽然冗长，却常常会使你

[①] 埃米尔·加博里奥（1835—1873），法国侦探小说家。

觉得毛骨悚然；因为他善用各种技巧来渲染出一种恐怖的感觉，譬如让某个人物一边说话一边莫名其妙地浑身发抖（他说的话其实并不需要他如此紧张，而他却激动得脸色发青或者发白，还直打哆嗦），使读者情不自禁地集中起注意力，从而注意到原先可能注意不到的东西。这之后，这个人物很可能会真的被某种越轨行为所激怒，他的神经质也就一触即发。这时如果真的发生什么事而他又不能躲避的话，他便准备接受真正的打击。

然而，这些都纯属技巧问题。《卡拉马佐夫兄弟》的伟大更在于它表现的是重大主题。有不少批评家认为它的主题是寻求上帝；但是，依我之见，与其说是寻求上帝，不如说是讨论人的原罪问题。提到这个问题，我必须引出卡拉马佐夫的第二个儿子伊凡。也许，伊凡并不是这本书里最令人同情的人物，但他最令人感兴趣。我们甚至可以把他看作陀思妥耶夫斯基的代言人，他所表达的观点也就是陀思妥耶夫斯基本人的基本信念。在"赞成和反对的论点"以及"俄国修道士"等章节里，陀思妥耶夫斯基自己也说到，他的这部小说以及小说讨论到的主题是登峰造极的。这个观点在"赞成和反对的论点"的两个段落里表达得尤为明确，因为就在那里，伊凡提出了原罪问题。他认为，无论是对于人类的才智，还是对于上帝的仁慈，原罪都是使人难以接受的。譬如，孩子何罪之有，他们却也要蒙受种种苦难。成年人受苦受难，似乎还有理由说是因为他们犯有种种罪孽，但无辜的孩子不管从理智上还是从感情上说，都是不应该受苦受难的。对于人类是否由上帝创造、还是上帝由人类创造这样的问题，伊凡不感兴趣，他虽然相信上帝的存在，却拒不相信世上的种种苦难是上帝制造的。他坚持认为，无辜者没有理由要为有罪者的罪孽而和他们一起蒙受苦难，如果无辜者也要蒙受苦难，那么，即便不说上帝不公正，也只能说上帝是不存在的。关于这类问题，我不想在这里多说了，你可以自己去读一下"赞成和反对的论点"那一章。我只想说，陀思妥耶夫斯基过去从未表述过这么强有力的观点，所以写完这一章后，他自己也觉得有点害怕。他提出的论点是难以辩驳的，然而他最后得出的结论却是自相矛盾的。为了顺从苦难来自上帝的原罪说，他只好把世上所有的邪恶和苦难都看作是美的和善的。"要是你热爱世上一切有生命的东西，那么你的爱将证明，受苦受难是每个真正的基督教徒应尽的道德义务。"这就是陀思妥耶夫斯基要人们相信的人生真谛。在写完"赞成和反对的论点"后，他随即又写了一篇反驳文章，但没有人比他自己更清楚地意识到，他的反驳是失败的。那篇文章写得冗长乏味，作为反驳的论点也难以让人信服。总之，原罪问题仍无法解答，伊凡·卡拉马佐夫的起诉也没有得到回复。

读契诃夫

在现今最出名的评论家心目中，没有一个短篇小说家能及得上契诃夫。确实，契诃夫已经把所有的短篇小说家都挤到一边去了。赞赏他，证明你很有鉴赏力；不喜欢他，就等于承认自己是外行，是凡夫俗子。自然，他的短篇小说也成了年轻作家学习的典范。这是可以理解的，因为很明显，写契诃夫那样的短篇小说要比写莫泊桑那样的短篇小说来得容易。撇开叙述技巧不谈，就是要你虚构出一个有趣的故事来，也是一件极难的事，需要有这方面的天赋，单凭苦思冥想是想不出来的。契诃夫固然才智超人，但就是缺少这方面的天赋。如果你想把他的一篇短篇小说讲给别人听，会觉得没什么可讲的。他的短篇小说没什么故事，很平淡，甚至有点空洞。有人想写小说而想不出故事，最后发现没有故事也照样能写小说，这当然很了不起。只要你想出两三个人物，然后把他们之间的相互关系讲述一遍，小说就写好了，这实在容易。所以，只要你自信这就是小说艺术，哪还有什么比小说更方便的艺术？

不过，话得说回来，我觉得专找一个作家的短处来谈他的创作总算不上高明。我相信，要是契诃夫想得出故事来的话，他也会写出故事情节新颖而动人的小说来的。但这和他的性格不符。他像所有大作家一样，把自己的短处变成了长处。艺家只有认识到自己的短处,才能取得巨大成就,这不是歌德说的吗?如果说,短篇小说是一种以描绘想象中的人物肖像为主的散文,那么契诃夫的短篇小说是无与伦比的。但是,有人却认为,短篇小说要以有限的篇幅来表现一连串完整的行动。对于这样的要求,契诃夫大不以为然。他曾清楚地说出过自己的想法:"一个男人正乘上潜水艇准备到北极去安家,这时他的情人歇斯底里地一声尖叫从钟楼上纵身跳下,为什么偏要写这种东西?这是极不真实的,现实生活中绝不会发生这种事。我们应该写平凡的事情。譬如,彼得·塞米诺维奇怎样和玛丽亚·伊凡诺夫娜结了婚,如此而已。"但是,没有任何理由说,作家不可以用不寻常的事件作为小说素材。每天发生的事情不见得就是最重要的。写经常发生的事情,可以给人以重温自己熟悉生活的乐趣,但是这种乐趣从美学上讲却是最低级的。没有戏剧性,并不是短篇小说的优点。

莫泊桑也写普通人,但他总是力求把普通人的生活表现得富有戏剧性。他总是选择值得注意的事情,尽量从中汲取戏剧性成分。像其他方法一样,这个方法也很可取,它会使小说更有吸引力。可能性不是检验小说的唯一标准,可能性本身也是经常在变化的。过去人们就曾一度相信,长久离散的亲人可能会由于"血缘"的亲和力而相互认出对方,女人只要穿上男装就可能让人认为她是男人。可能性只是同一时代的读者最愿意相信的一种标准。即使是契诃夫,他也只有在觉得需要时才遵守自己的原则。譬如,他最动人的短篇小说《主教》,虽以强烈的感情描写了死亡的来临,却没有说出导致主教死亡的可能的原因。如果换一个更注重可能性的作家来写，他就会写出死亡的原因，并将此作为小说中不可缺少的组成部分。契诃夫在指导苏金写作时曾这么说："与小说无关的一切都要无情地抛弃。要是你在第一章里写了墙上挂着一支枪，那么到了第二或者第三章，这支枪就必须发射子弹。"既然这样，当我们读到《主教》里的那个主教吃了腐烂的鱼、几天后又死于伤寒时，我们是理应把腐烂的鱼当作他的死因的。这就是说，他不是死于伤寒，而是死于食物中毒。但是，小说中的描写又显然不是食物中毒的症状。可见，契诃夫自己也不是永远遵守这一原则的。他决定要让那个温和善良的主教死去，便用他自己觉得合适的方式让他死了。

有人说契诃夫的短篇小说是生活的片断，我不懂这是什么意思，是不是说他的短篇小说为我们展示了真实而典型的生活画面？如果是这样的话，我觉得他并没有做到这一点，即便在当时也没有做到。我认为契诃夫有特殊才能，他的那些短篇小说与其说真实，不如说写得非常生动，但是带有消极、忧郁和倦怠的病人的成见。我这么说并不是想指责他。每个作家都用自己的眼光看待世界，他们给你画出的是他自己的图画。作家受生活的限制，这对于艺术所追求的目标来说是不利的，但它作为一种规范，作家又不得不受其约束，否则他在描写生活时就会夸张而违反常识。在契诃夫看来，生活就像打台球，你永远不能把红球打入袋中，同时又无法使打出的球相撞而落入袋中，好不容易侥幸击中了球，却又十有八九把台布戳穿了。他哀叹无用的人没出息，懒汉不工作，骗子不说真话，酒鬼一天到晚昏昏沉沉，无知的人毫无修养。我想，正是因为他抱着这种态度，他笔下的人物才显得那么消沉。他能寥寥几笔给你勾画出一幅人物肖像，而就是这寥寥几笔，却把人物勾画得那么逼真而自然，使人看不出任何雕琢的痕迹。他笔下的男人都是些影子式的人物，他们满怀空泛的美好理想，却缺乏坚强的意志，往往软弱无能，言行不一，满口豪言壮语，却从来不见其行动。他笔下的已婚女子也是一个个唉声叹气、懒懒散散、意志薄弱，她们既认为通奸是一种罪孽，同时又随随便便地跟人通奸。这不是因为她们情欲难忍，甚至都不是因为她们想要通奸，而是因为她们觉得拒绝男人的通奸要求实在太麻烦。只有写到少女时，他才似乎真正动了恻隐之心。"唉！她们生来命薄，而这些可怜的小东西却玩得那么起劲。"他为她们的秀美、她们的笑颜、她们的天真和她们的活泼感到惋惜，因为这一切最终都将化作泡影。她们没有能力追求幸福，只要在人生途中一遇到障碍，便一个个地任人摆布了。

不过，我想要求读者，不要因为我提出了以上这些看法就认为我对契诃夫是大不敬的。我再说一遍，我认为没有一个作家是尽善尽美的。看到一个作家的长处而赞赏他，这当然不错；但看不到他的短处、甚至对他的短处也一味地赞美，最终会有损他的名誉。我觉得契诃夫的作品有极大的可读性。这对于一个作家来说是极其重要的，而对此往往强调得不够。在这方面，他和莫泊桑的情况是一样的。他们都是职业作家，以写作为生，因此几乎是定期写出小说来的。他们写作，就像医生看病、律师办案一样，是他们的日常工作。他们写出来的东西必须是读者喜欢看的。他们并不总是凭灵感写作，所以只是偶尔才写出一篇杰作，但是不管怎样，他们写出来的小说至少都是能把读者吸引住的。他们都为报纸或者杂志写稿。有些批评家曾以轻蔑和贬斥的口气把他们的短篇小说称为"报刊小说"。这很愚蠢。任何艺术形式都是因为需要才产生的，要是报纸或者杂志从不刊登短篇小说，那就没人会去写它了。短篇小说最初都是报刊小说。任何作家都是在一定的（而且是经常变化的）条件下写作的，从来也没听说过有哪个优秀作家，因为要以某种方式发表作品而写不出好作品来了。这不过是那些平庸作家为自己写不出好作品而找的一种托词而已。我觉得，契诃夫之所以会有文笔简洁这一优点，很大程度上就是因为那些报纸或者杂志往往只给他有限的篇幅。

契诃夫说，短篇小说应该无头无尾，但你不能真的照字面意思去理解他的话。否则，等于说你想要一条既没有头又没有尾巴的鱼。没头没尾巴，就不是一条鱼了。实际上，契诃夫的短篇小说都有非常出色的开头。他往往只用几句话就把事情交代清楚，抓住要点，不加修饰，却又十分准确，你一看就知道下面将在怎样的环境中出现怎样的人物。莫泊桑的短篇小说则常有一段开场白，目的是让读者先进入某种情绪状态。不过这种方法很危险，很容易出毛病，弄不好会显得沉闷，使读者失去耐心；如果你一开始把读者的兴趣引向某些人物，接着却又不对他讲述有关这些人物的情况，反而要他把兴趣转到另一环境中的另一些人物身上去，那就可能会把他搞得晕头转向。契诃夫主张简洁，但在他较长的几篇小说中，他也没有完全做到这一点。有人指责他不关心道德和社会问题，他觉得很苦恼。为了弥补自己的"过失"，当篇幅许可时，他就抓住机会来表明，他对这些问题的关心程度其实并不亚于任何有正义感的思想家。这样，他就让他的人物发表长篇大论，甚至不厌其烦地表述他自己的信念：不管眼下情况如何，俄国人民在不远的将来（譬如说一九三四年）就会获得自由，那时专制统治将不复存在，穷人将不再挨饿，俄罗斯国家将沐浴在幸福、安宁和友爱之中，如此等等。他说这些题外话的根本原因，就是出于这样一种舆论压力（这种舆论压力其实各国都有），那就是要求小说家同时又是先知、社会改革家和哲学家。

尽管如此，契诃夫在一些较短作品中所表现出来的那种简洁风格，则简直可说达到了出神入化的境地。他有无与伦比的才华，能栩栩如生地描绘出某个地方、某片风景、某段对话或者（在某种情景中的）某个人物。这大概就是人们通常所说的气氛吧，契诃夫不需要详细解说或者长篇描述，只消精确地把事物勾勒出来便可做到这一点。我想，这是因为他善于用异常质朴的眼光观察事物的缘故。俄罗斯人是个半开化的民族，他们似乎还生活在原始的真实状态中，仍保留着以自然的眼光看待事物的能力；而在西方，由于过去复杂的文化，我们看待事情时总带着千百年来的文明所积累的种种联想。他们好像都能看到"物自体"似的。多数西方作家，尤其是居住在国外的，在最近几年里总会碰到一些流亡的俄罗斯人。这些俄罗斯人常会把自己写的小说拿给他们看，希望找个地方发表，换几个英镑。他们的小说虽然写的是当代题材，读起来却很像是契诃夫写的那些不算太好的作品；他们的小说都写得很真诚，而且对事物都有一种直觉。看来这是民族天赋，只是这种天赋在契诃夫身上比在其他俄罗斯人身上显得更为突出罢了。

说到这里，我还是没能把契诃夫的最大特点讲清楚，因为我不是批评家，不会准确地使用各种术语，只好尽可能地谈谈自己在这方面的感受。契诃夫的人物不是有血有肉的真实形象，他们过着一种奇特的、非人间的生活，但他们又不像莫泊桑的人物那样粗犷而充满几乎是野性的活力。尽管如此，契诃夫却有一种异乎寻常的能力，他能把他的人物笼罩在某种气氛中。他们不是生活在太阳底下的平常人，而是蒙在神秘阴影里的一群游魂。他们在那里面活动着，你所能看到的只是他们的灵魂。他们仿佛是意识的化身，相互之间即使没有语言也能直接交往。这些奇特而无用的人物——对他们的外表描写，只不过是一种说明而已，就像放在博物馆陈列品旁边的说明书一样——他们一个个行动诡秘，神秘莫测。他们就像但丁在地狱里看到的那些受着种种折磨的鬼魂。他们给你的感觉是，你仿佛在一个幽冥世界里看到一群黑乎乎的人影在那里漫无目的地到处游荡。你为此而惊惶不安。契诃夫没有创造各种不同人物的才能，这我在前面已经说了。同样的人物，用不同姓名，在不同的环境里反复出现，你看到的似乎只是一些灵魂，剥去他们不同的外表，剩下的就是大同小异的东西。他的人物没有各自固定的特性，而是通过临时构想奇妙地混合而成的，因此他们实际上都你中有我、我中有你。

一个作家的重要地位，取决于他能否始终保持自己的独特性。我觉得，没有任何作家能像契诃夫那样深刻而有力地表现人的精神交流。与他相比，莫泊桑会让人觉得肤浅，甚至有点庸俗。但令人惊异的是，尽管莫泊桑和契诃夫以完全不同的方式观察生活，却从中得出了完全一致的结论。莫泊桑满足于观察人们的肉体生活，契诃夫则专注于探究人们的精神生活；然而他们却一致认为，人是卑鄙的、愚蠢的和可怜的；生活是令人厌倦的、毫无意义的。

美国文学漫谈

必须有言在先,我一生中虽然读过许多美国书——确实,我不到十岁就一边笑一边读《阿狄莫斯的书》①和《海伦的小娃娃》②了——但我并不想装得好像和一个喜欢看书的美国人一样,已经把该读的书都读过了。我没有必要把那些书都读一遍。我是随便读读的。每个国家都有不少只有本国人感兴趣的书,外国人去读是不合适的。譬如,我就觉得没有必要去读乔纳森·爱德华兹③的书,而像《里默大叔》④里的美国方言,也不是我能完全弄得懂的。所以,我绝不认为我是在发表权威性意见,我只是谈谈我的看法,而且我还得承认,这是一个英国人根据他本国的观点读了一些美国书之后的看法,因此是不免有偏见的。我知道我的有些看法并不符合美国评论界的权威观点,很可能会受到指责。我想谈的是美国文学中那些最富有美国特性的作家,至于那些明显受英国文学影响的作家,我不感兴趣。一本美国书,要我感兴趣就得有美国味。对于那些我将谈到的书,我当然不可能说出连美国人也没听说过的新鲜话来,但是

---

① 美国 19 世纪早期幽默作家布朗的作品。
② 美国 18 世纪后期作家哈伯顿的作品。
③ 乔纳森·爱德华兹(1703—1758),美国早期宗教作家。
④ 美国 19 世纪作家哈里斯的作品。

我相信，我至少能给外国人（包括我们英国人）开一张书单，使他们对美国的"美国特性"有个概念，从而了解是哪些东西影响了这个国家的国民性，以便他们往后和这个国家的人民有更多的交往。

我只想谈一些名副其实的文学名著。我对当代的作品将一概不提，这一方面是因为我对此不太熟悉，另一方面是因为在最近五十年来出现的大量作品中，哪些将被证明是有永久价值的或者是有代表性的，目前还说不上来。和有些批评家的看法不同，我认为不能因为某一本书读者多，成了畅销书，就说它没有价值，《大卫·科波菲尔》《高老头》和《战争与和平》都是畅销书；但也不能因为畅销就说某一本书一定是杰作，一本书受人欢迎可能有许多原因，如果这些原因一旦不复存在，这本书也就没人读了。对于畅销书，我的做法是，在它出版后的两三年内绝不去读它，因为两三年后我会惊喜地发现，许多轰动一时的书已不再需要我费神去读了。

我在这里必须再次强调，我坚决主张为娱乐而读书，不应该把读书当作一项任务。读书是一种乐趣，是人生所能给予的最大乐趣之一。如果我在下面谈到的那些书不能使你感动，或者不能使你感兴趣，那你就完全没有必要去读它们。我在动手写这篇文章时确实就是这么想的，否则的话，我就不敢下笔了，因为我要谈到的那些问题并不是我十分精通的。我知道我在这方面的知识不够，所以在收集资料的同时，还读了两三本有权威性的美国文学史。我本想把自己的看法和那些最权威的观点比较一下，以便在发现他们的观点和我的看法不一致时，是否可以考虑修正我的看法。然而，我却不无惊异地发现，他们谈论的尽是些我认为和文学本身毫不相干的问题。他们大谈特谈某个作家写作时的社会条件和影响他写作的政治环境；他们的评述很有趣，见解也无疑是正确的；他们讨论某个作家对当时重大社会问题的看法，探讨他的思想的哲学意义，等等。但是，对于他的风格，他们好像认为是不必多谈的；对于他的作品结构、写法以及塑造人物的手法，他们也都不大在意；而对于他的作品的可读性如何，他们根本就只字不提。在我看来，这些一本正经的先生一点也没有注意到，书是可以为娱乐而读的，没有注意到文学是一种艺术。是的，文学是一种艺术，它不是哲学，不是科学，不是社会经济学，也不是政治，它是一种艺术。艺术是为人提供娱乐的。

在我开始谈那些美国书之前，我还有一句话要说：你千万不要指望它们会像我在前面谈到的那些书一样振奋人心。虽然"天才"一词现在用得很滥，但我仍不愿把它随便用在一个写了三四个成功的剧本或者两三部成功的小说的人身上，我认为天才是非常罕见的，所以在我下面将要谈到的所有作家中，没有一个配得上这一称号。在这些人当中，有的很有才华，有的却不太有才华。他们大多需要克服重重困难，不管他们自己是否意识到，为了创造一个国家的文学，他们必须摆脱由教育和社会偏见加在他们身上的束缚，摆脱外国影响的束缚，开辟出一条新路来。他们生活在一个新的国家，这个国家的文化还刚刚在形成，有许多重要的实际问题需要解决，因此艺术必然不受重视。我们知道，他们中有些人忍受不了这样的环境，就逃到欧洲来了，因为他们认为欧洲的环境比较适合于艺术。明智的人留了下来，这些人如果条件再有利一些，原是可以创作出更完美的作品来的；不过，尽管障碍重重，他们还是难能可贵地写出了不少优秀作品，这说明他们确实富有精神活力，富有扎实的才能。美国文学的历史还不到一百年，对它应该公正一点。请你想一想，如果在英国文学中去掉整个十八世纪——且不谈乔叟和莎士比亚，还有十七世纪的那些伟大的诗人和散文家——要是我们没有蒲柏，没有斯威夫特，没有菲尔丁，没有约翰逊博士，没有包斯威尔，那么英国文学会成什么样子呢？肯定不可能像现在这样，成为英国精神的不朽象征。

不过，我还是要从一本十八世纪的书开始谈起。美国文学史上提到的自传寥寥无几，但其中的一本，也就是本杰明·富兰克林的《自传》，却写得极为有趣。它以质朴的英语写成，流畅可读，就如作者自身的为人。我们知道，富兰克林深受英国语言大师的熏陶，他的《自传》不仅叙述得很流畅，还成功地为自己描绘了一幅既生动又真实可信的肖像。我不明白，为什么在美国一提到富兰克林，人们就有轻蔑之意。他们对他吹毛求疵，说他的箴言其实是常识，他的理想其实很平庸。确实，他不是个浪漫主义者，但他精明而勤奋，是个出色的实干家。他为他的同胞谋福利，同时头脑也很清醒，绝不让他的同胞来欺骗他，而是非常机敏地利用他们的弱点来达到自己的目的。他的动机有时确实很自私，但有时也很大公无私。在生活中，他讲究个人享受，同时对种种不幸也能坦然处之。他很仗义，也很慷慨，是个够朋友的人；他谈吐机智泼辣；他喜欢喝酒，也喜欢女人，甚至有点放荡，常找女人寻欢作乐。他是个多才多艺的人。他活得很潇洒，从不虚度时光。他为他的国家、他的州县和他的城镇都做过不少好事。我觉得，就像约翰逊博士是个典型的英国人一样，他是个典型的美国人。那么，为什么他的同胞们会对他没有好感呢？我常这样自问，而且想来想去只想出一种解释：也许是因为他从不虚伪的缘故。

现在让我们直接进入十九世纪。这一百年间，最杰出的作家是赫尔曼·麦尔维尔、瓦尔特·惠特曼和埃德加·爱伦·坡。要是只允许我说出三个最有才华的美国作家，我会毫不犹豫地选择这三个名字。不过，我要暂时把他们搁一搁。因为，我再说一遍，我写这篇文章的主要目的——也是你的兴趣所在——是要尽我有限的知识和篇幅谈谈美国文学中的美国特点，所以我不想按年代顺序来谈。此外，我还得加上一句，为了避免冗长啰唆，我将只谈那些我有充分理由认为应该读一读的书。那些书谁都不能不读，任何有教养的人读了它们，一定会觉得趣味无穷，受益匪浅。

然而，我不得不承认，为写这篇文章，我把《红字》重读一遍之后，却觉得所得的教益和乐趣都很有限。我想，实事求是总没有坏处，所以我坦率地对你说，就在最近的四十年间，美国至少出现了五到六个才华远胜过霍桑的小说家，只是出于成见或者是这些小说家还活着的缘故，我们才不承认这一点。尽管如此，《红字》毕竟很有名气，我想每个读过些书的美国人肯定都读过这部传奇小说。我觉得，这部小说的序言"海关"比小说本身读起来更有意思，因为它写得轻松幽默，很有吸引力。一部小说，首先要让人觉得可信，如果你本能地觉得人物的行为举止不合常理，那么这部小说就完蛋了，小说家也完蛋了。霍桑在《红字》的开头部分就面临这样一个难题：他得找到理由让人相信，那个随便去哪儿都可以的海丝特·白兰为什么偏要留在那个使她备受羞辱的地方。当然，他可以把这归因于她对亚瑟·丁姆斯代尔的爱情，是强烈的爱情使她宁愿含羞忍辱留在那个地方的。但是，他并没有解决另一个更大的难题，因为他要是解决了这个难题，他的小说也就不会是现在这样子了。清教徒是虔诚的，同时也是很现实的，对于男女之间的事情，他们不会不懂。天上的鸟是不会使女人怀孕的，只有男人才会，这一点海丝特是理应知道的。既然怀孕了，她又为什么不到远些的地方去把孩子秘密地生下来？这让人无法相信。如果说，是因为情人相爱而舍不得分离，那么，既然他们后来能很容易地乘船返回欧洲，为什么在情况如此严重的时候反而会想不到走这条路呢？真是令人费解。他们也许不知道罗格·齐灵窝斯已经死了，否则的话，他们就会像一个世纪后本杰明·富兰克林和可敬的里德小姐那样按习惯法结婚①。霍桑没有塑造生动的人物形象的天赋，罗格·齐灵窝斯简直不是一个活人，而是邪恶和狠毒的堆砌物；海丝特不过是一尊精美的雕像；丁姆斯代尔牧师也是死气沉沉的，只有当他和海丝特最后决定私奔之际，在他急切地想知道船究竟在什么时候起航时，才显出一点生气来；他已经为自己的当选写好了布道的讲稿，

---

① 富兰克林和里德小姐于1730年按习惯法结婚，即不举行宗教仪式，过婚姻生活。

很不愿意放弃。在这里，霍桑对人性做了非常精彩的刻画。我要你读《红字》，不是去欣赏它的故事，而是要欣赏它的深刻动人的文笔。霍桑的文笔是以十八世纪英国的伟大作家为楷模的，譬如，像"在他心里就是从蝴蝶翅膀上抹下一些绒毛也不忍心"这样的话，完全像出自斯特恩之手，斯特恩见了一定会大加赞赏。霍桑有敏锐的耳朵，又善于遣词造句。他能把一个句子写得长达半页，从句层叠，但结构匀整，就如水晶般明晰，而且读来铿锵有力。他能写得精美而多变。他的散文就像哥特式织锦一样精致、华丽，但他的审美观又很有节制，从不流于浮华或者夸张。他的隐喻意味深长，明喻则恰到好处，他的用词也完全符合他的题材。文学的风尚随时代而变，很可能今天流行的粗俗文风今后会不再流行，很可能读者会重新喜欢典雅的文风。届时，作家们也就会纷纷向霍桑学习如何写好一句不止六七个词的句子，如何写得既庄重又明快，如何使文句读上去富有韵味而又不显得做作。

霍桑属于文学史家所谓的"康科德派"，而这一派的主要成员是爱默生和梭罗，所以我似乎也应该谈谈这两个作家。《瓦尔登湖》的好坏要看读者的口味而定。我读这本书的时候，既不觉得厌烦，也不觉得兴奋。这本书写得很流畅，文笔轻松文雅，而不是一本正经的。不过，要是我被大雪困在荒无人烟的美国西部草原上，只有一头不会说话的牲口和我做伴的话，要是我在避雪的小木棚里发现一本书而这本书恰恰是梭罗的《瓦尔登湖》的话，我会感到万分沮丧。写这种书是需要有充沛的精力、独特的经验和大量的冷僻学问的，而梭罗这个人生性懒散，生活经验和知识也都有限，书虽然读过不少，却都是些过了时的旧书。我觉得他缺乏激情，所以他尽管大胆使用了这样的主题，却没有从中生发出深刻的含义。他发现了一个"知足常乐"的秘密，说：如果你没有多大追求，就无需付出多大代价，也就容易满足。这些我们早就听说过了。霍桑曾说过："你若能习惯于跟一些和你不同的人相处，由于他们无视你所追求的东西，你就不得不放下自己所关心的一切而去了解他们的生活和他们的才能，这对于你的道德修养和知性健康来说都是很有益的。"这话说得很有道理，写书的人尤其应该铭记在心。

和梭罗相比，爱默生的地位当然要高得多。多年前，我在科摩湖畔碰到过一个金发女郎，就是她使我开始读爱默生的。在我们的旅游途中，她身边一直带着一本爱默生的《散文集》，其中她认为重要的句子和段落都用蓝铅笔（也许是为了和她眼睛的颜色相一致）画了出来，每页至少有两三处。她告诉我说，她从爱默生那里得到了莫大的安慰，说她在生活中一遇到难题或者不幸，便求助于他，而且总能如愿以偿。多年后，我在夏威夷又碰到她。她热情地叫我到她在那儿临时租下的寓所里去共进午餐。她本来就很有钱，自从我们上次相遇后，她身份也提高了，因为她丈夫封了爵位，她就成了贵族夫人。她接待我时穿着一身卡洛服装（卡洛姐妹是巴黎最时髦的服装设计师），戴着一条价值至少五万英镑的珍珠项链，但脚上没穿鞋袜。"你看，"她指指她那双赤着的脚说，"我在这里过着简朴的生活。"我见她的两只脚上都患有拇趾囊肿胀，心里很同情。这时，一个穿得像明朝皇帝似的中国管家给我们端来了一大盘各种各样的鸡尾酒。我问她是不是还在读爱默生。她赶紧从桌子上抓起一本书，按在她平坦干瘪的胸口上对我说，是呀！她无论到哪里都一直读爱默生的这本《散文集》。她挥了挥戴着珠宝的手，指着窗外的大海说，要是不读爱默生，她也就不可能真正领略到太平洋的伟大精神意义了。不久前，这个女人寿终正寝，而且至死都是爱默生的忠实信徒。她把她的游艇和藏书都遗赠给她的一个情夫，也算是她晚年的另一种安慰，但她没有给他留下足够的钱来维持那艘游艇，于是他就把它卖了。至于那些旧书，是换不到几个钱的，他可能还保存着。如果真是这样，我希望他能知道，他那位已故贵妇人生前从爱默生的书里也得到过不少安慰。不过，我得承认，我自己从爱默生的书里从来没有得到过什么安慰。我并不想对这位被他的同胞们引以为荣的作家说些大不敬的话，我承认，他的性格很有魅力，而且很仁慈；你读他的日记，不能不钦佩他从小就有深邃的思想，钦佩他竟能把自己的思想表达得那样流畅。他是个演说家，他是为了在讲台上演说而写作的，所以当年他演说时的那种风度和语调，今天在书页上已经领略不到了。尽管如此，我还是只能说老实话，我在他那些著名的散文中甚至都没有得到多大的教益或者乐趣。有许多地方，他甚至可以说还很陈腐。他有使用华丽词藻的天赋，但往往华而不实。他就像一个动作敏捷的滑冰运动员，在一片陈词滥调的冰面上滑来滑去，竟然在那上面画出了一幅幅令人眼花缭乱的图案。他要不是那么一个好人，也许会成为一个更好的作家。那么，人们自然会好奇地问，他又为什么会成为一个著名作家的呢？他在世界文坛上也占有重要地位，这又是为何呢？为此，我劝你读一读他的《英国人的性格》一书。在这本书里，由于他不得不写到许多具体事物，也就不像在《散文集》里那样，容易被一些空洞无物的所谓"思想"所框住，这本书比他的其他所有的书都写得更加生动、更加贴切，也更加有趣。读这本书，我才确确实实觉得是一种享受。

也许，美国人对康科特派作家的重视是外国人无法理解的。作为外国人，我们只好把他们忽略掉，去看看别的作家。埃德加·爱伦·坡的情况正好和爱默生相反，他在欧洲其实比在本国更受尊敬。譬如，他对法国文学界的影响至今还很大。也许是因为他的品性和为人不那么高尚，他的同胞才没有给予他应有的尊敬。然而，作家的品性和为人是和读者无关的，读者关心的只是他的作品。爱伦·坡的诗歌非常优美，是美国历史上前所未有的。他的诗歌就像威尼斯画派的有些画，以一种意想不到的美使你惊心动魄。你读着他的诗歌，只觉得感官得到了满足，于是也就不去管它到底有没有激发了你的想象力。它给你的是纯粹的美，无与伦比的美。除了是诗人，爱伦·坡还是一个目光敏锐的评论家，尤其是他对短篇小说的看法，长期以来一直是后世小说家的座右铭。至于他自己写的那些短篇小说，也是出类拔萃的。不用我说，你也知道，他的《黄金虫》和那些杜宾先生的故事开了侦探小说的先河，结果是世界上出现许许多多这种我们大家都喜欢看的书。现在虽然已有许多作家在侦探小说的园地里耕耘，尽管他们一个个各显神通，却没有一个人在爱伦·坡最初开垦出来的这片园地之外开垦出新田地来。他的恐怖小说和神秘小说或许得到过霍夫曼和巴尔扎克的启发，但他是个最自觉的艺术家，他的作品也出色地达到了他自己预期的效果。凭着这些作品，他得到了应有的名声。他的文笔是浮夸的，他喜欢使用浪漫的修饰和夸张的对话，就像他笔下的人物那样——纯属虚构。他的题材也很褊狭，但你必须容忍这些，因为他写出来的是当时世上独一无二的东西。他写得很少，写出来的却几乎篇篇趣味无穷。只是，他的作品没有特殊的美国味。无论是在他的散文中，还是在他的诗歌中，我都找不到什么东西是英国作家不可能写出来的。所以，我们如果想在美国文学中寻找有美国特性的作品，还得到别处去找。

不过，在此之前我得先谈谈一个故意回避美国背景的作家——亨利·詹姆斯。他不是美国最伟大的作家，但确实是最出名的作家之一。他才华卓著，可惜的是，他性格上的某种缺点使他的才华没能得到充分发挥。他有幽默感，有洞察力，感觉细腻，又有戏剧感，但是，他平庸的灵魂使他对死亡的恐惧和生命的神秘感到困惑。他观察事物的表面极其敏锐，却不能看透事物的底蕴。他把他的《专使》视为自己最好的长篇小说；最近我重读了一遍，颇为它的空洞感到惊讶。小说使用的那种迂回曲折的文体使人厌烦，人物的语言没有表现出人物的个性，似乎每个人说的话都是千篇一律的，都是亨利·詹姆斯自己的语言；唯一的一个比较有趣的人物是纽萨姆太太，但她却始终没有出场；还有那个斯特雷切尔，只是个专爱打听别人隐私的愚蠢的老太婆。幸亏亨利·詹姆斯有讲故事的才能，能使读者急于想知道下文如何，再加上他对巴黎的春天和夏天的那种宜人景色的描绘（我从未见过这样精彩的描绘），读者才跟着他一页一页地读下去——这是小说家最重要的才能，否则的话，这部小说简直令人难以卒读。我还是比较喜欢他的另一部长篇小说——《美国人》。这部小说写得明快而优美，或许用词稍嫌陈旧（例如，不说人们"走了"，而说"辞别"；不说"回家"，而说"回府"；不说"上床睡觉"，而说"就寝"），但这也可以使人感受到一种历史气氛，并非全然不可取。这部小说的奇特之处在于它讲的是一个没有爱情的爱情故事。克里斯托弗·纽曼娶德·桑特雷女士为妻，本来就只是为了让他的几个孩子有个母亲，使餐桌上有个女主人，从而给家庭增添一点光彩，所以当他们的婚姻破裂时，他内心并不痛苦，只是觉得丢了面子。小说里的人物都不是真实的人，男的就像一件塞满填料的衬衫，女的就像一条撑在裙架上的裙子。桑特雷女士尽管妩媚动人、温文尔雅，却纯粹是个俗套人物，让人觉得不是自然的写生，而是作者悉心研读巴尔扎克的小说后从中移植过来的。只是，巴尔扎克能把自己的激情赋予哪怕是最俗套的人物，亨利·詹姆斯却毫无激情，因而这个人物只能像《妇女杂志》上的时装模特儿一样了无生气。那个美国人纽曼是个西部开拓者，按照故事里的那个特定历史时期，他很可能到加利福尼亚去淘过金，但是亨利·詹姆斯对他所要描写的人物好像太不了解，以至于把这个人物写得显然不近情理。无论在圣路易的赌场里，还是在旧金山海滨，纽曼都不太可能学会写那种文雅的书信。我觉得，亨利·詹姆斯是被自己的人物愚弄了，贵族贝尔加德家拒绝与纽曼联姻，并不是因为纽曼的财产是靠做生意挣来的，而是因为他们及时发现了他原来是哈佛大学的一个英文助理讲师。尽管如此，《美国人》还是值得一读的。亨利·詹姆斯讲故事的才能确实高明，故事中的悬念设计确实奇妙，对戏剧场面的运用也确实娴熟而自如，所以他自始至终都能把你吸引住。小说情节就像侦探小说一样扣人心弦，甚至比侦探小说还要玄乎。此外，你也不时会感受到作者的那种和蔼、文雅、富有教养的性格魅力。《美国人》不是伟大的小说，但读起来非常有味。一部六十年前出版的小说还能这样，真是不可多得。

现在我要谈一部伟大的小说，那就是《白鲸》。我在南洋群岛的时候，一度曾津津有味地读过麦尔维尔的南洋小说《奥穆》和《泰比》，但是后来再没有想要重读。至于《比尔》，我根本就没有读，因为我听一些有见识的批评家说，麦尔维尔写这本书时精力不济，所以写得一塌糊涂。然而，就凭《白鲸》也足以使任何作家成名。有些批评家说它的文笔过于夸张，我却认为这正适合它的题材。夸张手法是得失无凭的，使用得当可以出神入化，使用不当则会荒诞不经。我得承认，麦尔维尔有时确实流于荒诞，但要一个人始终在高空行走是不可能的。只要想一想他那些最好的章节写得何等苍劲有力、何等简洁明快，那么对他的偶尔失足也就不会计较了。有好几章，譬如关于图书馆所藏文物的掌故和详述鲸鱼历史的那几章，我觉得是多余的，麦尔维尔显然是想炫耀一下自己的渊博知识。但对一个有杰出才华的作家，你得允许他有怪癖。荷马也有打盹的时候，

"智者千虑，必有一失"。莎士比亚有时也会洋洋洒洒地写出一大段废话。麦尔维尔对新贝德福德风光的描写，对事件的叙述，以及对人物的刻画——尤其是对那个可怕的人物艾哈伯的刻画，确实不同凡响。这里有一种惊悸、一种神秘、一种征兆、一种激情，它显示出人生的凶险、命运的不可抗拒以及邪恶的无处不在，而所有这一切都使你凝神屏息、瞠目结舌。你被震倒在地，然而又觉得仿佛高高地升到了空中，有一种奇异的感觉。如果你是个作家，当你把自己所从事的艺术提升到了这样的高度，对人们的心灵、思想和感情产生了这样重大的影响时，你也一定会觉得无比自豪的。

尽管麦尔维尔的这部小说一开始写到了新贝德福德，后来的故事也是发生在一艘美国捕鲸船上的，然而我在小说中却找不到我想寻找的那种特殊的、可贵的美国特性。他的教养是欧洲教养，他的文风给你的印象也是十七世纪英国散文家的那种文风。他笔下的人物——至少是主要人物——虽然都是美国人，但他们只是表面上的美国人。他们比任何真实的人都要高大，实际上不属于世界上任何国家，而属于一个令人望而生畏的奇异国度，那里就住着陀思妥耶夫斯基小说中和《呼啸山庄》中的那些心情烦躁的、相互折磨的人物。

要想说清楚美国特性究竟是什么，这本来就不容易，而我的篇幅又很有限，所以更加不可能了。在文学中，它是这样一种特点，它使一个国家的作品有别于另一个国家的作品，使人一眼就能看出，这样的作品只能在这样一个国家里产生出来。让我举一个很好的例子来加以说明。在马克·吐温的作品中，你就能很明显地感受到极其浓郁的、而且是极为典型的美国气息，譬如在他的《哈克贝利·费恩历险记》里。这是马克·吐温最好的作品，一部真正的杰作。在马克·吐温生前，人们只把他看作幽默作家，读他的作品也只是为了消遣，而当时的权威批评家对幽默作家往往是不屑一顾的。然而，在他去世之后，人们对他的态度就变了，我想他现在已是一致公认的美国最伟大的作家之一。这无需我多说。我只想指出一点，当马克·吐温想用正规的文学语言来写作时，他写出来的东西（如《密西西比河上》）往往只是些干巴巴的新闻报道；而当他写《哈克贝利·费恩历险记》时，他却聪明地想到了用主人公自己的口气来写，于是就开了美国方言文学的先河，而就是这种方言文学，现已证明是当今许多最典型的、最优秀的美国作家汲取灵感的源泉。他们从马克·吐温那里得知，从十七或者十八世纪的英国作家那里是找不到生动的文学语言的，只有到本国人民的语言中去找。然而，如果认为哈克贝利·费恩所说的那种语言，就如画家所谓的"写真"那样，就是方言本身，那也是愚蠢的。一个未受过教育的孩子是绝不可能说出那么干净利落的词句的，也不可能出口就有那么恰当的措辞。很可能，马克·吐温觉得，如果使用方言直接用第一人称叙述，会有损文学的尊严，所以他采用了这种表现方法，让我们觉得这种语言是他的小主人公的真实语言，而当我们很乐意地接受了这种语言时，他也就使美国文学从长期的束缚中解脱了出来。《哈克贝利·费恩历险记》以其多变而惊人的奇妙构想，以其充沛的活力和饱满的热情，继承了"流浪汉小说"的伟大传统，而且足以和这一传统中的两大杰作,即《吉尔·布拉斯》①和《汤姆·琼斯》相媲美。可惜的是,马克·吐温把那个讨厌的小笨蛋汤姆·索亚引进了这部小说,破坏了最后几章,否则的话,这部作品真可以说是无懈可击的了。

给我的篇幅现在已剩下不多了,所以关于《俄勒冈的小路》我只能简单提一下。帕克曼做那次旅行时迄今还不到一百年,那时草原上有成千上万的野牛,还有心怀敌意的印第安人,处处有危险需要防备。他很勇敢,也很坚毅,还有一种沉静的幽默感,就是以这样的性格,以荒野为题材,他写了一本从头到尾都很有趣的书。这本书确实很好,如求全责备的话,就是文采稍差一点。

关于艾米莉·狄金森,我也得说上几句。在我看来,她不配受到那么高的赞誉。我这么说,大概许多人会觉得不高兴。她被人推崇为伟大的"美国诗人",然而诗和国籍是无关的。诗人生活在天界里,不属于任何国家。我们说荷马,何尝把他称作伟大的"希腊诗人",或者说但丁时何尝把他说成伟大的"意大利诗人"? 这样说的话,只会贬低他们。我们也不应该让一个诗人的个人经历来影响我们的判断。艾米莉·狄金森有一段不幸的恋爱经历,长年孤独隐居;爱伦·坡酗酒,常常忘恩负义;但这并不就使前者的诗好些,后者的诗坏些。读艾米莉·狄金森的诗,最好还是读她的诗选,因为那些经过挑选的诗最能显出她的机智、辛辣和质朴。她的诗选大多选得太少,如果多选

---

① 法国 18 世纪作家拉·塞勒的作品。

几首的话，内容会丰富不少，但是你若去读她的全集，则很可能会大失所望。她在自由唱歌时，节奏协调而且转换灵活，用词贴切，感情真挚，新奇的意境层出不穷，这时她写出来的诗最精彩。可惜她并不经常处于这种最佳状态，就像艾默琳·格兰杰福德小姐一样[①]，艾米莉·狄金森也胡乱地写诗。在形式上，她又非常刻板，老是用四行一节的旧格律或者民歌格律，这种形式本身就有局限，而到了她手里更见局促，因为她的耳朵不灵，语言也难得简练，很不适用这种格律。她的性格和思想都很复杂，因此往往为了说得"思想深刻"而不惜牺牲优美的抒情。她也写讽刺短诗。这需要一针见血，但她刺下去的针头却往往偏离目标。她有天赋，但天赋不大，有人硬说她有多大的才华，而在她的作品中却显不出多少，所以她名不副实，常使读者困惑不解。诗是文学的冠冕，我们有权要求这冠冕上的珍珠不能是人工培养的，宝石也不能是重新磨过的。如果美国不久以后产生出一大批新诗人来的话（我认为实际上已经产生了），那么他们将使那些硬堆在艾米莉·狄金森身上赞美之辞更显得浮夸不实。

现在只剩下瓦尔特·惠特曼了。我把他留到最后，因为就在他的《草叶集》里，我们终于找到了我们一直在寻求的、真正摆脱了欧洲影响的、纯粹的、地道的美国特性。不过，《草叶集》虽是一部极重要的作品，我却不得不告诉你，很少有像惠特曼这样不平衡的大诗人，因为我一开始就提醒过你，我劝

[①] 马克·吐温《哈克贝利·费恩历险记》中的人物。

你读的书，不管其他方面有什么优点，必须是读起来非常有趣的。有不少书，读者读过后之所以会大失所望，我觉得就是因为批评家把它们说得太好了。世界上没有十全十美的东西，一般说来，有缺点的东西才有优点。书也一样，读者最好是知道自己从中可以指望获得什么，否则的话，一旦发现自己的所获远不如批评家说得那么多，很可能会错误地认为自己没有能力欣赏某些东西，而事实上，这些东西根本就不存在。惠特曼的诗，开始部分都写得非常好，但不知是因为他觉得写诗是件很容易的事呢，还是因为他天生喜欢唠唠叨叨，他常常会没完没了地往下写，其实要说的前面都已经说过了，后面并没有写出什么新东西。对此，你必须容忍。他写的诗，有些地方模仿《圣经》的韵味，有些地方模仿十七世纪的无韵诗，有些地方则模仿那种既刺耳又单调的劣等散文。对此，你也必须容忍。当然，有这些缺点是令人遗憾的，但没有多大关系，我们可以跳过去不读。《草叶集》是一本随便从哪里都可以开始读的书，你觉得有趣就往下读，觉得没趣就翻过去，随便翻到哪里都可以，然后再往下读。惠特曼能写出既纯又美的诗，能写出震撼人心的诗句，而且往往能营造出异常动人的意境。不用我说，他是所有诗人中最具爆发力的诗人。他充满活力，充满对生活的真切感受，他感受到生活的缤纷和喧哗，感受到生活的热情和美好，感受到生活的刺激和欢乐，这就是美国人引以为自豪的真正的美国特性。他把诗的艺术交还给了普普通通的人。他使人们看到，并不只是在月光、城堡的废墟和少女的相思之苦中才有诗，在大街上、火车上和轮船上，在工匠的粗笨工作和农夫的平凡劳动中，在日常的劳作和休息中，都有诗。总之，在整个生活中，或者说在各种各样的生活中，都有诗。就像华兹华斯曾向我们表明了写诗不一定要用诗的语言、用日常语言也照样能写诗一样，惠特曼向我们表明，写诗不一定非要用浪漫主义诗人的风花雪月做题材，用日常生活中最寻常的事物也照样能写诗。他的诗不是逃避现实的诗，而是紧紧拥抱现实的诗。要是哪个美国人读了惠特曼的诗，而没有对自己国家的辽阔和富饶更感到自豪或者没有对未来更充满希望的话，那他准是个心智愚钝的白痴。我认为，惠特曼的诗歌表明美国已经在文学中真正意识到了自己。这是一种具有男性气的豪放的诗，也是民主的诗；它是一个新兴国家的真正的战歌，也是一个国家的民族文学的坚实基础。在欧洲的博物馆里，我们有时会看到人们把杰西①的家谱画成一棵树的样子：亚当是这棵树的粗壮的树干，以色列的历代圣贤和帝王则是从树干上长出来的一根根树枝。如果我们也用一棵树来表示美国文学的家谱的话，那么像欧·亨利、林·拉德纳、西奥多·德莱塞、辛克莱·刘易斯、威拉·卡瑟、罗伯特·弗洛斯特、范切尔·林赛、尤金·奥尼尔和埃德温·阿林顿·罗宾逊这样的美国作家就是这棵树上的一根根树枝，那么，粗壮的树干就是辉煌的、无畏的和独创的瓦尔特·惠特曼。

---

① 以色列大卫王之父。

读《白鲸》

凡是读过我的文章的人，都不期待我会从深奥的隐喻角度来谈论《白鲸》——麦尔维尔唯一可以和世界上其他伟大小说相媲美的作品。那样的讨论应该到别处去寻找。我只能从一个并非毫无经验的作家的观点来对待这本书。不过，既然有一些很聪明的人也把《白鲸》看作寓言，那么我理应在这里稍微介绍一下这方面的情况。他们认为，麦尔维尔自己的说法是具有反讽意味的：他曾写道，他很担心这部作品可能会被人误解成"可怕的寓言，或者更糟糕、更可憎，丑陋得无法接受的譬喻"。此外，他在写给霍桑夫人的一封信中又曾说到，他在写这本书时"隐约感到整本书可能会被人当作寓言"。但是，就凭这些便说这本书是寓言，证据还嫌不足。如果有人确实作出了这样的解释，那也是纯属偶然。难道这不可能吗？因为就如他自己对霍桑夫人所说的，他对这样的解释不会感到丝毫惊讶。我不知道批评家是怎样写小说的，但对小说家怎样写小说还略知一二。小说家一般不是从确立某个主题开始构思小说的，不是先有了某个主题，如"诚实是无上宝贵的"或者"发光的并不都是金子"，然后说，我要用这个题目写一篇故事。不是的，而是先由一些人物——通常是他熟悉的人——激发了他的想象力；有时就在这同时，有时则要晚一些，他便开始构想小说中应有的事件。这些事件可能来自他自己的经历，可能是听说的，也可能是凭空杜撰的。只有当人物和事件在他的头脑里融合起来后，主题才逐渐产生。麦尔维尔没有胡思乱想，因为当他想入非非时，他便惨遭失败，如《玛地》一书就是明证。他有丰富的想象力，但想象力越丰富就越需要以事实作为想象的基础。一旦他对自己的想象力不加控制，他就会写出荒诞不经的东西，如《比尔》一书就是这样。他生性喜欢思辨，这是事实，而且随着年龄增长，他越来越倾向于思考哲学上的形而上学问题。雷蒙德·威弗把哲学上的形而上学问题说成是"痛苦和思维的混合物"，这种说法似乎过于褊狭。因为除了痛苦和思维，我们还应该注意到形而上学所涉及的，其实是那些对于人类灵魂来说是最至关重要的问题，如价值观、上帝、永生和生命的意义等。然而，麦尔维尔并不是思辨地、而是感性地去面对这些问题的：他如何感觉就如何做，如何做就如何想，但是这并不妨碍他的许多想法具有深刻的寓意。"心灵自有其理由，只是我们的理智不能理解罢了。"我想，要写出真正的寓言来是需要有超然物外的态度的，而麦尔维尔并没有超然于物外。

在象征意义上解释《白鲸》，埃勒瑞·塞奇威克的观点最趋极端。他甚至断言，《白鲸》一书之所以名垂青史，原因就在于它具有象征意义。根据他的看法，艾哈伯是有感情、有思想、有意志、有信仰的"人"的象征，他面对着无穷神秘的宇宙；而他的对手，即那头白鲸莫比·迪克，就是宇宙神秘性的象征，它虽然不是宇宙神秘性的创造者，但它就代表着宇宙的那种似有法则、又似无法则的混沌状态。至于宇宙本身，则如先知们所相信的那样，是由上帝创造的。但我觉得，他的这种说法很难使我信服。还有一种比较合理一点的解释，是由刘易斯·曼福德在他写的一部麦尔维尔传记中作出的。要是我没有理解错的话，他是把莫比·迪克当作邪恶的化身看待的，艾哈伯和莫比·迪克之间的冲突被看作善与恶的冲突，而最终是恶战胜了善，这倒很符合麦尔维尔的悲观主义倾向。然而，寓言却是这样一种怪物，你既可以抓住它头上的毛，也可以抓住它的尾巴。所以，我如果反过来说，也同样说得通。为什么莫比·迪克就一定是邪恶的化身？曼福德教授说它是"抽象的邪恶"，根据是它在遭到攻击时会自我防卫，"这头畜生太恶毒，一遭攻击就会自卫"。但是，我们应该记得，麦尔维尔在《泰比》一书里就曾歌颂过未受文明世界的邪恶腐蚀的野蛮人。他认为处于自然状态的人才是真正的好人。这样的话，莫比·迪克为什么就不能代表善而非要代表恶呢？它是那样漂亮、那样庞大、那样有力、那样自由地在大海中遨游；而艾哈伯呢，他是那样傲慢、那样残忍、那样粗暴、那样冷酷、那样心胸狭窄地念念不忘报复，他才是邪恶的化身。所以，到了最后一刻，他和他那伙"由逃兵、无赖和暴徒组成的乌合之众"遭到了灭顶之灾，正义得到了伸张，而此时，沉着冷静的莫比·迪克又神秘地消失了。善和恶都得到了报应。也许，你还可以按同样的思路作出另一种解释。你可以把凶狠的艾哈伯看作撒旦，把莫比·迪克看作上帝。最后，上帝战胜作为万恶之源的撒旦，尽管自己受了重伤，但保住了人类，让他们漂浮在"软和、挽歌似的大海"上。于是，人类不再妄求，也不再惧怕，因为上帝给了他们不可战胜的灵魂。

幸运的是,大多数人读《白鲸》只是因为它有趣,而不是想从中找到什么深刻的寓意。我已经强调得够多了,读小说不是为了接受教诲,而是为了获得精神上的享受。如果你发现读小说没什么乐趣,那就干脆不要读。不过,我得承认,麦尔维尔好像有意不让读者获得乐趣。他曾在一封信中说:"我想按我的意愿写下去,那样可能很不讨好,有人会觉得没趣,但要我用另一种方法来写,我又办不到。"他本来就脾气倔强,加上公众对他的冷淡、批评家对他的攻击和朋友们对他的误解,他更是横下一条心,只写他自己想写的东西了。在最近再版的《白鲸》一书的序言中,蒙哥马利·贝尔津小心翼翼地解释说,麦尔维尔之所以不厌其烦地叙述鲸鱼的历史和鲸鱼的骨骼大小等琐事,原因可能是他想使书中的捕鲸的故事显得更为真实可信。我不同意这种看法。如果麦尔维尔真想这样做,他完全可以利用自己在太平洋上的三年生活中所亲身经历的事情,或者听人讲述的有关捕鲸的故事,来达到这一目的。我认为,事情很简单,麦尔维尔之所以写这几章,就是因为他忍不住要把自己感兴趣的东西告诉读者。这些东西,除了写莫比·迪克为什么会浑身发白的那部分我觉得有点荒唐,其余部分我是读得津津有味的。尽管如此,我仍不得不承认,所有这些东西都是和小说主题毫不相干的。除此之外,还有一点也可能使读者感到失望,那就是麦尔维尔详细介绍了某个人物之后,往往会把他搁置一边,你对这个人物已产生极大兴趣,很想进一步了解他,而作者好像根本就没把你放在心上。显然,麦尔维尔缺少法国人所说的那种"连续性"。有人说他的小说结构独具匠心，我觉得他们是在瞎吹捧。他根本就没有什么"匠心"，他只是按自己的方式写了《白鲸》。对于他的这种方式，你要么接受，要么拒绝。他就是这样一个小说家，而且还不是第一个，他会对你说："不错，我要是照你说的那样去写，或许能写出一本更好的书来；我相信你说得非常正确，但是现在这样写则是我喜欢的，是我想做的；要是别人不喜欢，我就没办法了，再说我也不在乎别人喜欢不喜欢。"

有的批评家指责麦尔维尔缺乏创造力，我倒认为他创造得太多，有时甚至有点不合情理。当然，只要有经验作为基础，他写出来的东西还是很有说服力的，不过，这一点大多数小说家都能做到。当有经验基础时，他的想象力便发挥得既无拘无束又生动有力。我要说的就是这些。还有一点好像用不着我多说，那就是麦尔维尔对景物的描写总是很精彩的。他的文笔有点一本正经，但很奇怪，读来很有感染力。《白鲸》前几章以新贝尔福德为背景，写得既逼真，同时又具有迷人的浪漫色彩，而且还很巧妙地为后面的情节展开埋下了伏笔。当然，全书最引人注目的是艾哈伯船长那高大、可怕而又感人的形象。我想不出有什么小说形象能和他相比。你必须到古希腊悲剧家那里去寻找那种末日感，因为他的每件事都让你惶惶不可终日，你必须到莎士比亚那里，才能找到这样使人心惊胆战的人物。人们虽然对麦尔维尔持有种种保留的态度，但他创造了艾哈伯，因而使《白鲸》成了一本伟大的、非常伟大的书。